九歌一〇二年——散文選

主編 柯裕棻

九歌一〇二年散文選
年度散文獎得主

吳明益

〈美麗世（負片）〉

得獎感言

吳明益

這些年來，我並沒有特別意識自己在寫作散文。對我來說，寫作就是一個整體，你的人生體驗、知識獲取，終究會和你的想像力與思考結合、混血、演化出屬於你的文字。

而我也一直認為，作者也必須是一個社會觀察者，這點卻是散文較容易「即時」做到的。就像我崇拜的印度作家阿蘭達蒂・洛伊（Arundhati Roy），她用小說嘲笑了印度社會的虛偽，然後用散文解剖、刺擊、析分它。寫作本身就是她的行動，而洛伊說：「如果世界上真的有一些東西是值得全球化的，我想一定是異見者。」

如是而已。我視這個獎是給我的書，而不是單薄的一篇文章。十七年前我第一本書就是九歌給予出版機會的，很榮幸在多年之後，再由九歌，特別是我尊敬的作者柯裕棻教授給我這個獎。雖知有愧，卻萬分感激。

目錄

輯二　家、鄉

輯四　工作

輯五　天地生萬物

輯六　評論

附錄

《九歌一〇二年散文選》編序

寫入時代的風雨

——柯裕棻

答應編選年度散文選之後，這一年過得兢兢業業，日日心思彷彿欽天監，專看文昌星異動，占卜星宿流變與風雲氣候。勤謹一年，眼界豁開，所學所得更勝讀書三年。然而，我直到著手進行選文了才突然有遲來的領悟：編選無法面面俱到，這事終歸是要得罪人的。我一方面戒慎緊張，深知再怎麼選，各家文章斐斐，實非一人標準得以取捨；另一方面，在這少有的壓力之下，地毯式讀了一年，對文學生產結構也有了較全面的觀察。

年來文壇爭議不少，與散文相關的最大論辯應該是「散文應否虛構」了。此爭議起因於多年來各大文學獎的散文類常有作者虛構身世以博取票數，或有謂散文應抒作者之情，虛構身分者誠信不夠；或謂虛構感情乃因寫作技藝不足；或有倡議從中文寫作傳統重新定義散文。我以為，這一爭議表面上看似散文的文類之爭，但其實癥結在於文學獎所誘發的名利競逐已幾乎如同科舉，名利所趨，各種機巧奇計繼之而生，至於散文「應」為何，是結構問題更是條件問題，亦即，終究須回到時代特殊性來發問。無論如何，不管今後讀者如何看待散文的虛實，至少當時各種論點都在不同場域裡熱烈地對話了。能有這樣的開放辯論，激發讀者與作者直面長久以來散文文類中始終懸置的「情感真實」，我認為是好的作用。緊張與壓力在哪裡，能量和關注也因而匯集。一個時代的知識形態正是它指認並處理問題的言說方式：真實及其散逸崩解在今日做為一種危機被指認了——竟然不是來自理應堅守卻最早流放真實的新聞寫作規範，更不是出自越來越朝向個人紀實的私小說寫作倫理，反而是在散文這種形式廣泛界定模糊主題駁雜、始終不太受文學研究重視的文類裡——毋寧是值得關注的文學論述轉變。這其實無關真實或形式，更無關散文所欲或所能述說的主題，而是它所持續繃張的力場，朝向從前在文學場域之外的各種概念迅速衍生泛納的張力。

由於我對散文定義較寬，不憑典律認高低，也不認定個人情感或意見抒發才叫做散文，平時閱讀範圍不限定於紙張媒介，更不認為文章長短與優劣有關，因此今年選錄的文章風貌大不相同。有些散文像詩或小品，有些是書評影評兼個人憶往，有些像極短小說，也有類似古典文言的作品，當然也有萬餘字的敘事長散文。讀者瀏覽之後，也許能稍稍明白選輯初衷：文章的「感」與「情」，其實無關載體、格式或題材限制的。

散文實在是個彈性與時代感都極強的文類。首先，各種形式的小品文增加了，各報都有不少五百字以內的小品文作品。我想是因為電子報對每日閱讀流量甚為敏銳，精短的文字便於行動科技介面閱讀與社群網站的分享轉載，因此這一類的短文甚受歡迎。這些作品的風格和千字以上的散文不同：它們更向詩靠攏，有些只營造意象，像是電影的一景，有些則復歸半文言半白話的簡約傳統。它們不因短而遜色，它們精於短兵相接，一招勝負。然而，這並不表示人人在手機上彈指度日的小時代就沒有文氣淋漓的長文了，八千字乃至上萬字的散文其實不少——這與眾人慣常哀嘆文道輕薄的焦慮完全不符，至少在現象上，長文並不衰退，有些以系列主題串聯，有些則是單一主題娓娓寫來一氣呵成。如今媒體寸紙寸金，長文自然以篇幅充裕的文學雜誌最為常見，但是令人意外的是，報紙上也不少。

報紙副刊仍是散文發表的最大空間，各報副刊的版面規劃與編輯方針也確實影響散文的主題與篇幅。設有固定散文專欄的副刊容納了更多風格殊異的短篇與中篇散文，日日珠璣。而無固定散文專欄的副刊則因版面廣闊，常見豪爽連載三天以上的長文。每週一次的書評版的導讀也常有可觀的名家讀書散文。體制不同，各有所長，每天看報，也看見在不同條件限定之下，各家文章的裁剪收放功夫。

另外，日常書寫和流通方式也影響創作的形貌。十幾年前部落格成就了個人媒體，繼之而起的社群網站分享機制使得網路文章的影響力更甚於前，如今有些網站文章的流通量已超越單篇文章在新聞媒體上的曝光率了。不只時事評論如此，書評和影評由於可在網路發表時將援引文獻做超連結，穿插音樂、影像和其他相關網址，因此寫作和閱讀的經驗更不受平面拘限。今年選錄的幾篇網路文章都是在主題上頗具巧思的作品，雖然此處受限於書本的形式而無法完整呈現連結內容，但這樣的寫作趨勢是不可忽視的，尤其在電子閱讀越來越普及的今日，科技、形式與內容交互影響，寫作與閱讀的法則也可能超越線性了。

這一年世界不平靜，這不是氣象清澄的年代。全島多有正義與公理的難題，霸占國土、強拆民宅、枉死人命等災禍不絕，所以憤怒和倡議改革的文章也多——知識分子必須面對權勢說出真話，提出質疑和批判，百餘年來文章之士一直都如此在最前線吶喊。我實在不願承認「江山不幸詩家幸」這樣的大時代的說法，我也從不覺得散文只是寫小確幸小清新的文體。若說文學是從日常生活裡扎根生長的，這土壤苦澀，文字枝葉自然寒氣崢嶸。選集中幾篇針砭時事的劍氣文章，我想可以理解為是作者直面殘破山河的文學行動。

當然文章的美學價值不是也不應由市場或政治評價而定，但不論我們是否樂意，這兩者確實會影響閱讀品味。換言之，絕對孤立於社會因素之外的品味是不存在的。任何一種標準、或任一寫作動機，總是必然且已然在社會因素下作用，並且成為其他標準或動機迸現的節點之一。近年散文盛行家族糾葛與疾病悼亡主題，文學獎也好，排行榜也好，都出現不少這一類的作品。畢竟快樂的家庭千篇一律，不快樂的家庭各自有因。家庭關係裡的傷害和殘暴、失去親人的哀痛、懺悔和原諒，以及回眸時溫柔泛淚的、哽咽的疼，都一再將讀者帶往每個人的起點與終點，是生養地也是滅絕處，是至福也是恐懼，無法脫離也不沉淪徹底的，永劫回歸的原點。

除了評論、家庭與家鄉之外，我另將選文分為日常、年少、工作、天地四類。多數的作者在一年裡的作品不止一篇，有好幾位正在創作巔峰上，文字清越情感飽滿視野遼遠，文采奕奕彷彿展翅高翔的白鷗，我覺得任一篇作品都適合選進來，做決定時為難了很久，後來以筆觸強度、世代，以及各主題比重而做出了選擇。在這個過程裡我完全體會當一位編輯驚豔於極好的初稿時那種無論如何都想為某人編書的振奮熱情。同時我也感慨體悟，文章寫得好不是一篇兩篇的偶然神作，而是作者的技藝與思考都臻至某個高度，行文或以鎚打、雕鑿、潑灑、工筆，凝練貫注，密合無差池。看似順手寫去，疏落有間，其實經緯緊緻，沒有半式虛招。

我私心非常喜愛日常和工作這兩類主題。日常隨筆類的散文十分常見，但因為沒有明確的故事（或事故）做為敘事軸心，一不小心容易平淡無味，水晶心肝與流水帳僅是一線之隔。日常生活其實處處暗藏眉角機鋒，意念躊躇，言詞曖昧，偶現淡得不能再淡的瞬息靈光，片刻清明，那不是理性，而是界外乍現的罅隙天光。人心裡盤根錯節的細鬚纏聚在看不見的層層疊疊裡，感覺被挑起騷動了，但是感情無以名狀，這些是日常的難言之「隱」——付之詞彙，賦之比之，使之成形可見，是日常隨筆的功夫所在。而關於工作則又更難，明明是凡人日日煩憂勞碌之務，但是從工作發想的散文卻相對地少。想來也不意外，正因為偏偏是誰都丟不起工作，砸不得飯碗，腰折得無法更低下，陪笑陪得連靈魂都發僵，現實得不能再現實了，諸多不堪，所以寫的人便少了。一身鐐枷過日子，熱血或溫情取向的文章何其虛假。我覺得犀利冷冽的工作散文非常好看，入世越深刻，反而越有看破的洞見。這種文章像薄暗森林裡射來一支凌厲的冷箭，誠實得不忍卒睹，精準得發痛，射向內心密林深處也射向岌岌可危的生活秩序邊界。

年少和天地兩部分其實是依著時間與空間兩條軸線劃分的，雖然回憶必然在時間裡往復發生，而行旅終將歸諸山川天地，我想它們其實是一組不太工整的對應概念。它們不工整因為內與外、小與大、同與異、時與空、過去與現在、自我與他人等等穩定關係總是混沌掙扎之後的回溯指涉，如今看來平順的敘事往往來自莽撞迷惘甚至驚心動魄的起落經歷。一筆寫入心魂也是一筆寫入時代的風雨。人生或山水行旅到底是同一件事，同一道軌跡，凝看內在的目光也注視他方，反之亦然。內在即是界外，無從超越或超克，寫作正是如此迂迴穿梭於虛實、知識、言說、觀看、記憶與感覺邊界的迤邐足跡。

同時也懇請讀者理解，選輯並非競比，這選集裡的文章都有一定的代表性，每一篇都是上乘之作，但我一個人的眼界絕對無法做為尺規或原則，有太多文章因為各種因素而錯過了。看見與盲目是並生的，相遇或錯失，選擇與遺落均是我所處的機緣也是我自身的缺憾使然。我也誠心感謝每一位作者應允文章被收錄，與多位作者徵詢選錄意願時的討論也使我獲益良多。

今年的年度散文獎是吳明益的〈美麗世（負片）〉。我想很少有作者能夠像他一樣多方觀照視覺、生態、哲學，乃至於社會議題，同時涵蓋鉅觀微觀於一文中，而且絲絲縷縷終歸於文學。他的深切憂思和懷想的力度凌駕於語言之上，他的作品不只是文字與感情，更將寫作轉化為行動思考：以抒情散文涉入社會現實範疇，將山海原野聚落的踏查納入思辨的過程。我不能以「衝撞」現實這麼單向猛烈的動詞講述他的文章帶來的強大影響，在這急速壞滅的時代裡，他的文章是柔緩的「昭揭」「啟明」，使我們得見原本蒙翳的事物，繼而思索困局與希望。他的作品能直面並指出時代問題，因而大幅開展了散文的格局。

輯一

日常

言叔夏

本名劉淑貞。東華中文系、政大中文所畢業，現就讀政治大學台灣文學研究所博士班。曾獲東華文學獎、花蓮文學獎、台北文學獎、林榮三文學獎、全國學生文學獎。

著有《白馬走過天亮》。

日暮日暮里

言叔夏

日暮來到日暮里，黃昏失去了大半。纖維街上的人潮稀落，已不是幾年前初訪此地的喧囂了。日暮的人行道上堆疊著被捨棄丟掉的布疋，剪得破碎凌亂。早年的東京女子都到這裡剪裁布衣。而今身光微暗，樂聲不起，日暮里只是京成線進東京才路過的地名了。我想起多年前某個友人寄給我的明信片，署地正是日暮里。是轉車之際在站前的郵筒偶然投遞的信箋了罷。明信片上的字跡有著矯飾的嘻鬧，一如她平常會做的那樣。只有地名是誠實的。也許就連那樣的表演也是一種誠實。多年以後我與她遂不再見面，不是一種阻斷，只是來到了末梢。

你好嗎。這裡的黃昏像河。日暮極美。

而今我終於抵達日暮里。也能理解那理由。因為日暮里的日暮極其平淡，像東京城裡的任何一個地方。我從南千住的旅館搭兩站電車到這裡，僅只是散步而已。東京的最後幾天，無處可去。白日在賃居的市郊旅館醒來時，窗下就是墓園。墓園裡的墓碑一座座往下俯瞰，幾乎是島。南千住的街道空寂得宛如末日，連人也沒有。有時我會疑惑，自己究竟身在什麼樣的時間裡？每天我下樓，越過旅館櫃檯到對街的便利商店去，捧回食物與酒水。飛過了一千三百三十英里抵達東京都，我仍在這個國家的某個邊郊過著穴居的生活，一如台北。有時我簡直要懷疑我所擁有的其實並不是一個旅行，而是一種背負在身上的磁場。簡直我只是將一個房間空降在一處我所不認識的地方，然後我打開門偶爾出去和那些面孔五官稍異之人類挨搽再迅速退回，退回這切割精準宛如抽屜抑或小匣之房間。我平躺在這軟墊臥舖的狹長格子，宛如魍魎。

台北是遙遠的幻像。而東京也極不真實。夏日午後的陽光使景物晃蕩起來，公車站，地下鐵，街道，櫥窗，腳踏車與居酒屋。

陽界事物。

心裡浮現這樣的聲音，我才理解自己原來是鬼魂。

鬼魂飄盪，宛若白日夜遊，一日行將終結。日復尋常的一日，和任何的昨天都沒有差別。和昨天在哪裡也一樣沒有差別。日暮從日暮里轉車，比想像中陳舊一些的綠色電車，長而又長的月台，警鈴聲，月台上的小賣亭微微顫抖，電車轟隆轟隆駛進，轟隆轟隆駛出。月台盡頭穿薄風衣的善男女子，莫不是九〇年代初在衛視中文台照面的黝黑織田裕二與大墊肩鈴木保奈美？

電車駛動，他們會去那已經結束的日劇以外的哪裡生活？

荒川日落，有河淙淙，這班車開往南千住，那會是松子日夜凝視的河岸嗎？

電車上的一個女人蹙眉看我。我很少看到電車上的日本人這樣看人。他們多半低頭滑動手機螢幕，有人耽睡，有人讀書。起初我微微閃避著那女人投射過來的視線，但後來我忽然變得非常想知道她看我的理由。我會是她所認識的某人嗎？

女人不知在哪一站下車。像電車河流裡終於四散流溢的石頭，被沖刷到城市邊境的巷道裡。

黃昏時終於抵達荒川線的最終，電車轉乘巴士，大河有信，彷彿有神在側。我沿著荒川河旁的街道廓轄行走，幾乎迷失在地圖上沒有的摺痕裡。這裡比起東京的下町更下町。城市的下水道，匯集著許多混雜的氣味，忽而惡臭非常，忽而道長路短。那麼，又會是什麼在使我不斷傾斜環繞並且總是回到道路正確的他方？會是神嗎？還是那沿途不斷綻開的漢字？彷彿皮肉分離地讓意義與詞彙裂散。那些漢字象形排組圍繞星群一樣，像極了一種抒情的公式比方北斗七星的斗杓乘以六，在小巷的盡頭攀上河堤，整片整片的天空就傾塌了下來，東京城裡若有神在，必定凌駕在這河面闊綽的波光之上。

中島哲也〇六年的電影，最終的落腳之處。令人討厭的松子姑姑。秋日裡最紫最紅的天空，只存在靈光盡皆消逝的年代。數位攝影機才拍得出的那種神的顏色。電影文本在此戛然而止，彷彿神啟突然。松子問：「なぜ？」問得四面八方都只聽得見自己的聲響。她愛過的男人最後都不愛她。白雪公主與黑天鵝。流徙輾轉，她索性在荒川邊的破爛公寓住下來了。

死前最後看到的是河岸上秋日裡滿天的星空。不斷旋轉。像童年妹妹床邊的晶亮摺紙。輕輕一碰就會旋轉起來。滿天滿天的星星掉落下來。姊姊。請你不要離開我。我會做一個很好的妹妹。幾次在南千住狹長的單人旅館裡醒來，分不清夢裡究竟是影像還是現實；是我的妹妹，抑或只是電影裡一個女主角的妹妹？大河潺潺，這是另一個國家，還是僅僅是我夢裡所見的他方？

而夏天終於又要全部過完。包括旅行，還有那些光裡強烈反白曝光的景色。像一種極簡的線條，彷彿森山鏡頭下的道路，相紙的鏡頭總有光的結界：再擦拭一點，請再多擦拭一點；讓線消失，讓光大片大片地攻城與略地，讓持攝影機的人什麼都可以不再想起。生活在他方。如果河中有神，祂會不會使我終於生活在我城？

想起〇六年在河堤公寓裡和W邊用大陸種子看完了這部片，看得兩人都哭了起來。那時落地窗外的陽台還是緩緩流動的景美溪。黃昏一來，便有了通紫通紅的天空。我也有那樣一條日日眺望的河，可以看得雙眼枯竭，心舌乾荒。還有那些獨居的日子。孤獨的236公車。最末最末一班，凌晨一時三十五分將我由已然熄滅的城區遣返回河旁。暗夜行路，我還有一條河可以依傍。

——原載二〇一三年五月二十二日《自由時報》副刊

一九七九年末生於台北，政大哲學系畢。現居台灣，任職媒體。

曾獲時報文學獎短篇小說評審獎；《聯合報》文學獎短篇小說評審獎、短篇小說首獎；林榮三文學獎短篇小說二獎（首獎從缺）。入選九歌《九十四年小說選》、《99年小說選》。

著有小說集《海邊的房間》、散文集《背後歌》等。

感覺有點奢侈的事

黃麗群

小路／攝

午後，用餐高峰時間過了，小食店的老闆坐下來吃飯，想了一想，他決定起身從冰櫃裡拿出一罐賣給客人的啤酒打開來喝。凍得透透地。空氣裡等待很久的水氣，終於能凝成一滴冷汗，從瓶身上滑下來。

在超市買零食在藥妝店買小東西，不必看標價，隨手掃了什麼就是什麼，有一大籃。（其實，我常覺得，人做著一份穩定薪水的工作，為的也不過就是這個）。一群人在差不多的館子裡吃飯，大家點菜要酒時，也不注意價錢。談笑之間就掏錢買下房子的事，同樣看過，但那感覺裡沒有奢侈，只是……對方剛好需要一棟房子，而又剛好有很夠的錢。「很夠」這個概念在形而下的物質世界裡或許是奢侈的，但在精神上，它不奢侈。奢侈就是要在明知夠與不夠之間、過分與不過分之間，無心散漫地踩過來踩過去。

小女孩的長髮上繫著一枚方方面面無懈可擊的絲緞蝴蝶結。小男孩的球鞋上綁了踢不散的鞋帶。

商務飛行的長途上，和空服員說：「請別叫我吃飯。」然後蓋上毯子，椅子放平，結實地睡滿十幾個小時。說起來，再怎麼樣，飛機上的東西都沒什麼好，為什麼大多人還是捨不得錯過各種酒，錯過水果，錯過麵包與奶油？「優雅就是拒絕。」香奈兒說。奢侈也是拒絕。但刻意的拒絕，就是假的。唯有基於「我好想睡覺」這類庸俗微末小事的拒絕，是真奢侈。

小孩子放學回家，媽媽已經準備好了冰牛奶與餅乾或綠豆湯。不過三五百塊錢的時鮮，只有特定地方在賣，為了嘗新，又多花三五百塊錢坐計程車去買。大茶莊的孩子，偏偏不愛喝烏龍，於是家裡人把上好的烏龍茶葉，烘成紅茶寄給他。

在廟裡拜拜的時候，什麼太歲燈功名燈平安燈健康燈，總之能亮的，都點起來；前程如何，不必計較。

一整櫃子一整櫃子的紅底鞋或柏金包不是奢侈，那只是買了很多東西。沒落的少爺在過年時，傾其所有，講講究究，跟家裡人吃一頓好飯，算是奢侈。奢侈不一定是壞事，好比一個孩子小時候，坐在父執輩的膝上學認字，長大後才明白那是一代大儒。

切得比平常厚一點的烏魚子（大概兩枚五十元硬幣疊在一起厚度吧）。整罐真正的墨西哥車輪鮑切丁和湯汁傾入一起煮排骨稀飯。拿魚翅羹過一過，說是漱口，就撤下去，這樣的事，同樣見過，但那也不是奢侈，只是輕狂，「天狂有雨，人狂有禍」，日後，總會有人想起，為此嘆一口氣。

在合於人情義理的範圍內，不做任何克制，例如一個人吃掉整盒糕點；技巧地適量地釋放惡意；漂亮的人坦然承認自己漂亮。花一整年的時間寫一小段旋律，或者花三個月磨成兩個句子，或者看見富有天賦者，偏偏不願好好做合於天賦的事。

而像這樣取了一個有點兒像《枕草子》的篇名，也是感覺有點奢侈的事。或許還加上有點可厭吧？但是，奢侈這件事，正要有一點點的可厭，就那麼一點點，像一根養得長長的指甲尖，套了鏨花琉璃金指套（對啦，就是你在《甄嬛傳》裡看到的那東西），搔一下，也不確定是痛是癢，也不傷人，可是仍然在心尖上，起了一絲紅痕。

——原載二〇一三年一月二十三日《中國時報》人間副刊

一九八三年夏天生。台灣大學台文所畢業。現於菲律賓服役中。想念所有旅行過的城市，並持續前往下一個異鄉。

著有小說集《小城市》。

戒除不合時宜
不戒除奢侈

陳栢青

戒除不合時宜

總是酒到酣時話不到盡卻喊因為時間關係該散了的那一個。在飯桌和家鄉的老媽媽面前談遊行與運動，在運動前輩面前提媽媽要我別參加政治。在遊行時忙著愛人。在愛人面前老講媽媽。在女生面前聊當兵，在男生面前聊不當兵。要不是多出一顆釦子，不然就是少了個釦縫。好不容易釦了個密密合合，又走錯了場子選錯了衣，臉上的線密密麻麻。

我們都在人群裡找位置。位置不是空間，位置是時間，不合時宜讓我總是一個人。J則對我說那不需戒除只要疏導，不合時宜也有它的時宜。例如對的場合說笨的話，別人就算笑著也是一種慈愛。冬天吃冰夏天長袖，先求曝光再談經營。不合時宜反而凸顯個人特質，當「一個人」不再是數量，而變成品質，落單也可以解讀成領頭。這個時代最合宜就是不合時宜。

我跟J說但我經常想起你以前，一臉憤怒，滿肚子牢騷，不爽誰也不讓誰爽，誰都不甩也就不會被誰甩，和誰都不合，和什麼都不合時宜。J說所以那時我只是一個人。我說那時多為這樣一個人心痛，希望你身邊只我一個人。J說你太晚說了，我則想是我太早遇見他了。不過這樣也好，畢竟有時候笑是不合時宜，有時不合時宜才讓人發笑。有時候愛的不合時宜，有的時候就因為不合時宜，才證明那是愛。

——原載二〇一三年三月二十日《聯合報》副刊

不戒除奢侈

趨近見面地點時最後那段緩速爬升的手扶梯、月台電子看板「列車尚餘n秒到站」之倒數、再三確認櫃檯前隊伍正削減的人數、下一秒電影螢幕裡殺人魔就要推開最後一間廁所門，音樂奏急，爆米花確認從妳倆座位之間移開，一切都在等，等一個尖叫，一次碰撞，飲料杯邊緣滴出水珠冷冷，掌心滲出了熱。

那些其實都是下午三點到晚餐前的焦灼。不是餓慌了急不擇食的那種貪婪，因為幾小時前才確實飽足過，所以少了幾分燥，多了些沉著。是飢餓，但不過是微微的，近乎盈與乏、熱與冷之間，知道此刻有什麼正被消耗，有一種需求和渴刮擦著體腔臟壁內側，但卻不急著填滿，反而蓄意撩撥，竟希望這份焦灼無限制延長下去。

這就是一種奢侈。太驕傲了，近乎謙虛，什麼都沒有，卻以為有。因為將有，所以陷溺於這份沒有中。

但這樣的奢侈是可以被允許的。到下一刻，胃囊被飽足，等待的人終於見面，結局到來，我們又變回一個再務實不過的人，在熱量被消耗前打懶，在戀人前卑屈。就此遺忘我們曾經都是下午的貴族，渾然不知夜幕降臨萬事終結也是種必然。

——原載二〇一三年三月二十七日《聯合報》副刊

漂浪與抒情

張怡微

一九八七年生，上海作家協會簽約作家。現就讀國立政治大學中國文學系博士班。

曾獲第三十三屆時報文學獎散文評審獎，第三十八屆香港青年文學獎小說高級組冠軍，第十五屆台北文學獎散文首獎，第三十五屆《聯合報》文學獎短篇小說評審獎，第三十六屆時報文學獎短篇小說首獎。

在中國大陸出版小說、散文集若干。

我有段時間住在永和，就是那個傳說中生產豆漿的地方。但和我初到那兒時的認知不同，也不是每一爿飲食店都賣熱騰騰的豆漿及燒餅油條。更多的時候，它像是一個古舊又成熟的社區，鑲嵌著種種社區生活機能。彷彿居民們最最需要什麼，它就提供什麼，毫無虛榮與奢侈的象徵，也不需要外人品評，呈現為最樸質的生態。因而「永和」二字，是那麼淨潔尋常，就彷彿許多與「安」字、「和」字相關的路名，在夜間望上一眼，有燈塔般暖意。可見異鄉人總是愛附會。以想像來安頓百折千回的心緒。那麼期待被懂得，又害怕被看穿。

捷運頂溪站往往到了夜晚十點以後依然熙熙攘攘，還有不知疲倦的商販兜售水果、鞋襪及各種服飾配件，這番由人口密度所製造的喧擾，常使我想念起故鄉。許多高端社區是見不到這樣活潑潑的人的情態的，夜晚十點在信義威秀看完電影出來，馬路死寂一片，好像濕漉漉的荒原。永和此時卻還籠在一派生機之中，有滷味攤飄香，夾雜打折麵包的氣息，彙集人的氣味與生活的原貌。但我從來沒有流連過這些陌生人所經營的生計，我覺得他們是風景，生生不息，卻遙不可及。路過捷運站口，與一個又一個連綿不絕的陌生人擦肩而過，無論清晨日暮，多少有了抽象的意味，就彷彿成長之於蓬勃的少年，多少有些冷卻的姿態。我努力告訴自己，這就是我的旅居，有一點辛苦、黯然，卻沒有什麼不好。眼前的這一些人，更因為接近生活打拚與辛酸，才顯得十分兢惕勵志。

那是我第二次去到台北，一座福和橋牽起了住地與學校的距離，分野著台北市與新北市。而我每天沿著捷運往返兩站路，特別像從上海浦東耀華的家到南洋中學的距離，隔著五分鐘的打浦橋隧道，便是浦東到浦西。那一站較之其他間隔會顯得有一點漫長，卻並非不可忍耐。但它卻被劃分為公平的單位，明明是可感的特別，以示刻意的尋常。

穿越打浦橋的這段距離對於上海人來說，曾經是天堂到地獄。由黃浦江隔開的，只是現如今時間概念上的短短幾分，但對於彼時的上海人，卻可以說出一百句俚語，指出東西差池的天壤之別。這之中還包含著婚姻、地域、文化的種種歪曲和想像，就好像愛斯基摩人可以說上幾十種關於「雪」的詞彙。一切語詞，都憑藉經驗而生。又憑藉經驗時移世變，漸漸消亡。最耳熟能詳的，莫過於「寧要浦西一張床，勿要浦東一幢房」。可如今浦東大部分區域已經貴得離譜，世博會還毀了我家園的寧靜。似乎過了一九四九年，家門口就沒有來往過如此多的遊人。而我也常常到隧道那一頭的地鐵出口，七拐八彎進入一間好吃的不得了的緒頭麵店，遠遠望見馬路對面的速食店大排長龍——那是多麼懵懂的浦西遊人啊，他們連什麼好吃都不知道，只會喊口號。我在心中默默想著，感歎著，而直到我來到台北，看到這座福和橋，模擬起相似的感知。

但由於是在異鄉的緣故，我卻沒有對福和橋產生過超越距離本身的解讀，也弄不清楚台北人心中所謂的近與遠，前世與今生。我聽舒國治說過，小的時候「就像小動物，每天可以跑很遠很遠，坐很久的車去永和看我的好朋友」。我在心中默默疑惑著，有那麼遠嗎？可見我就是那種無知的遊客，好在有長時間可供摸索、勘探、感知。我只在談話節目中聽名嘴們冷嘲熱諷，說福和橋下的中古屋竟叫價到三千萬是如何如何誇張。我假意附會著那種誇張，以為真的那麼不可思議，其實心裡空空蕩蕩，什麼體己的冷熱都沒有。如是奇妙的陌生之感，不知為何，竟在如今的我的心中，成為了一種值得珍惜的記憶。而我所懷念的那種新鮮與忐忑，如今是越來越難以醞釀。

習以為常，是越來越平淡的愛，催生著自然而然的遺忘。

在台灣我有幸念過三所學校，所有對於空間建立起來的認知，都是以學校為圓心，以住地為半徑。其餘的，則都當做奢侈的旅行。無所謂遠近，只有學習、或者玩樂之別，公共交通與包車之區分。因而我曾經最熟悉的這段距離，由於橋的貫通，顯得十分古典。我聯想過許許多多場景，「橋」是最為神異浪漫之處。古人穿越陰陽，或凡聖戀人相會，生動的注視、契闊的牽掛即是漫長的鵲橋。

唯一感到不便的，是新北市電影院不多，戲院不多，往往要換兜兜轉轉的捷運，才能從永和到長春。不過那是三年以前。今年捷運改道，倒是將那段我最愛的距離縮短到令人驚詫的地步，哪怕是去文藝的永康街，也不必從古亭走到熱汗淋漓。可惜我卻已經搬去木柵。真是遺憾。若有機緣，真想再回到曾經熟悉的、熱鬧的中永和，享受一下它與城心越來越緊迫的切膚質感。就彷彿是一個舊家，一種舊情懷，安撫過初來的我忐忑的心緒。凝成感激。

我記得，中永和的市民清晨或晚晌會群聚在國立圖書館分館門前鍛鍊身體，閒聊時他們也常常談到大陸，挺有意思。我偷聽他們說話，以排遣寂寞。駱以軍錄夢習作，我是盜竊他人的語句。如他們沒見過冰雪，就特別誇張地嚮往哈爾濱，但同時不忘彼此提醒「聽說北方廁所超可怕」。如他們討論起世博會遠多於花博，而世博中國館就建設於我家門前的馬路，但我從來沒有進去過。也不覺得有任何遺憾。有時我想與他們搭話，告訴他們世博不僅人潮駭人，它的建設還拆毀了我童年的樂園。但終究還是忍住了。內外之別，有時超越語言，就彷彿我所眷戀的這片地域，非常可能，也是別人逝去的往昔。

與學校宿舍不同的是，從早上十點起，住處附近就開始繚繞著垃圾車的聲音。這令我每一次在家裡做一些錄音工作時，都心中忐忑。那段樂曲，如今已經成為了我心中，最能代表台北的市聲。我愛市聲，因為每一座城市的市聲都不盡相同，無所謂好壞。在上海時，往往是清晨嘀鈴鈴的自行車鈴，台北不流行自行車，於是那種聲音，離開家以後就聽不見了。上海也有垃圾車，總是放著另一段音樂，名曰「十五的月亮」，說的也是異鄉情懷，卻聽到起膩，只要想起那段音樂，就會聯想到臭臭的氣味。近幾年是再也聽不到了，上海的垃圾車不再唱歌。因而在新北，反倒是勾連起童年記憶。很有趣。每到要丟垃圾時、每當為分類而十分頭疼時，我才會深深的體會到自己做為大陸人是多麼的不文明。而直至回到上海，發現到處都是行人垃圾桶，竟會覺得十分興奮。也是別致的體會。

然生活還不只是靜態的陳設。在捷運永安市場站對過的麥當勞，我曾經偷聽兩個女生的對話，一老一少。年輕的那位，戴著誇張的假睫毛，年長的那位，則顯得樸質矜持。我猜她們是什麼關係，開始以為是賣保險，因為女生拿出了印章法條，不停垂詢。而後又覺得是房東與房客，因為她們開始說起房間的布置、朝向與清潔。最後發現，很可能是二房東與房客，因為那婦人說，她也借住不久。事成之時，伶牙俐齒的女孩信誓旦旦拉著婦人的手說「阿姨你放心啦，我以後找男朋友，一定先帶來給你看過，你要不喜歡，我就不跟他一起。畢竟你知道，家裡有個你不喜歡的男人走來走去，總是不好，對不對？」婦人不語，不知是不是和我一樣覺得有些異常。而蓋章之後，女孩說「阿姨，我們週末還可以一起逛街啊！我們可以去百貨公司買東西……」婦人答「我從不逛街」。

不知為什麼，有時我路過永安，會想起這對女生，憑直覺我覺得婦人往後未必能過上舒心的生活，但誰知道呢。年輕的那一位，真好像是會惹麻煩口蜜腹劍的騙子啊。可我又為何要為路遇的這個場景而牽掛？那句「我從不逛街」，真是爽利，事實上我也不知道在中永和有什麼可逛，大部分就是穿行、穿行就能找到生活必需之所有，也正因如此，過於包裝的城市化的語言，反倒是顯得有些不妥帖。因不妥帖而形成地域的特質，人的特質。

那時為了補貼生活，每週都有一個高中的女孩子到我家補習作文。她念淡水的國中，下了課趕來我這邊，往往已經入夜。台灣的學生與大陸不同，常常很晚還背著書包在路上行走。有的是參加補習，有的也是閒晃，總之並不會顯得有我感知到的那般不易，而我們的中學生，下午三點半就起程回家了，過了八點，街上幾乎看不到任何背書包的孩子。而我到捷運站接她，等待的時候，都會看一遍那紅色的站牌，自上而下，數著遙遠的里程。想想她特為跑來，我也教不了什麼，很內疚。

但每回我問她累不累，她都輕聲說，不會啊。

因為要寫作文，我們在一起聊到許多事。曾說到最難忘一次體驗，她想不出，我提醒她，不好的經驗也可以。她突然兩眼放光，說「在上海啊，世博會，超恐怖的」。於是我告訴她，所謂「兩地經驗」，已經在她的生活中成為了難得的體會。我讓她操練寫作「搬家」、「難忘的旅行」、「一個人做的事」等題，似也從她身上學到了很多寶貴的東西。她寫到自己一到上海的第一夜就哭了，想家，想阿嬤，想吃阿給。就宛若我到台北第一夜，租住在中山站附近的青旅，五百塊一個床位，心底荒涼，想家，想媽媽，想吃粢飯糕。

那些遙遠的事，令我想到我也曾做為一個旅行者行遊此地。只是我的旅程顯得越來越漫長，越來越尋常。

在台北，我的大部分日常生活沒有一〇一，沒有故宮，沒有夜店，也沒有墾丁天氣晴。從一開始，我就活在了上海同伴們對於台灣認知的外緣，恐怕寫成書都賣不動。三年來，我接待了無數友眷，他們攜帶著書寫得密密麻麻的行程表，去到了無數雜誌上拍攝過的各種台北文藝地標，僅僅是為了看一眼，看一眼就滿足了。我想念那種熱望，我曾經也是有過的，但如今似乎漸漸淡去，只留下一些碎片，讓我想起曾經的自己，與這座冷觀變遷的無辜的城。

記得自由行剛開放時，台灣的媒體都嚴陣以待。他們將我們稱為「陸客」，沒有什麼明顯的感情色彩。要感激台北，讓我重新認識了自己的過去。由於家族離散，我不喜歡過年，是因為拒絕不完滿的團圓。二〇一二年，我在台北過年，殊不知那七日台大公館百餘家店舖全部關閉，整條羅斯福路被陌生的黑暗籠罩，我找了半小時沒有地方吃到米飯。但彼時攜程網上台灣遊的報價卻已經逼近兩萬，匪夷所思，農曆年的台北就是一座死城。景點更會因為人手緊缺而調漲包車車資。中永和更是荒得異常，三天聽不到垃圾車的聲響，催生著奇異的想念。而我一連吃了一週的義大利麵，因為門口只有那一家，出於不知什麼原因，一直開著。但沒有遊客會直面這樣的落差。或許漂亮高級的信義區會年中無休，還有陳昇口中「雞毛撢子」一樣的一〇一煙火。對於台灣人來說，陸客象徵著源源不斷的財富，而大陸人來說，台灣是民國夢、是電影、音樂，是避世樂園。就連美食都成為一個飛去不可的理由。他們的行程到不了永和，但只要到過台灣，他們就覺得遍地都是正宗的永和豆漿。

士林夜市搬遷那陣，許多人都表示惋惜。二〇一〇年我甚至就住在一個夜市裡，每天都是雞排、奶茶、花枝、蚵仔煎、關東煮，這些小吃我曾經在台灣綜藝節目中看過多次，小S推薦過的某個漢堡，她吃到轉圈兒，我咬了一口後非常疑惑，可能調味料也不習慣，台灣人喜歡醬油膏、蜂蜜芥末，我們上海人卻喜歡生抽、陳醋。時間久了，習慣就回來了，後來我很少去夜市吃東西。我知道永和最棒的鴨血、鍋物、義大利麵、披薩是哪家哪家，旅行書上都沒有寫，它們都在我的心裡，卻都不在夜市。但我曾經是台灣夢的沉迷者。我去過三次鹿港，為了憑弔一首歌；兩次九份，為了兩部電影；一次墾丁，為了太平洋的夢。我最喜歡的倒是阿里山。人與景的關係很是微妙，有時為了一個情結，實現了以後卻感覺寡淡。有些被嫌棄爛了，倒會因為時地與人心，令人牽掛。

和許多大陸人不一樣的是，我並沒有在台灣丟過東西，失而復得後感覺到中華民族傳統美德。倒是在樂華外聽到一個歌者唱《思慕的人》，感覺悵惘，聽到《流浪到淡水》中唱「才知影癡情是第一戇的人」，又莞爾。文藝夢，終究是故土生成的舊夢，逐之而不得，才一股腦投射到異鄉。對台灣，如今我已經去了魅。抽絲剝繭，心中所能剩下的，唯有一個異鄉的「家」，一個安靜的學校，一座貫通的橋——它有一個好聽吉祥的名字，福兮和兮，卻勾連著三年一地，一顆變遷中孤獨的心。我不知道自己還要逗留多久，但心中總有溫暖一隅，是別人偷不走的台北，偷不走的百年前、百年中、百年後。

本文獲第十五屆台北文學獎散文組首獎，收錄於二〇一三年四月出版《第十五屆台北文學獎得獎作品集：我在台北．書寫世界》（台北市政府文化局）

末日狼狽

伊格言

本名鄭千慈。一九七七年生。曾任香港浸會大學國際作家工作坊訪問作家、成大駐校藝術家、元智大學駐校作家等。現任台北藝術大學兼任講師。曾獲《聯合文學》小說新人獎、林榮三文學獎、台灣十大潛力人物等等，並入圍英仕曼亞洲文學獎（Man Asian Literary Prize）、歐康納國際小說獎（Frank O'Connor International Short Story Award）、台灣文學獎長篇小說金典獎等。

著有《甕中人》、《噬夢人》（《聯合文學》雜誌二〇一〇年度之書，二〇一〇、二〇一一博客來網路書店華文創作百大排行榜）、《你是穿入我瞳孔的光》、《拜訪糖果阿姨》、《零地點GroundZero》等。

末日

我喜歡無窮無盡的末日。

世界末日已經過了，但在二〇一二年的最末尾，或許因為一個年度即將迎向最後一天，突然又有種末日感。

我想人們只有兩種選擇：永生（取消所有世界末日），以及繼續經歷無止無盡一個又一個的世界末日。

去年年初我許下的所有願望都沒有實現。但那又如何？如果我們有永生，我們大概不怎麼在乎那些未曾實現的願望，因為有的還是機會。而如果我們必須迎向一個又一個會像細胞增生一般的世界末日，那麼我們依舊有的還是機會。差別在於，前者是快樂的，而後者是蒼涼的，無可奈何的。生命是一襲華美的袍子，爬滿了蝨子。

我會為你開始捉蝨子的（笑）。我會把溼淋淋的自己晾乾，試著在華美的袍子上清出一塊小小的地方的。我會召喚風與光。我會在那個小小的地方給可憐的蝨子們一個末日的。只有一個，不是很多個。一個就夠了。

一小塊就夠了。

——原載二〇一三年三月十五日《聯合報》副刊

狼狽

最近不常見到牠們。偶然見到的一次，牠們顯然是來避雨的。

牠們是一對鳥。來的時候身上濕淋淋的，在我的窗台。晨光照耀下，雨珠在牠們身上滯留，帶著溫潤的光芒。像珍珠。多數時候牠們保持沉默（儘管我知道冬天的時候牠們偷偷在我的熱水器底下築了一個巢——牠們覺得那裡比較溫暖？偶爾我聽見咕咕咕的叫聲，不知道是不是牠們；儘管我也不知道那個小小的巢現在怎麼了），偶爾彼此對望。我靠近的時候牠們凝視我，黑色的眼珠帶著某種鳥類的靜定；但當我更靠近一些，牠們就飛走了。

但牠們現在被淋濕了。未曾抖落的發亮雨珠使她們看起來美麗而狼狽。我想起那段日子裡我也就是這麼狼狽；那或許是因為我曾對你說：我的願望就是每日醒來時能看見你就在我身邊。

——原載二〇一三年四月二十六日《聯合報》副刊

味之道（選二）

吳岱穎

一九七六年生後山花蓮，師大國文系畢業。現任教於台北市立建國高中。曾獲林榮三文學獎、時報文學獎、教育部文藝創作獎、國軍文藝金像獎、全國學生文學獎等。參加全國語文競賽，曾獲中學教師組作文第一名、朗讀第一名。

著有個人詩集《明朗》、《冬之光》，與凌性傑合著《找一個解釋》、《更好的生活》，合編《青春散文選》。與孫梓評合編《國民新詩讀本》。

條理

凡物有條必有理，尤其是送入口中的食物，因條而成理，似乎是道之必然。揉麵成團，搓以為條，入湯煮之，東漢稱之為「索餅」。湯麵本為主流，但唐代宮廷在夏日必吃「冷淘」涼麵，而宋元時期更發展出乾式的「掛麵」。形制不同，其理則一，無非就是使未發酵的麵團藉由搓揉產生筋性，或桿平而切，或拉扯伸長，製成易入口耐咀嚼的麵條，再以各式各樣的湯頭澆頭豐富味覺，連吸帶啜，放肆飽餐。至於煎至焦黃的廣式炒麵，多了一份酥脆麵香，似乎又回到餅的本質了。

麵是思緒的延伸，揭露存在的真相。無論寬窄粗細，扁薄厚實，都是下水前各自成理，沸湯中轉相纏縛，但齒牙切咬之後，同樣一一斷離。至於刀削麵片騰飛落鍋，看似奇技淫巧，到底師傅手中的麵糰由重而輕而虛無，心情也就輕鬆了。

我喜歡在陰鬱的天色裡端著一碗熱湯，湯中白麵條條分明，菜葉或舒或捲點綴其間，原本紛雜難解的心事遂變得清朗起來。解憂無須杜康，痛飲沉醉過後，問題總還是在的，不如一碗清湯麵，看得清楚，想得明白，也就有了解脫之道。

——原載二〇一三年三月十二日《聯合報》副刊

卸甲

不可由他人代勞之事有二，一是過日子，一是吃螃蟹。人們總把日子過得殼甲厚硬，只是再怎麼抵抗，時間到了還得脫去一身武裝——脫殼重生是成長，斷肢求生是妥協，棄還其生是死亡，一切變化皆屬自然。天命有數，非關人力；味在自知，難以言宣。與其糾纏於幽微難明的道理，不如還是回頭吃蟹為妙。

海產河鮮，以蟹味最為霸道。袁枚以為此物只可獨食，不宜搭配他物，且須自剝自食，方解其中妙趣。法國人以為飲食吐渣不敬主人，料理螃蟹必定拆肉奉呈，又調和協佐，猶如焚琴煮鶴，大煞風景。日本人吃三大蟹，蜘蛛蟹鹹甘，帝王蟹鮮甜，毛蟹肉質細緻，雖各有長處，但只取其肉，於味之道終究有虧。

若說膏黃子肉四味俱全，首推大閘蟹。蟹黃是蟹的肝胰腺，蟹膏則是性腺，風味殊美，難以描摹。農曆十月，雄蟹體內膏黃各半，金相玉質，富貴中人。此時吃蟹，吃的其實是慾望。慾望無形無質，勾引人輾轉沉淪，饕家之所以愛蟹，也就找到了深層的心理動因。

脫卸殼甲，還見本來，人與蟹並無不同。佛洛伊德以為性慾是人類行為的基本動機，在吃螃蟹這件事上，我不能同意得更多了。

——原載二〇一三年四月九日《聯合報》副刊

台大歷史系畢業。英國愛丁堡大學歷史系碩士。曾獲中國文藝獎章、時報文學獎、台北文學獎、《聯合報》文學獎、《中央日報》文學獎。

著有《惡寒》、《活得像一句廢話》、《楊牧》、《告別》、《你不相信的事》、《給冥王星》、《步行書》、《一千年夜宴》、《雙城通訊（臺北）》、《雙城通訊（上海）》等。

梅花山

張惠菁

春雪

聽說一場大雪的預感早已流傳在眾手機屏幕之間。聽說氣溫將會急降而後急升在春分來臨之前。我沒有查天氣預報的習慣，等於放逐在大家默認的季節流言之外。穿著風衣出門，走入一街著羽絨服的人群裡。

但我已經不那麼怕冷了。比較適應北京的天氣，都沒察覺屋裡停止了供暖。三月初，新聞說今年暖得早，可能會提早停止供暖。就在有關單位做出決定後，又下了這場雪。差不多就像我們在台灣，縣市政府才說放颱風假，忽然就風平浪靜了一樣。

大雪來時是夜裡，第二天醒來又風和日麗。院子裡雪積得很厚，昨晚不知是怎麼樣一場雪的景況。現在厚積的白雪在陽光下晶瑩閃光，整個城市在發亮。

春雪的日子有種歡快的氣氛。路上出門上班的行人，邊走邊用手機在拍照。拍那些發亮的行道樹。冬雪的日子人們走路看地，怕冷，也怕滑。春雪時人們走路看天，看陽光，看枝椏。樹上本來已經發了春芽，現在又被雪蓋上，樹形也就和冬景不同，更像細密的剪紙花。布滿剪紙花的城市，有種玩具屋的感覺。走在玩具屋裡，便起了玩心，一路上看到路人臉上都是笑的。

這一天我感覺，生活的玩具屋正在變得真實。許多懸而未決的事物，茫昧閃躲的猜想，都到了被驗證，被實踐的時候。冬天，人們還可以借他人的善意、共同的脆弱取暖，互相鼓勵，說些未來會更好的話。但春天不是那樣的季節。獸類到了春季，得離開冬眠的巢穴，眨眨眼睛適應外頭的陽光。那時，漫長的隆冬才會真的離去。

接觸陽光的一霎，獸醒來了。牠身上的細胞都在呼喊，在充滿，飢渴地擴大，向四面八方撐出層次感。獸開始奔跑，因為季節，也因為基因裡預藏的符碼。如果這個獸是一隻人類，那符碼就接近我們說的命運。

「洋蔥是有層次的，妖怪也是。」史瑞克如是說。

曾經開口成讖。曾經有人說你對他的判斷影響了他的存在。後來就小心翼翼少開口，不願多下判斷了。就把層次壓縮了，縮到否認其中有妖怪存在的空間。像這樣把自己熨平的念頭裡其其實有怨。你對自己說：「這是不負責任的。」

於是在春分這一天你想，也該出來走走了。你體內的妖怪，你否認的存在。你帶著妖怪去旅行。

陵墓

旅館位在江邊，夾江匯進長江的河口，早春微雨天氣。房間面向長江，對岸景物全在霧裡，是水墨的顏色，極淡。周遭靜得彷彿可以聽見一根蘆葦的心事。但其實能被聽見的也都是自己的心事。這是我第一次到南京，第一次看見長江。

我喜歡這景色。主觀上希望可以一直站在這裡，看著這段河面。但其實我只看了十分鐘。十分鐘不到就又拿起小說來讀。這趟旅途裡我讀帕慕克的《雪》。但一直到旅程結束，我沒有讀完。

酒店房間露台上，濕濕的欄杆，有前人刻劃留字：「利益使然，真鬱悶。」不知是個什麼人，受了什麼悶氣。電視劇《康熙王朝》裡有這一幕，皇帝康熙與名臣張廷玉初次相見，是在萬里長城上。皇帝看到城牆滿是文人登高遠望、放言理想的題詩，其中署名張廷玉的一首，被人抹去了兩句。皇帝著人把張廷玉叫來一問，那失落的兩句詩是：「萬里長城萬里空，百世英雄百世夢」。

歷史上的張廷玉確有這兩句詩。這相見情景卻大約是戲劇的創作。這段創作挺妙。一壁的詩都想說「有」，卻是在討好皇帝上落了個空。這兩句詩說「空」，也真的被人抹去，留了空白，卻反而引起皇帝注意，得了個「有」。這是十二年前拍的電視劇了，現在看還是覺得拍得很好，人物角色塑造很有味道。斯琴高娃演的孝莊太皇太后，飽經世情，生命力頑強，真是史上第一師奶。

次日招車去中山陵，司機說這時去正好，梅花開了，且今天下雨，遊客少些。

一個多小時後，我在山裡，覺得他說的沒錯。這是一座安靜的山，適合安靜地走。這座江邊城市的雨和霧，給了山安靜的掩護。或許幾百年來，都是如此。陵墓道上的古樹，形狀如傘蓋一般。後方隱約透出孝陵圍牆的朱紅色。我打著傘慢慢走，抵抗著每過半小時就瞥一眼手機屏幕，看微信訊息的習慣。想說服自己哪裡也不要急著去，和誰也不必有聯繫。時間在此，應被厚葬。

明孝陵是朱元璋和馬皇后埋骨處。康熙在此題字「治隆唐宋」。書法是康熙的字，立碑的是曹雪芹的祖父曹寅，當年的江寧織造。

我沿著孝陵的圍牆走了一圈，走了一身汗。剛開始走時，步履不穩，覺得彷彿身上骨架都是歪的，一腳高一腳低地走。究竟終日都在什麼紅塵俗事裡泡著，把自己搞成這樣傾斜。或是這座山的魔力所致，它把人籠罩在煙氣雨水之中，被這裡的空氣漂洗，才會注意到原來的日子過得不均衡。或其實也不是漂洗，而是染上另一種顏色——或許活在世間，就沒有徹底漂洗乾淨的時候，只有經歷一種顏色、再一種顏色；這一刻認定為「我」的色澤，這個相對清閒的感覺，也是一時之染。用不了多久，上班日的時間感又會回來，牠會像一隻嗅覺靈敏的獸，找到我身上容易著急的那個層次，和裡面的妖怪交頭接耳，拱著牠，把牠從這一刻的安靜裡叫醒過來。

妖怪被喚醒的時間，發生在次日的午後。我收拾好行李，訂了車，準備往機場。還有四十分鐘，我到樓下餐廳吃午飯，點了酸辣湯，點了炒蝦仁和米飯。就在等候上菜的時候，有限的感覺升起，襲來。屬於我一個人的南京行就快結束，稍晚便會見到熟人，恐怕又要被驅使說出些禮貌但俗套的話。我但願可以不要說那些多餘的話，繼續一個人安安靜靜的。但即使如此，明天上班也會有工作上的交往。我畢竟活在世間。

當有限的感覺浮現，時間便失去了它的厚實。因為覺得明天的時間沒什麼意思，便幾乎連眼前這四十分鐘都要失去，淪陷給心煩意亂。這時服務生把一籃麵包放在我桌上，放在金屬籃子裡，用白色餐巾布包裹著的，新鮮熱騰的麵包。然後她又擱下了一個裝著奶油的小碟子。

我忽然想起瑞蒙．卡佛的小說〈一件很小、很美的事〉。

於是接下來的時間，我告訴自己，什麼也不要想。只是好好地吃這些麵包。我嘗到澱粉在口腔裡與唾液相遇，微甜的感覺，吃到酵母菌發酵膨脹出的柔軟而粗糙的空洞，我咬下像餅乾一樣略硬的麵包棒。我慢慢地吃，慢慢咀嚼，不去想一個小時後會碰到的人，明天上班要做的事。我回到像在陵墓山裡的時間感。我度過此行在南京最後安靜的四十分鐘。我告訴自己，明天我仍然可以擁有這麼安靜的時間。後天也是。大後天也是。

——原載二〇一三年四月《聯合文學》雜誌第三四二期

一九七八年生，中央大學中國文學博士，現為靜宜大學台灣文學系助理教授。

著有散文集《藥罐子》、《有病》、《重來》與《此身》。

靜物 哀傷清晨

李欣倫

靜物

以前有個朋友曾說，每當他想起公園裡那些遊樂設施，於安靜的夜，沒有孩童去騎乘、玩耍的時刻，就覺得那場景令人感到十分寂寞。

這句縈繞在我腦中的話語，不知為何，總讓我想及我不在家時，空無一人的房間：從二手書店買回的書（扉頁因舊而溫而潮，不用擔心會劃破指尖）。一個個方塊字正安詳地在電腦硬碟裡熟睡，彼此挨著彼此。刷毛參差不齊的牙刷靠在漱口杯緣，像趴在踏腳墊上毛流紊亂的㹴犬。磨損但沉默牢固的毛拖鞋，忠心地守候主人返家。被摺疊得整整齊齊的睡衣安放在床鋪上。

我的床，每晚將我的意識渡往不知名的、神祕的彼岸，烙著我所留下的輕微凹陷，銘記了無數個夢。大學時代就買的簡便檯燈，多年來溫煦地照亮夜與夜，以及夜下書中的字。穿衣鏡，反照著無人使用的廳、桌、壺、茶。沒有人在的家，會像沒有笑語包圍的公園裡的木馬、沙坑和鞦韆，同樣令人感到深深的寂寞？我想像彼時恍若來自遠古的細長陽光，意味深長地映入室內，停在几上的三顆蘋果上。

——原載二〇一三年五月十六日《聯合報》副刊

哀傷清晨

清晨，陽光一視同仁地照拂在所有物事上：提菜籃的婦人，肉販，以及他們之間、被開膛剖腹的豬屍（喔，千萬別這樣說，在他們的世界裡，「屍」是禁忌，即便是事實。他們稱之為「紅肉」，可以煎成豬排、包成餃子的肉）。他們的笑語像蒼蠅一樣附在一隻發白的豬腿上，腿後端還連接著黑色的蹄子，一只再無法上路的蹄子，無用而骯髒的蹄子。還有一只豬頭，以發鏽的鐵鉤被懸吊在小發財車一側。

我鼓起勇氣接近那只豬頭。牠的眼睛緊閉，臉上哀淒。

還有半頁整齊斲下的身體，骨，皮，血，肉。我閉上眼不忍再看，如同豬也閉上眼。閉上眼畢竟是好的，牠至少不會看見舖子那兒垂掛下來的究竟是牠（或者牠的友伴）身體的哪一部分，或是身體裡的哪一只器官，牠不會看見那大而黑而腐而腥的器官，連同身體的這裡那裡被垂掛，被展示。

我與那只豬頭對望，牠看不見我，我卻看見牠，看牠身首異處，血肉模糊。如是我聞，身體的真相赤裸地攻擊我脆弱的視神經，淚腺，於是我恭敬合掌，誦讀彼岸之身，於美麗的晨。

——原載二〇一三年五月二十三日《聯合報》副刊

台灣台北人。台灣大學政治系學士，政治大學台灣文學研究所碩士。創作兼及詩、散文與評論，曾獲文學獎若干。作品曾入選《九十一年散文選》、《台灣七年級散文金典》等。

我想像中的中年時光

湯舒雯

我想像中的中年時光，必定不是我理想中的中年時光。關於這件事情，如今我做為一名青年、多少已經離了童年的天真——在俄羅斯娃娃的中間層，層層疊疊的自己裡面，現在的我不是最大也不是最小，只是其中一個；讓我想像其他的我自己，彷彿她們不是我自己。

我想像中年時的我，她還活著。她不在醫院裡，也不在監獄裡。她好好地活著。沒有被飛來的橫禍擊中，也還沒有被人生的無端打敗；那些比中樂透還高的機率，卻跟樂透一樣、終究沒有被她買中。

我想像中年時的我，她仍然矮，可是漸漸胖。還是懶得保養，幸好終於學會化妝。別人說她年輕的時候，她會開心。

我想像她吃素。我想像她每週平均至少有兩餐會在不知情的狀況下破戒。我想像她開車。我想像她在一次小車禍中受到了驚嚇，就會放棄了開車這件事。

我想像她依然每天喝一杯咖啡，可是她的牙齒越來越黃。

一本書關於我的童年時光。一本書關於我的少女時代。一本書關於她的老年想像。我想像她仍然閱讀，仍然寫作，可是漸漸寫得差了，也沒有人會告訴她。

我想像那是因為愛著她的人，環繞了她的身旁。

我想像她還記得某個人。無論那個人是不是環繞在身旁。

除此之外她每週看一部電影，在星期五的晚上，有時電影十分糟糕，所以星期天的早上，她讓自己再看一部。或兩部。

看電影的時候，我總是幻想著去他方；可是我總是在這裡。

所以她總是幻想著去他方，可是她總是在這裡；反過來說也可以：如果屆時她正在他方，那麼她會幻想的，就是回到這裡。

我想像她換過一次身分證。身分證上某欄依照下表排列組合，有幾種變化的可能：

身分	屬於	不屬於
喜歡	屬於我喜歡的國家	不屬於我喜歡的國家
不喜歡	屬於我不喜歡的國家	不屬於我不喜歡的國家

以及沒有變化的可能。

想像自己中年時會擁有什麼，是困難的；想像自己將會「沒有」什麼似乎簡單一些。

我想像她買不起任何一棟房子。

當然買不起一個報紙版面，買不起一條午間新聞。那些她還在意的事情，還是買不起更多人的注意。

我想像她沒有結婚。

我想像她沒有生子。

我想像她並沒有後悔。

有時候我會想像中年的我，她會如何怨怪現在的我：「如果妳此刻再多努力一些……」、「如果妳早早改掉那個壞習慣……」，就像我想像中年的我她會如何嫉妒著我，一如我如何嫉妒童年時期的我自己。

同樣地，我們對中年的自己的想像，在某個時空的凹折點上，必定將奇幻地與我們的老年對我們的中年的回顧交會，這兩道眼光在時空的長河裡，將會奇蹟似地交會了一瞬，再錯身開來，彷彿就在兩個陌生人的彼此打量之間，產生了一個全新的人。

想像中年的我將如何看待現在的我自己，無論想像她將對我說謝謝、或說對不起，都可能使人想大哭一場。

如果可以，我希望她對我說的，是：「請。」

有時候我也會忽然想起，童年的我曾如何想像現在的我自己。在那樣的時刻，有時也會十分悲傷。曾經讓我俯拾即是的，此刻正像潮水一樣慢慢退去的，我不敢強求它如何漲高回來。只那沙灘上是有一個我，知道在黃昏裡只等到了日落。

或者想像活不到老年，便死了。那麼我的中年，也可能是我的暮年。上述的那些想像，又有哪些會因此而被改變？

有時候我也會想像，現在我養著的兔子，到了那時還活著。

我想像中的中年時光，遂像一座島嶼那樣孤單，也像一座島嶼那樣樂觀。

現在我唯一可以確定的是，從不斷疊高的積木塔中一塊塊小心抽出積木，再放置塔頂，直到它整個垮掉的這種人生遊戲裡，中年時光裡的我自己，屆時想必在那些日常的移形、幾何的平衡、骨架的漏洞、抽空的間隙之中……是會時不時想起：曾經我是那樣想像過我自己。

可能她終於活成了我想像的那樣，卻討厭了此刻我的想像；或是她終究沒有活成我想像的那樣，卻始終想念著我此刻曾有的所有想像。

而那必定不是我理想中的中年時光；但或許多少還能有一些理想。關於這件事情，如今我做為一名青年，終於承認自己是會願意、如果還能有那麼一些，童年的天真。

——原載二〇一三年三月三十一日《聯合報》副刊

輯二

家、鄉

我們現代怎樣當兒子

楊富閔

台南人，台大台文所碩士班，曾獲一〇〇學年度台灣大學優秀青年、二〇一〇博客來年度新秀作家、第五屆林榮三文學獎小說首獎等。入選《九十七年小說選》、《九十八年小說選》、《天下小說選（一九七〇——二〇一〇）》、《九歌一〇〇年散文選》，寫作《自由時報》「鬥鬧熱」、《中國時報・人間副刊》「三少四壯」、《印刻文學生活誌》「好野人誌」專欄。

曾出版小說集《花甲男孩》，入圍第三十五屆金鼎獎、二〇一一台北國際書展大獎；散文集《為阿嬤做傻事——解嚴後臺灣囝仔心靈小史①》、《我的媽媽欠栽培——解嚴後臺灣囝仔心靈小史②》，入圍二〇一四台北國際書展大獎。

我正在替父親把風。

我趕緊拉上顯示為「治療中」的帷幕，好讓以下一切事宜不輕易被發現。

這裡是低溫冷凍的加護病房，約莫半鐘頭前，父親從住家後方的媽祖廟求來了一杯水，倒進社區活動中心贈送的隨身杯，令我拿著，他開車，出大內，途經省道官田六甲路段，讓南國藍天陽光通過車窗向我們團團送來；半小時候，抵收費停車場，早已算準了探訪時間到醫院——

這間搭設於鐵枝路邊、鄰近林鳳營與柳營火車兩站之間的附設醫院，病患多數來自農業縣台南，並以老歲人居多。我們都至少有個親戚正看診於此，常在院間走道認起了人——唉呦，你也來喔？來拿藥啦！啊誰載你啊？我自己坐接駁車啊。生病是公公開開家務事，我心底這一件卻要懇請閱讀的你保密了。

帷幕內，父親緩緩從褲袋變出了一根自備的棉花棒，沾溼、戴上口罩的他眼神專注在阿嬤布滿針頭管線的臉部、手面、輕輕點了一下。我是一邊忙著擔心小心別細菌感染、一邊忙著分散護士的注意力。半顆頭探出了「治療中」的綠系布簾，眼睛掃射護理站、無菌衣更換處、規格化隔間，空靜的加護病房內大家都忙碌著。

二〇一二年春天，阿嬤因急性肺炎再轉發敗血症，送入柳營奇美，很多老人都這樣去的：先輕感冒、轉成肺炎、痰中有菌絲、抽痰、抽痰……洗腎與敗血。醫生宣布阿嬤活不過七天，當晚，父親隨即率領我們一家七口在媽祖廟跪掉半個時辰。

二〇一二年也是台灣的宗教年，從初春到秋末，全台四地都在燒王船、慶祝媽祖誕辰、各路神祇千秋建醮，鏗鏗鏘鏘，臉書上不斷傳來遶境現場照片，我的中國朋友學台灣人跪在地上鑽轎腳，並以此姿勢拍下系列照片，臉書獲得數百個讚。

二〇一二年，我家不遠那棟重蓋了十年的朝天宮媽祖廟，終於要開廟門了。挑燈的籌畫、緊密的流程，村民視之為吾鄉自兩百年前開基以來最重要的盛事，讓許多遷出數十年的外地遊子、也推著坐輪椅的老父老母回村赴會。

位在朝天宮廟後的楊家，其家族發展史即是一部媽祖進香史，我的父親、祖父、伯公甚至家族女性長輩都有一部媽祖經，我也是。

父親擔任要角，可說是二〇一二年開廟門的風雲人物。他能管理宋江隊、理解廟宇文化與在地發展間多重鏈結，更重要是他對故鄉文化傳承極具使命感。

廟會前十天，鄉里內的鬧熱氣息十分濃厚，大家都期待著，而醫生宣布我們得做心理準備，父親日日自夜晚操練宋江陣的現場抽身至奇美。

阿嬤隨時會走，事情一旦發生，父親及我們一家將因守喪關係不得參與廟務，這是小學生也知曉的常識，媽祖都要傷腦筋。

蓋了十年的大廟，十年內多少人未及看它落成即撒手，我也在這十年長成一個台灣文學研究生。十年可以發生多少事情？姆婆伯公都不在，姑婆也不在了。一座廟如何定錨一鄉鎮的情感結構，再沒有比住廟後的我們更能述說這份心緒。開廟門大家都期待，若父親因守喪缺席，媽祖香勢必失色，慌亂廟務工作，潰散宋江隊伍，可以說少了父親奔走，進度難以推動，那次廟會不能沒有父親——

大家難為情呢。

大家只能等待。等待的日子，我們做了很多事情：聯繫葬儀社待命、通知阿嬤的外家，姨婆在前往病房上的電梯抱我痛哭一場；我們也跟隨廟會遶境，去北港朝天宮買綠豆口味的大餅、土豆、蒜頭，開心吃了有名的當歸鴨肉羹，大哥還用line上傳了小圖。

等待的幾天，父親與我一到探訪時間，便重新上演這齣搶救阿嬤的戲碼，父親正在為阿嬤做傻事：棉花棒，沾水，全身從頭到腳點一下，彼時阿嬤已輕微變形，本有大象體態的她瘦成四十公斤，全身水腫，氧氣罩、呼吸器、鼻胃管、抽痰機……大姑看到就說不要了、母親好幾次跑錯病床，搞烏龍：每個阿婆都長得很像呢。

我的把風功夫則越發深厚，有一次突然遇到護士闖入，父親緊急撤了手，我腦筋一轉，立刻向護士解釋：看、阿嬤有反應耶！我指著阿嬤眼角的水漬，說阿嬤很像在哭。

現在細想，說不定彼時阿嬤看到父親為她勞心苦命，冒著被趕出醫院的風險，確實滴下了眼淚。

阿嬤與父親關係十分緊張。當我年幼，一次放學在樓上聽聞醉歸的父親同阿嬤怨嘆，內容模糊，情緒該是反應長期受到阿嬤忽略，父親像說了我在外面出事妳會擔心嗎的句子。在樓上貼著木板牆偷聽的我喘不過氣，沒有心理準備，剛烈的父親原來也是個孩子。

阿嬤因早年喪夫，三十歲開始女人當男人用，嫁在千人大家族，她是如何養大三個孩子？她還要面對妯娌的言語，死了尪、連傷心時間攏無，政府給予的賠償金阿嬤說她一毛沒拿到，唯一具體的喪偶反應是，阿嬤說她什麼都忘了、連最擅長的算術都弄不來。

父親彼時四歲，夾在得以協助家事的大姑以及剛出生的幼子小叔之間，成了他自己口中最不被關愛的孩子。

父親是體育長才，這點遺傳自祖父：田徑、足球、棒壘賽，國中老師都建議他要去念彼時專收體育生的南英工商；說、這囝仔沒好好栽培，會太可惜。實則父親並非怨怪阿嬤無錢財供他練體育，是在同一個時間點，二爺爺抵達了我家客廳，並順勢帶來一嗷嗷待哺的小食客，才三歲不到。

很多年後，我曾偷偷問過阿嬤，妳後悔無？我還用相當現代的說法告訴她——妳怎麼把自己搞成這樣呢？

阿嬤勞碌一輩子，哪裡生時間沉澱悲傷、思考出路？張眼即賺錢、工作、三餐，家務事亂成一團。日日出沒二爺爺的田，增加雙倍農事，為此不被子女理解，然後遭逢鄰里側目，那也是災難的根由，不知情的人還以為阿嬤拿了什麼好處哩！怎會有好處，我小時候天天都在當她的定心丸，陪她去西藥房借錢、去農藥行還錢。

我也想起國中，日日在跟父親吵架、打架，阿嬤總會一個人吃力爬到三樓，來到我的房間，好言相勸要我同父親道歉，甚至連台詞都幫我想好了，什麼爸爸失禮，我卡袂曉想——我聽了搖頭、心想真是荒唐。

直至很多年後才驚覺，我與父親關係緊張，阿嬤是覺得她也有責任；才驚覺母愛太少，又未曾享受過父愛的父親，他如何能扮演好父親的腳色。

我太難為父親了。

再說明明父親未曾冷落過我。

小學六年級畢業，拿不到縣長獎，他仍是典禮前一小時即到現場，隔著教室窗戶我看他在樹下逢人問路，心頭竟替他感到羞赧。本只是以家長身分出席的他，因是優秀畢業生楊富閔的爸爸，又被請去頒獎，那天他換下平日的工作服，改穿休閒皮鞋西裝褲，現在才明白牛頭班出身的父親，是如何以會念書的我為傲。我得到林榮三文學獎，他四處稟報，說我們家這小尾仔，真了不起。

我念私立的、昂貴的黎明六年，天天都在裝病，中午別人放飯，我請假回家。父親那時剛辦手機，會立刻驅車前來護駕。他接送我十幾年：補習下課、北上南返的火車站、麻豆統聯站、高鐵歸仁站，都有他等候我的身影，這樣盛大的寵愛來自一個自小無父的父親，他才是我最了不起的爸爸。對他來說學習當父親如何困難，我曾在三樓倉庫翻出一整套親子教育的錄音帶，猜想是父親的自修教材。

我讀東海四年，他出差路過台中，鐵定過來看我，或順路把我車回台南。好幾年的中秋，我因疏於提前購票，被困在大度山，一人據守在宿舍。我不以為意，父親倒緊張起來，半夜三點自行驅車到校門口，隔著山嵐霧氣的中港路向我揮手，回程在清晨古坑收費站買營養早餐，那日冷氣團剛報到，他怕我受風寒要我躲起來，躲起來？我不解其意，邊走邊傻笑，該躲到哪裡？心頭卻溫燙如安裝一台迷你暖氣機。

我出版《花甲男孩》，他自己手繪表格，拿到公司叫賣，要大家填好名字，還自備零錢袋。《花甲男孩》在他的紡織公司賣出五十本，我覺得很驚人。有一次，父親的客戶告訴他：我讀到你兒子的文章，常寫你的壞話。不久傳到我耳裡，我心底後悔極了，趕緊修掉所有文字。

最近騎摩托車載他去看醫生，他一手搭在我的肩，我發現從前載他車身搖搖晃晃，現下卻平穩多了。父親失眠長達三十年，近五年因阿嬤的病，他瘦了不少。

二〇一二年春天，媽祖繞境圓滿順利，阿嬤病情穩定，是熬過來了。當晚廟方舉行平安晚宴，全鄉居民都聚集到了廟口吃辦桌。我看到許多離鄉十幾年的親戚、鄰居、老面孔都有回來，問候聲是這邊那邊：從前在我家斜對面賣自助餐的淑枝阿姨就坐隔壁，看到小叔即問：「您母仔最近好沒？我今嘛有時住高雄，有閒才來去看伊。」、「攏不知您阿伯仔、阿姆仔攏往生啊，這遍轉來才聽人講起。」廟事即是家事，這是在地人的共識。

席間，我四處張望，遲遲不見父親的身影。他的宋江隊員已就座，不斷向我問教練人呢？教練身體不舒服在家裡。

我有點擔心，在康樂隊搖滾聲響中離了廟口，走回只有幾步路遠的家、上樓。

父親兩眼瞪大躺床上，索然看著電視。我說你怎麼不去、大家都在等你。

父親漸漸失去言語能力，父親沉默無法表達心中情緒於萬分之一，只因阿嬤五年前病時，父親就跟著病了。

三十年來的失眠，終在高壓工作環境以及阿嬤照養事宜積累下一夜爆發。

決定辦理退休，太早了，才五十七歲，大家都有充足的理由反對，經濟重擔一下掉在母親身上，我心底也反對，卻是第一個舉手同意。

為了迎接他的退休，找來無數退休專著猛K，我甚至覺得自己應該回南部工作，陪他規劃五十七歲後的人生，我沒有勇氣告訴他——你提早退休，我的壓力立刻來了，明明你說讓我毫無掛慮的讀書與升學。

開始思考能做點什麼，他一人在家，中午有吃嗎？父親向來怕麻煩，該不會煮煮泡麵過一餐吧？我不斷快遞各地美食，水餃料理最是方便；我不斷加強心理建設，承認我們家現在有兩個病人。

陪父親四處看身心科，上網了解關於中年男人心理病症，打電話給他的時候要先列點筆記，他的生活如此空乏，對話容易冷場；也開始幫他處理許多文件，初始我常以他的名義代簽，通常是阿嬤申請外籍看護的物事、養護中心費用的交涉、甚至住院表單，病危通知、放棄急救書，無數的表格，最後乾脆由我一人經手負責。父親有個挺別致的名字，叫做戊癸，天干地支內的戊癸，據說是我家後院早前一位漢文老師的美意，我很喜歡這個名字。

媽祖祈福遶境過後，阿嬤健康奇蹟似好轉，我們開始討論是否拆下阿嬤的維生器材，我們對阿嬤健康有信心，阿嬤能自己學習呼吸、恢復意識、直至醒過來。

何止醒過來，誰相信阿嬤幾天後可以講話、認人（第一個認出我）、快速出院並且精神地在養護中心丟軟球、玩積木呢！

父親不斷說我們媽祖真「興」，我則為了顧及醫師的尊嚴與專業，趕緊讚揚奇美實在高明，彎身鞠躬答謝之心情就像夜市販售的擊鼓兔，心底在開party。

遶境過後，媽祖廟成了新興景點，至今一年過去，香客絡繹不絕。

我常獨自一人來看廟，我並不喜歡傳統廟宇炫富式的建築，但廟前廟後，直至每一尊神偶都有我的記憶：開漳聖王、保生大帝、楊大使公、田都元帥、媽祖婆，我來這裡像拜會老朋友。

二〇一三年六月二十三日早上十點，我又在替父親把風。

我趕緊拉上顯示為「治療中」的帷幕，好讓以下一切事宜不輕易被發現——

這裡是低溫冷凍加護病房，六月二十三日早上七點半，父親接到來自養護中心的電話，說明阿嬤在送往醫院途中已然休克，隨後經搶救恢復意識，人已送到急診室。

八點，父親與我抵達柳營，提早到達的養護中心護士箭步向父親說明，急診室醫師也過來解釋將展開的急救步驟，我一人躡手躡腳登入冰冷光亮的診間，老遠看到阿嬤沒蓋棉被平躺床上，我問收拾中的護士：能過去看嗎？沒人阻擋我，我即刻欠身喊她、阿嬤！

發現瞳孔放大，兩眼瞪向天花板，其實我有被嚇到，我知道阿嬤根本已經死了。

九點半，父親與我在帷幕內等待救護車人員前來，我們即將陪送阿嬤回到大內的老家，距離阿嬤上次宣布無效剛好一年整。

等待的時候，護士用無痕膠帶在阿嬤胸口別上一台迷你收音機，唱起阿彌陀佛經；等待的時候阿嬤嘴角一直溢出紅色的唾液，我不斷抽取衛生紙細心擦拭，我不敢問護士，這是血嗎？等待的時候父親愣在床頭無助掉眼淚，我告訴自己冷靜，我甚至沒有哭泣，拉了兩把椅子指揮父親陪我挨坐在床沿。

我俯身向阿嬤輕語、攏好啊，咱等一下欲轉來大內。

握緊阿嬤的手，沒有溫度，開始冷了。

我還說，阿嬤、妳看，我爸爸為了妳拚成這樣、他真是了不起！

這才激動哭了起來，我是多久沒公開稱讚父親了呢。

面對中年退休，將長期在家的父親，我所能給他的只剩大量的肯定，逼自己要大量的鎮定。

我將父親摟住，密閉的帷幕內，想起他偷偷摸摸以棉花棒替阿嬤治病，才意識到治療旅程已經結束，才發現父親滿頭大汗、雙手也是冷的。

阿嬤死了。自一九六一年祖父在曾文溪水中溺斃，五十多年過去，單親媽媽楊林蘭人生旅途正式結束，五十幾年來厝內發生這麼多事，陪坐在救護車上時，我怕阿嬤沒有跟回來，我緊緊握她更加冰冷的手——阿嬤妳真正辛苦了！

阿嬤後事圓滿結束，一個晚上，我們再度回到朝天宮，備了祭品來向媽祖叩謝。等待香過的時間，空靜的、挑高的廟殿，光明燈牆，裊裊檀香，給出了舞台。一家八口在廟腹打發時間。做什麼呢？妹妹在神桌下捉迷藏、母親在側邊的接待室看「風水世家」，父親小叔到外面抽菸，我抱著遊戲的心情，拿起了杯筊打算求籤。

心底邊盤算求什麼，邊從籤筒抽出一支編號五十的籤枝。

隨後媽祖婆連許三次聖筊，出奇地順利。

我向來最怕抽籤拖拖拉拉，我們的媽祖阿莎力。

蹲在籤櫃前，從籤櫃拈出了編號第五十支籤。

凝神我讀了籤文，立即發現異狀。

我叫大哥過來看籤，我說非常有問題、遞上去——

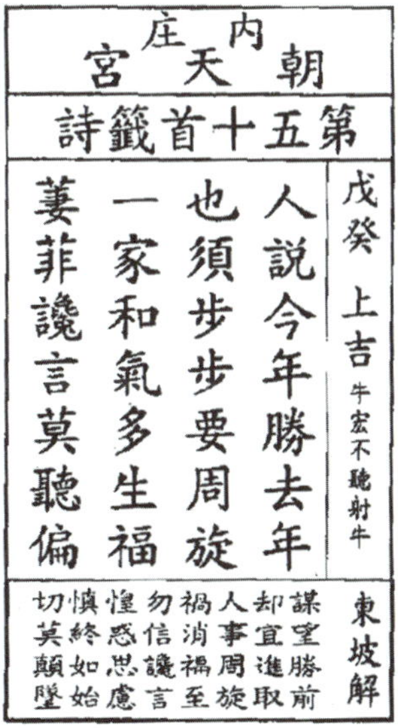
內庄
朝天宮
第五十首籤詩
戊癸 上吉
牛宏不聽射牛
人說今年勝去年
也須步步要周旋
一家和氣多生福
萋菲讒言莫聽偏
東坡解
謀望勝前
却宜進取
人事周旋
禍消福至
勿信讒言
惶惑思慮
慎終如始
切莫顛墜

大哥細細朗讀著籤詩內容：人說今年勝去年／也須步步要周旋／一家和氣多生福……被我這樣呼攏，他也緊張了起來。

我安撫他說是一支好籤，你看清楚，籤詩版面這麼豐富，籤詩學問很大哩。

大哥順著我的手勢，重新檢視起了籤詩，可惜他似乎敏銳度不足。

他問是求什麼？我驕傲地答覆——求父親鬱症快好！

第五十支籤的籤序為戊癸籤，是支上上籤，籤曰戊癸上吉。

是的，父親的名字即是戊癸。

——原載二〇一三年八月二十七～二十八日《聯合報》副刊

本文收錄於二〇一三年九月出版《為阿嬤做傻事——解嚴後臺灣囝仔心靈小史①》（九歌）

一九八九年生，新竹人。畢業於台大外文系，現就讀台大台文所。耕莘青年寫作會成員。喜歡跳舞，散步，動物。曾獲時報文學獎散文首獎，時報文學獎書簡組優選，林榮三文學獎小品文優選，台大文學獎等。

錯位

林巧棠

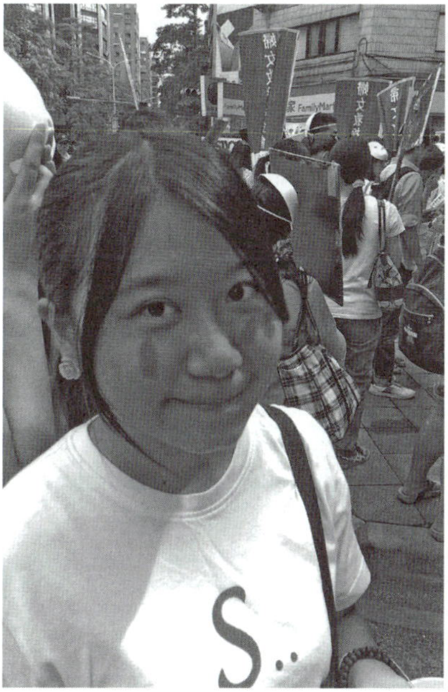

明明是回家，卻像是作客。

我端坐在曾經米白的沙發上漫不經心嚼著便當，一粒瑩白的飯粒掉在上頭，襯出它骯髒的灰黃。舉目四望，屋裡一切如舊，物件都好端端地待在應然之處：電視立在矮櫃上，茶几瑟縮屋角，沙發組圍著正方桌案擺放，一切仍是原先那個客廳的模樣。餐桌邊的餐椅仍是四張，就連需要清空才好搬動的冰箱——我不禁打從心底佩服起母親來——也不可思議的整齊，長據門側的醬油膏沙茶醬與沙拉醬等，瓶瓶罐罐依照高矮順序一字排開，彷彿它們自始至終未曾離去。

離去的反倒是人。這是幢終年霉雨的屋子，地磚的顏色始終是哭過的，大片黃褐斑點羣聚天花板角落，狹窄的一字型廚房僅容一人，浴室的壓克力門板和塑膠浴缸皆泛成了舊牙的黃。搬家的過程是一場旋風，將我們連人帶傢俱刮進這間陌生的老屋裡。

打從踏進大門開始，父親的叮嚀就未曾間斷：「電視遙控器換了」、「廁所燈在這裡」，但是他語句清淡，拖著將息未息的尾音，讓我誤以為自己僅是名即將遷入的房客，他不過是領我看屋的房東。

然而他為我做的卻遠比最好的房東多太多了。那些來不及開封的紙箱，一落落蹲踞在屋內各個畸零角落，大門邊，矮櫃兩旁，樓梯下方的凹壁，「裝有你東西的那幾箱，我全都用紅膠帶標好了」，他又指指我的舊電腦，自從買了筆電後幾乎沒再開機過，「電腦桌在這裡，桌上的東西我原封不動搬過來，印表機也裝好了」，他的語氣平緩如常，每次開口，卻只說一句就打住，頻頻回頭，彷彿在等待些什麼。

我究竟是怎樣一個冷漠的孩子，才能不回應他的所有邀功呢。

半小時前我踏出車站，家鄉烈烈的風以熟悉的力道撕扯我的長髮。即使大半視線皆被凌亂的瀏海遮蔽，我仍舊一眼便能從列隊的車陣中認出父親的那一輛。寬敞的車內，我卻被四面八方湧來的沉默壓得喘不過氣，幾乎窒息。父親總是率先打破靜默，說的都是意料之中的那幾句：

「錢還夠用嗎？」

『夠。』

「需要的話就直說。」

『謝謝。』

曾幾何時，我們的對話只剩下這些。

他以為畢業後我就要出國念書了。我說，打算就在國內念研究所。我沒說下去，他也沒問下去。突然他又提起股票盈虧之類的事，對那些運籌帷幄的名詞和策略，我是一點概念都沒有的，僅能回以幾個間斷的語助詞：喔。好。哇。

緊接著，一陣彼此最熟悉的沉默如海潮將我倆淹沒。這種沉默，自從他離開後我們練習過幾次，很快就上手了。我們不常見面，卻熟練得能夠立即築起一道緊實的隔音牆，讓所有的話語都在半空中碰壁，默契難得地好。

那些話或許是寬慰，意思是無論我想去哪裡念書，他都負擔得起。從後座斜斜往駕駛座看去只能看見父親的側臉，鬆弛垂皺的下頷，更加稀疏斑白的髮鬢……上回見面是過年，不是闔家團圓的除夕圍爐，而是大年初五。那時他的頭髮似乎沒這麼少。正午的陽光像針芒盡往眼裡扎，我幾乎不認識駕駛座上這個人了，就連不常見面的朋友也知道我將來的去向。

父親趁著年假出國了，和他的情人一起。

無論他給了多少關切，都會被年初五的記憶給強硬地取消——眼眶裡的水氣聚集成膜，酸苦的感覺像哽在喉頭的魚刺，吐不出也嚥不下。

他沒待多久就回去工作了，留我獨自在家，作客。手中的便當還是溫熱的，我非常餓卻只嚼了半個，再也吞不下。我將便當盒扔進塑膠袋內使勁綁死，等著傍晚的垃圾車。果皮菜梗，油漬屑渣，即使是最難處理的廚房垃圾，只要丟進袋裡交給清潔隊，自有專人打包所有煩憂，還我一幢爽然清潔的居所。我一面使勁打結一面想著，要是酸苦的記憶也能丟得如此乾淨就好了。

租來的房子很老，而且窄，上樓，下樓，不到三分鐘便逛完一圈。客廳裡還留著原屋主棄置的巨大電視櫃，深到發黑的原木色調令我想起奶奶家的那一座，集擺設與儲藏功能於一身，佔滿整面牆的龐大體積，再加上沙發組與大小几案，令原先就不大的客廳顯得更加擁擠。我走到牆邊，才發現角落裡還塞著一張單人沙發，兩邊各緊靠著一張長沙發，中間毫無可站之處，上頭胡亂堆疊著報紙雜誌與大賣場傳單，弟弟的舊背包被壓在最底層。

被棄置的單人沙發是爸以前常坐的位置。有一陣子他突然迷上看電影，不上班的時候，他會坐在那張沙發上，翹起腳，剝幾顆蒜味花生，手裡的遙控器總是在幾個洋片頻道切來換去，HBO、東森洋片、Star Movie，我們對這些好萊塢的片子已然爛熟於胸，熟到在頻道隨意切換後的五秒鐘內就能喊出片名和主要演員。從前他還在的時候，我們常打賭著玩，卻老是分不出勝負。

後來他嫌那些商業片總是一成不變，不看了，轉而前往百視達，每次都抱回一大疊片子，大多是歐洲或日本片。在家人都熟睡的深夜裡，他獨坐客廳，緩緩咀嚼花生，以及那些數分鐘內連一句對白都沒有的長鏡頭。有好一段日子，即使到了下午，DVD放映機的餘溫都還在。

不過，就在他把睡衣和牙刷都帶走，只留下那張就此冷卻的沙發之後，放映機就再沒有燒壞的可能了。

我上二樓打算整理衣物。主臥室裡有座高聳至房頂的舊衣櫃，櫃身是拙樸的深褐色，垂老的濃綠門板鑲著若有似無的黯淡金邊。這種脫妝的老傢俱除了放衣服之外，最適合給小孩捉迷藏，小時候在奶奶家，只要翻開衣服躲進去，貼著木壁摒住呼吸，除了爸，沒人找得到我。現在的我早就過了玩捉迷藏的年紀，不過，即使爸不用找就看得見我，我也不知該怎麼對他笑了。

這是所狹仄的暫棲之處，曾經佔滿一幢透天厝的記憶全被壓縮進來了，還有許多仍安好地冬眠在未曾拆封的紙箱中。年都過了好一陣子，氣溫卻絲毫沒有回升的跡象。依著紅膠帶的標記，我翻找出裝有冬天衣物的紙箱，抽出一條毛呢大圍巾將自己層層包裹，捧著一杯熱茶，回到冷涼的沙發。我望著沐浴在午後陽光下的客廳，屋子雖然小，窗戶卻如此慷慨，陽光將陳舊的家俱鍍上一層薄透的淡金，讓它們不再黃得難堪。

未來半年都要在這裡過了。窗外傳來敲打與鋸木的音噪。剛才進門前，我瞥見好幾個工人忙碌地穿梭在斷牆破磚之間，國破山河在，原先的家已成廢墟殘壁。昨晚母親在電話裡說，雖然牆壁已經打掉了，但進度還是不夠快，她希望籌劃已久的嶄新裝潢能立即動工——雖然修補一樁崩壞婚姻的機會很渺茫，但是，倘若家屋能成為一幢更宜棲息的住所，至少，至少能稍稍撫慰她殘破的信心吧。更改水管動線後，牆壁便不會再生出灰色癌斑，毛髮與灰塵也無法藏匿在新鋪的木板縫裡，洗碗槽裝上熱水開關，家人就不必再為冬日洗碗煎熬，母親手指紅腫脫屑的老毛病也不會復發。

我自然是期待的，畢竟誰不想要鋪有光亮木板的新房間、飄散原木芬芳的大書櫃？淋浴時再也不必忍受忽冰忽燙的水柱、流量孱弱的蓮蓬頭、長年未乾的浴室地板，還能自由選擇磁磚的花樣、粉刷牆壁的顏色……這樣一想，彷彿此間賃居的所有不適皆可忍耐，所有的權宜都可接受了。

果真是這樣嗎？

聽見他關上大門的那一刻，我不敢問自己。

其實都可以不要的。不要嶄新的液晶電視，不要母親獨睡的主臥房，無需週週上高級餐廳，也無需光滑適手的3C產品。生命和家屋一樣，有一種空缺是這些多餘的事物永遠填不滿的。

不過，這世界從來就不問你要不要的。

父親結束旅遊的那天，年初五晚上他打開奶奶家的大門，手上提著好幾個大紙袋，空氣僵凍的客廳裡，我分不清那究竟是給家人的紀念品，還是他來作客的伴手禮。奶奶除了喚他吃飯之外什麼也沒說，媽的臉色是我見過最鐵青的一次，只有弟弟興高采烈拆著包裝紙。正當他忙著將羊羹和仙貝一字排開，浩浩蕩蕩擺滿桌面時，我發現堆在桌腳的數個紙袋上全都印有機場免稅店的字樣，平整無痕的模樣，應是上機前才包裝好的。我們是他於旅行結束前才想起的。

在我逃離客廳的前一秒，爸裝作沒看見沙發一角鬧胃疼的媽，捧著滿手東西走近。「來不及了」，我想。他手中的零錢包和手機吊飾，竟然都是我喜愛的樣式，還有閃耀細緻光澤的高級耳機，他說，價錢比台灣的貴一倍，遞給我和弟弟一人一副。

那時的心裡藏了太多酸澀的問題，當下卻一句都問不出口。「謝謝」表示接受，問「你和誰去」則太多餘，或是我根本不該伸手，只需轉身離開。不過，或許是由於他灰敗疲憊的面容，或許是由於奶奶默默垂下了她稀疏花白的頭，最後我竟然點了點頭。我恨自己只能點頭。

如果當初我沒有點頭，或許他就不會離開了。

母親告訴我，家的外觀不會有多大改變，但內裡肯定煥然一新。數月來我陪她逛街看家俱，比較各家氣密窗，挑選大門樣式。從家飾店離開已經兩小時了，她依然念念不忘那張鄉村風的米白餐桌。在一家即將收店的傢俱館內，她還半開玩笑地指著那座小巧精緻的象牙白雕花梳妝檯告訴我，「想要的話現在就買」，她的心情難得這麼好，「改裝潢可以改運呢」，她自信地說，笑得卻不夠真。

客廳裡不知不覺已經暗了下來，彷彿有人捻熄了陽光的開關。窗外開始飄起晚春的雨，玻璃外面的雨，看久了，一絲絲走進眼睛裡。電鑽聲從未間斷，我彷彿可以就著聲音想像，被灰色腫瘤佔據的醜陋牆壁是如何被一面面敲毀，大塊龜裂的地磚被一片片掀起……我不曉得該如何移除一幢房子的血肉而不傷其筋骨，我只知道，毀壞一個家的過程很快，重建則不一定，畢竟那是整座生命裡，最最困難的事。

一定能逐漸習慣的，習慣這個既陌生又熟悉的世界。

——原載二〇一三年十月七日《中國時報》人間副刊

本文獲第三十六屆時報文學獎散文組首獎

天神的戲台

吳鈞堯

出生金門昔果山，十二歲遷住台灣，中山大學財管系畢，東吳大學中文所碩士，早年為詩，後致力小說與散文，現任《幼獅文藝》主編。

《火殤世紀》寫金門百年歷史，獲文學創作金鼎獎。長篇小說《遺神》描風獅爺身世，收錄九歌出版社年度小說獎作品〈神的聲音〉。曾獲《聯合報》小說獎、時報小說獎及梁實秋、教育部等散文獎，數次入選年度小說與散文選。二〇〇五、二〇一二年，兩次獲頒發五四文藝獎章。

著有《火殤世紀》、《熱地圖》等十餘種。

小時候生活苦，吃地瓜粥、配醬菜，佐母親自己醃製的螃蟹，草草吞嚥就是一餐。逢初一、十五，以及特殊節慶如七夕、端午、清明等，平淡的生活隨著隆重的習俗，讓生活稍稍染色。染淡淡的紅色。如胭脂。我尤其記得七夕。傍晚時，板凳兩排放門口，終有肉品祭祀，豬肉燉蛋、四季豆炒肉片等。母親上金城買七仙子紙偶，擺在菜餚前。

隆重些，七仙子還有紙房屋可住，我常彎腰看，七仙子是否真有七位，看她們誰更美些。當然，最漂亮的那尊就是七仙子了。祭祀後，還有一個我念念不忘的習俗是擲胭脂上三合院屋頂，母親說，那是讓七仙子妝美的。我把胭脂扔了上去，八歲、九歲，直到十二歲。搬遷台灣以後，沒有屋頂可擲，漸漸的，家裡不再祭拜七娘媽。

每想起這個中斷的習俗，我常惆悵無比。少了母親的祭祀，七娘媽在無垠宇宙，可安好如昨？還有胭脂可抹嗎？漸長，漸發現民間習俗，充滿人與神的悲憫。無論如何，七娘媽都已經是神了，但人間仍心疼七仙子與牛郎一年僅一會。我們看著神苦，人心跟著痛，而憐惜地祭祀。小時候少理會這些，但在七夕那晚，我睡枕庭院，遙看喜鵲連結成橋，會有一顆星是母親的慈悲，會有一顆，是我投出的胭脂嗎？

有許多次，我架樓梯，上屋子，躡手躡腳爬上屋頂，找尋胭脂。有幾塊還在，但數量總是不對。二伯母看到了，嚷著說爬那麼高做什麼？踩破屋瓦就糟糕。二伯母嗓門大極了，為了不讓她繼續喊，我趕緊下樓。幸好，二伯母沒問我爬高做什麼去。

祭祀過後，好菜上桌，生活才暫離醬菜與清粥。

苦日子裡，少數稱得上好日子的，不是人間大事，就是與神有關。

如結婚。通常是新郎親自送糖果到家裡來。一個巴掌大小的塑膠袋，裝滿糖，夾一張紅色喜訊。不久後，喜帖來了。孩童如我輩，不懂得欣賞其他美食，只知道炸雞腿好吃，並不斷地盛著一碗碗甜湯，彷彿利用喜宴，一次補足對甜食的渴望。結婚是後裔延續的起點，自當慶賀，而人壽終，也是喜事。記得國小翁姓同學阿嬤過世，出殯後，於村內廣場擺筵席，我沒撫慰同學，而專注吃喝，隔天在學校碰到同學，羞愧不已。三十年後，我回返榜林，送外婆最後一程，不免俗的，擺流水席，村民與親友八方來，共享外婆遺愛。頓然覺得高壽終，猶如喜事，一餐不過個把小時，裝填入胃的，不過區區斤數，大家相聚共飲的這一餐，雖僅一餐，卻讓這一餐的意義有了延伸。

人生大事外，長長的苦日子中，我們必須透過神，才暫得不苦。初一、十五過於家常，未必能夠加菜慰藉，而必須寄望廟會跟祭祀。昔果山做醮是村內大事。家家戶戶於廟前擺上自家板凳，擺滿雞、鴨與魚。村落不過數十戶，數十條板凳的祭祀，終讓雞、鴨、魚等，蔚為喜色大海。為搭建戲台，供歌仔戲與布袋戲演出，做醮期間，村民拆了大門，搭建戲台。沒有大門，我們虔誠迎神，無論是〈樊梨花移山倒海〉、〈薛丁山征西〉，眾神與村民聚精會神，相偕看戲。神聞萬家香、人嘗人間味，天地一方，在燃不盡的三炷香中，各司其職。村民鄭重地拆解戲台，我們迎回自己的門。這扇門，曾為天神的戲台。

我參加過規模最大的迎神祭祀，莫過於迎城隍了。二姑媽嫁與後浦，我與爺爺常訪。有個笑話她熟記多年。我與爺爺作客，姑媽粗心，忘了添厚被，我與爺爺兩人，半夜凍醒，裹著薄被發抖。姑媽笑說，怎不趕快跟她說呢？半夜了，我年小，不好意思吵醒她與姑丈；爺爺年長，心想忍耐點，天就亮，女兒跟女婿隔天還要上班，讓他們好好睡。三十幾年後，二姑在住家開雜貨店，兼營小吃，賺不了什麼錢，只是找些事，讓自己忙。我想起以前與爺爺來，他們敘舊時，我無事可做，常坐在門口外的防空洞頂上，望街前一長排竹林，清風來，綠意搖，我尋著、看著，感到一片清涼。

姑媽喃喃推算，爺爺已走了三十餘年，那一年迎城隍，便是我與爺爺最後一次，相偕迎神。

後浦城隍並非金門先賢，而是宋仁宗寶元年間的進士蘇緘。宋神宗熙寧年間，蘇緘任雲南邕州知州，南方的交阯入侵，蘇緘率軍民固守，不久城破，蘇緘闔家自焚而死。宋神宗感於蘇緘奮戰而亡，謚號「忠勇」，後來，交阯再攻入桂州，宋軍不敵，節節敗退之際，卻見大批宋軍兵馬一波波湧進戰場，兵士邊殺敵邊喊「蘇城隍督兵來報仇」，一舉打敗交阯。蘇緘，宋朝人，其忠義，過千山、渡時空，來金門當神，人間的英勇，卻有著神界的威望。

小時候不知典故，耽於熱鬧。然記憶有其甜、有其缺，長大的我才慢慢跟上，填補年少的不知。我手持汽水、糖葫蘆，與爺爺站馬路邊，看著神駕，以及七爺、八爺經過。信徒焚香，鞭炮聲陣陣響，硝煙如霧，不迷視途，而捎訊息給天庭。

一年前冬天，我即盤算返鄉迎城隍。趁早訂票，適時安排住宿。晚上安步莒光路，藝人歌演熱鬧掀場，城隍廟內，信眾與旅客早聚集，各地陣頭紛紛亮相。迎城隍成為金門重點民俗，政府與民間合心，遞傳承，也傳新意。今晚，漳州、福州，連武當山的神，俱會神金門，我好奇在我看不見的、聽不著的夜空，眾神紛紛敘舊。聊前塵、談今事，回憶舊時光，以及更舊的時光。也許，還聊到當他們還不是神的年代，秦漢魏晉、宋元明清，他們安於一個農村或者一座城市，也祭祀天公伯仔與七娘媽。我相信若眾神閒聊，童年必是最多的話題，因為在過了那個純真以後，他們發覺世界純真者並不多見。蘇緘與眾神，為了人間留一炷純真，所以我們得舉香過頂，承認人間與人心，終有一點不足。

我與爺爺迎城隍後，隨即返家，祭祀後有無辦桌宴客，就不知道了。我揹相機，尾隨陣頭而走。居民於門前設香燭迎駕，觀光客則如我，拍神、也拍心中有神的人。

我認出當年與爺爺的站立處，正是民生路、斜對縣政府的巷子。我停下來，不再拍照，退到紅磚道上，靜靜站立。

我不禁頭暈。因為，我閉上眼睛。

閉上眼。我便看不到陣頭來自大陸、台灣或金門各鎮。我聽到鞭炮聲，聽到孩童高聲喊七爺、八爺，我聽到汽水啵地打開了來。我聽到爺爺的咳嗽。我聽到在爺爺咳嗽的間斷中。有一個細細的聲音，來自很後頭、很後頭的地方。我聽出來，那是我很小的時候，父母親、爺爺跟奶奶，為我燃香眾神，低聲祈禱。

我微睜眼睛，卻只注意著，有哪些好菜。七仙子在祂們的紙廟中，瞅見我的糗態。難怪我打量著她們誰更美時，她們都抿嘴而笑了。

祂們，同時也是她們跟他們。

雖然，那不過薄薄的胭脂或輕輕的幾炷香。

我再尾隨神駕而走。回頭拍了一張與爺爺站立的巷口。停格中，信眾臉朝右。不遠處，神就要來了。

——原載二〇一三年九月十日《中國時報》人間副刊

本文收錄於二〇一四年二月出版《熱地圖》（九歌）

台中人。東海大學生命科學系畢業，中正大學哲學研究所在學中。

寂寞不死

李秉朔

醫學報導表示老人習慣埋怨自己失眠，是因為忘了計算癱坐安樂椅打瞌睡的時光。那些頂著專業頭銜的瘋狂數字迷並未看見老人的靈魂四處遊蕩，欲言又止卻無計可施，於是先一步跨進棺材，等候復活時機。

夜半兩點倘若醒著，黑暗會強迫老年人思忖自己的一生是否值得。兒孫白天的頂撞在夜晚擴散開來，變成遺棄的前奏；媳婦洗碗的背影似乎敲打心有未甘的節拍，她會說服丈夫改天再度參觀安養院？將老人背上山任其自生自滅的悲劇當然只是故事，情節卻真實到必須有熱心網民公告周知來自《楢山節考》這部電影。現實社會恐怕沒比荒山野嶺容易應付，為數眾多的老人縮在養老院一角哭泣討饒，向子女保證回家後願乖乖吃藥、不再任意嫌棄外籍看護，然而為時已晚，他們通常只換來一句「改天再來看你」的承諾。這些晚輩是潛在的作家，他們早晚能獲得機會投稿到各大報懺悔：敘述父母親無助的眼神，自責殘忍但不忘強調當時別無選擇。命運屬中等資質的老人，例如我阿嬤，肉體被我們封存在家，靈魂往往從凌晨一點起才受到地下電台的召喚緩緩甦醒。

電台主持人明白孤單之苦，在闇夜接管寂寞老人的心事，充當老人的臨時保母。在成功推銷出不明藥品前，他們是世上最懂得聆聽的張老師。「我那個無路用的兒子根本是妻奴！叫伊跳海伊就跳啦……」怒不可遏的阿婆苦候多時終於接上線，使勁傾倒情緒垃圾。主持人哼哼哈哈回應，五分鐘後口水攻勢毫無減緩跡象；主持人開始深呼吸，巧妙地把話題導引至阿婆糖尿病宿疾：「阿嬤，你上次買的藥吃了安怎？」阿婆頓時語塞，主持人乘勝追擊：「你這樣病怎麼會好！搭配新的排毒丸更有效嘿，今天特價再多送兩小罐！」解決阿婆後，其他老人紛紛來電；他們深怕惹惱主持人招來一頓罵，先是幫忙責備不按時服藥的阿婆，又昭告天下自己吃完藥百病全消。主持人龍心大悅，忍受某些五音不全的顧客清唱日本演歌，賣出更多藥，長達兩小時的老人社群網站才告一段落。

天亮阿嬤入睡前告訴我：「阿靈年輕美麗，又非常孝順。伊父母真好命……」摧毀別人的信仰是莫大罪惡，而我極力說服阿嬤，阿靈既不年輕又不孝順：「伊說賣藥已經二十五冬，是能多年輕？伊對人客這麼惡！」阿嬤不同意：「伊是為了咱老人好。」我懶得多說，只得旁敲側擊，確保她沒能記下電台主持人連珠炮複誦的訂購專線。騙老人的錢與探囊取物沒兩樣，我搖搖頭，不過一段時日後我愈來愈心虛：阿嬤的修養突飛猛進，嘴裡的人生大道理不脫陳腔濫調，但抱怨少了，全家開懷享用久違的和諧。當然這全是阿靈教育有方。可惜幾個月後，阿嬤心中貌美孝順的阿靈入獄服刑。我指指報上的歐巴桑給阿嬤看：「你甲意的阿靈坐枷啦。詐欺、偽造文書、妨害自由……」「你莫騙我！」阿嬤揮揮手。隔天早上阿嬤要我幫她換一架新的收音機：「這台壞去了，害我找無阿靈。」

找無阿靈的老年人精神萎靡，缺乏強精固腎的藥，他們的身體頓失重心。兇惡的孤單襲來，漫天神佛來不及解圍，所幸老人們在阿郎的節目重聚。阿郎魔高一丈，八字姓名紫微斗數娓娓道來，療癒肉體也療癒心靈；老人們的隱私節節敗退，革命情感則更形堅固。他們繼續揮霍豐沛的金錢和時間，買藥唱歌同時充分掌握別人家的恩怨糾葛及瑣事脈動，並獲得幾則改善運勢的指點。多數聽眾的兒女事業有成、日理萬機，在晚餐桌上暢談國中生毒癮問題，慨歎黑道滲入校園，可渾然不知家中設有要命毒窟：他們寂寞過頭的老父老母為取悅主持人，把子女奉上的孝親專款換來成箱感冒糖漿、各式祕製黑藥丸。他們當中的一群汲汲營營吃藥強身，打算減輕後代負擔；放下自尊，從頭學習為人處世之道，慶幸重建和晚輩的關係。接著他們的肝腎不堪負荷，步向衰亡。深夜他們不再撥打熱線給夥伴報平安，聽眾不明所以地祝賀他們擺脫病痛。他們開始每星期上三次醫院洗腎，兒孫不解家中長輩為何砸重金悉心照料仍罹患尿毒症。礙於人情不得不買藥搪塞同儕的老人意志薄弱，總會忘記服藥，他們暫且逃過一劫；藏在床頭櫃眾多來路不明的古怪藥品被兒女發現，老人承受半個鐘頭關懷的碎念後，凌晨時分偷偷在空中與阿郎相會。

失眠的夜無窮無盡，而性格決定命運；某些老人趕往另一個世界，有些老人被世間留下，譬如我阿嬤。然而跟了阿嬤九十二年的雙耳再也聽不見阿郎。長夜漫漫，唯有寂寞不死。阿嬤的精神生活缺了一角。「我可能剩沒幾年了……」阿嬤經常啜泣。「安啦，你要呷到百二歲咧。」我急忙塞住她的嘴。老人不准預言不祥的未來，理性交代後事被斥為胡思亂想，不被允許得知罹癌；醫生幾乎只對著推輪椅的家屬解說病情，讓許多狀況外的晚輩選擇父母即將接受的酷刑。老人在輪椅中不斷萎縮，縮小成孩童。我們說老人像小孩，否定他們的自主能力；小孩起碼「有耳無嘴」，老人失去聽力後，儘管說話音量提高，也僅僅是一陣耳邊風。神經科學家換上較體面的說詞：老人家因前額葉退化，無法控制言行舉止，要我們把老人當幼童哄騙，嚴格管理他們的飲食質量，逼迫他們外出跳土風舞健身；其實他們只想自在當阿宅，藉由地下電台維繫人際網路，順勢表明政治立場。阿嬤的慢性病為她保留了部分發言權，她不厭其煩向心臟科醫師抱怨：「我口乾口臭，大小便真歹聞。」醫生笑問：「阿婆啊，有誰的大小便是香的你跟我講？」

腎臟未曾遭受成藥戕害的阿嬤莫名成了腎臟科病友，我們讓她冒著百分之七十的生命危險洗腎；她憑藉實力證明自己是生命的奇蹟，但從此她的靈魂蝸居在身體之外的某處。阿嬤漸次將我們剔出海馬迴，她的身體命令她索討更多食物維生，而出走的靈魂看來是孑然一身了。阿嬤的寂寞萬壽無疆，分送給家中每一分子；我們突然想學著理解她，於是比手畫腳遊戲天天上演。回憶止步，阿嬤是新鮮人，手舞足蹈指認世界：大拇指是我，其他四根指頭代表未婚的四姑，拍手是向看護小姐打招呼，戳肚子表示極度飢餓。老天，我竟然是阿嬤心目中排行的榜首！她甚至會嘟嘴與我們接吻。冬季氣溫較友善的幾天，我們推阿嬤外出散步，迎面而來一位年輕太太豎起拇指：「阿公髮型不賴！」我指著自己幫阿嬤修剪的貝克漢頭：「不，她是超酷的阿嬤。」我誇獎少婦嬰兒車內的寶寶，卻說錯他的性別。老人跟嬰兒一樣沒有性別。

寂寞衰退了半年，直到阿嬤最重要的器官搞砸。神經內科醫師兩手一攤：「栓塞當然用促進循環的藥，同理，出血就用止血藥物。可是阿嬤兩種情況一起發生……」兩個出嫁的姑姑喪失耐性，請來師父誦經，奉勸阿嬤早死早超生。我和四姑咬牙切齒，成天播放歐爾頌彈奏的《郭德堡變奏曲》同死神搶人（阿嬤你要醒過來，還要變聰明！）。阿嬤數度進出加護病房，放棄急救同意書我簽了又簽，護士尷尬詢問我阿嬤偏好死在醫院或是死在家裡。病房內的寂寞迅速茁壯，質問我把弄丟靈魂的人放到安養院有何不可。安養？灰敗的建築物宣告了機構內人手不足，眾看護隨時心力交瘁，偶爾偷餵安眠藥塞住老人嗷嗷待哺的嘴。不少老人尿道感染，進住數個月即病逝；家屬前來收屍，痛哭一場辦妥儀式，自此心無罣礙。幼稚園五彩繽紛的外觀搖旗吶喊：「美好人生正要開始！」為什麼養老院最誘人的廣告文案始終是「政府立案，安檢合格」？癱瘓的老人有沒有權利一個星期聽人朗誦至少一首辛波絲卡的詩？我們的療養院能不能供草間彌生這樣的敏感藝術家創作不輟，用對藝術的愛阻擋自殺欲望？

「生命會自尋出路」常被拿來說嘴，但少有人探討誤入歧途的生命。阿嬤悠悠醒轉，醫生嘖嘖稱奇，九十八歲的老人再度展示肉體自行運作的決心。一切回歸原點，阿嬤不是老人，也不是孩童，她只是她自己。腦傷並未讓她喪失文明尺度，阿嬤成為純淨無瑕的老貓。你絕不可能數落一隻老貓：「你知不知道你小時候抓壞幾張沙發？」沒有機會再對她發脾氣了。每次回診都是向醫師、護理人員擔保奇蹟尚未消逝；他們被成就感淹沒，歡天喜地像逗弄嬰兒一般招呼阿嬤。

半年後結局終究找上門。被宣告死刑長達十數年的心臟仍舊頑強搏動，倒是肺臟無聲無息幾乎用罄。我學會傾聽及閱讀阿嬤時，她只透過各種儀器上的數字回應我。我必須常常離開病房，踅到婦幼科喘息；那裡有哭聲也有笑聲，存在較多生命的成分。老人活到幾歲時應該被瀟灑放棄？基於對地球生態的責任，我未曾祈求任何神祇，但內心清楚自己又開了世紀大賭盤，只是沒人願意陪我玩下去。醫生不耐地打比方：「阿嬤就像壞掉的車。車輪破損，引擎泡湯，變速箱故障。你要我從何修起？」阿嬤雙眼緊閉，我猛烈按壓她腳底穴道，直通心臟的那處，恨鐵不成鋼。阿嬤的腳皮裂開，流出組織液。

阿嬤走了，寂寞還沒，四姑繼承了大規模失眠。阿嬤的收音機停留在阿郎頻道，但阿郎坐牢去，節目暫由一個賣西藏天珠的老師主持。天珠比黑藥丸貴得多，老聽眾瞬間清醒過來。來電的族群換血成心急如焚的家長。一位母親埋怨兒子成天掛網，不務正業參加什麼人權靜坐活動。老師勸她多念《心經》，迴向給家人。為人母和為師的從未想過，尋常人權是這些「不務正業」的傢伙掙來的。「幸虧這老師還算老實，不會強硬推銷天珠。」四姑接著說：「老師說你是大器晚成。」她極力向我解釋熬夜收聽只是想了解這類主持人究竟有多大的撈錢本事。身為懷疑論者，我耐住性子問她：「他知道我是啃老族？」「老師說買一串天珠戴當然最好，但那要八千塊。你必須靠自己覺醒！」

生命怎會是一個圓呢？起點和終點不曾相交，即使它們可以用無知串聯起來。我們硬是只能用笑聲歡迎生命到來，用哭聲抗議生命逝去。寂寞永生，讓我想起阿嬤時錯亂不已，又哭又笑。

——原載二〇一三年十一月二十五日《自由時報》副刊

本文獲第九屆林榮三文學獎散文獎首獎

輔大中文系、淡江中研所畢業。曾獲《聯合報》文學獎短篇小說及新詩獎。現職明日工作室總編輯。著有《夜間飛行》、《病情書》等書。

子不語

劉叔慧

「原來奼紫嫣紅開遍，似這般都付與斷井頹垣。良辰美景奈何天，賞心樂事誰家院！」時光之思，死生之歎，唯纖細心靈如杜麗娘者，才格外傷感。

從來不是那樣傷情感物的人，雖時時警覺人生無常難料，但更加務實的明白好日子要趁早，得過且過，一晌貪歡。所以恐懼死生於我，或者是隱性基因，不曾發揚光大。

不滿六歲的我兒卻似乎將這種恐懼的能力轉化為顯性，他的纖細柔軟常令我惶恐無措。從小他害怕突來的噪音、安靜的黑暗，甚至不能接受我對他扮鬼臉，他總是害怕哭泣的抹著我的臉，喊說「媽媽不要！」只是一張玩笑的扮鬼臉，都能令他感到至愛被奪的隱憂嗎？

他害怕過自己的影子，牆上影影綽綽的自己，令他驚疑大哭，尤其是夜裡起身，床頭燈影裡照見自己——而他不知那是自己，只以為是何處來的鬼怪，且隨形而至不可擺脫。我摟著他安慰，那是影子，因為光線被我們的身體擋住了，才會有影子。那是你呀，瞧，媽媽也有。他半疑半信，那時他未足三歲，對世界充滿知識性的好奇，卻不愛所有童話和故事書。他要真真切切的，這個世界的真相。

恐龍，宇宙，天文，地理，出去玩時他不會錯過所有地圖和標誌，細細考問所見聞之圖識文字，公園裡的警示看板，禁止釣魚禁止飲食禁止營火不可喧嘩……他不厭其煩的一聽再聽，似乎要牢記這世界的運行法則，而他必是嚴謹的遵循者。

然而一切憂患識字始，對孩子來說，恐懼也從他習得的知識裡，如潘朵拉的盒子，揭竿而起，無法管顧。他熱愛地理和氣候，明白地震的原理，海嘯的發生，明白各種劇烈氣候造成的災難。還有外太空，那遼闊的不可知的宇宙啊，有奇妙的黑洞和外星人。他關心土星上的液態水火山會不會爆發，擔心我們會不會太靠近黑洞，問我到底會不會再有隕石撞擊地球如毀滅恐龍似的毀滅人類。

孩子，一切都可能發生，科學的探索太有限，人類已經以自身的愚昧毀壞和造就了許多災難，我何能傲慢的說這一切都不可能，你的小小恐懼又是如何真實。

秋高氣爽的午後，公園裡奔跑的狗兒和天空上點點的風箏，欒樹最金黃的身影已然退成澀紅，秋深且美，這是媽媽最喜愛的季節。我們牽著手在草坪上散步，你忽然憂慮回身問我，「媽媽，等我上國中的時候，妳就會變老了嗎？」

是，其實媽媽早就老了，人都會一點一點的變老。可是我知道我不能這樣說，「媽媽答應你，在你長大之前，我絕不會變老。」

他猶然不滿意。「是不是我長大了，你和爸爸就會變老，阿公和阿嬤就會死掉？」

「是的。」我老實答。

「那阿公阿嬤死掉的時候，可以讓我看嗎？」他坦白的問。小孩的話語真率且殘忍。我苦笑。

「你想知道死掉是什麼嗎？其實你看過啦。」孩子疑惑的看著我。

「我們家狗狗死掉時。你知道狗妹到很遠很遠的地方啦，死掉就是永遠不會再回來。」那年狗妹老病臨終，她是我人生中第一也是唯一的狗家人，十歲時才因為主人棄養到我身邊，陪我從單身到結婚，從一個人的小日子到男人小孩貓狗同處的五口之家。她忠誠溫柔的守護，包括晚於她來到的小朋友。最後的日子，她不能行走動彈，丈夫為她在客廳最舒適的角落布置她的床褥，日日勤換尿布，抱著她出去散步吹風，如同服侍他早逝的老母，補償心中未能盡到一點人子之責的遺憾。

臨去的前一晚，我們在餐廳忙著晚餐的善後，孩子靜靜走到狗妹身邊，俯身蹲下，伸出手輕悄而溫柔的撫摸著狗妹的頭，彼此凝望，在那似乎只是一瞬又似乎無比漫長的凝望裡，老狗與幼子，他們必然交換了什麼比言語更深摯的事物吧。

我不能忘記那一瞬的慰撫和凝望。而如今孩子不記得了吧？

「像狗狗一樣嗎？那，那我以後再也不要過生日了。」他的眼中忽然蓄滿眼淚，哽咽的說，「我不要長大也不要變老。為什麼人死掉不能復活？為什麼？」

我想起明豔如花的死去老友，大學時社團初遇，她害羞而美麗，隨身帶著一本塗滿詩句的筆記本。每次讀書會她總是靜默的，睜著黑白分明的大眼睛傾聽身周的一切。後來她不再寫詩，做時尚工作，寫長篇小說，寫她狂野的夢想和人生。她好忙好精采。我要赴美遊學那年，請她代班我的職務，她欣然同意，還在那一年因為工作認識後來的老公，被我們同事笑說那個位子是桃花位，坐過的人，戀愛結婚都能心想事成。

桃花難壽，青春易凋。在報上看到她離婚看到她的死訊。自殺的女作家她不是唯一一個，卻是離我最近的一個。她的電子信箱還留在我的通訊錄裡，如果，如果我再寫信給她，天堂的她是否還會佻達肆笑地回信：好啊，這回又要招我做什麼活兒？

孩子，死就是再也不會回來，再也不能相見。確然殘忍。我亦無法回答為何死去即不能復活。或者這就是自然的定則，如果人永生不死，你最心愛的地球要如何容納爆炸般的人口呢。

「就像你的玩具如果壞了，也有沒辦法修好的時候啊。所以人也是會壞掉的。」我摟緊懷中溫暖的小東西，他溫柔敏感又嚴肅的性格，未來一定要讓他吃苦的。此時此刻，我只能不斷的保證：永不老去，永不離去。

兩隻小松鼠頑皮的穿過樹梢。我摸摸孩子的頭，指點他看松鼠，林間的微風低低吹來，涼而明澈，秋日還長，人生正好。我的孩子，你就不要再發愁了，好嗎？

——原載二〇一三年一月九日《聯合報》副刊

漢名吳俊傑，台灣原住民族Atayal（泰雅）族，出生於台中市和平區Mihu部落（今自由里雙崎社區）。二〇一三年八月教職退休。

一九九〇年起主持台灣原住民文化運動刊物《獵人文化》及「台灣原住民人文研究中心」。曾獲鹽分地帶文學獎、時報文學獎、《聯合報》文學獎、《聯合文學》小說新人獎、台北文學獎等。

已出版作品《荒野的呼喚》、《山是一座學校》、《想念族人》、《戴墨鏡的飛鼠》、《番人之眼》、《伊能再踏查》、《番刀出鞘》、《當世界留下兩行詩》、《迷霧之旅》、《迷霧之旅》、《城市殘酷》、《字頭子》等。

我正要拈熄開關

瓦歷斯・諾幹

李昌元／攝（文訊雜誌社提供）

我們的村子有兩座部落、一座社區，部落是族人居住的地方，社區就是閩客人居住的地方。整個大安溪沿線，原來就是族人千百年來散居的遷移地，你一定很奇怪怎麼會多出一座社區，而且是閩客人居住的地方，這要將時間扭回上個世紀二〇年代，也就是日據中期以後，日本軍警以武力壓伏了我們族人之後，為了要砍伐雪山山脈那一棵棵竄到空中的樟樹巨木，從中部平地引進了沒有家產的客家人當伐木工人，等到國民政府推行「三七五減租」，這群沒有慘死在木馬底下的客家人於是落地生根據地成社，他們娶妻生子家族日益壯大，在社區出口蓋了一座香煙裊繞的烏寶宮，幾十年過去，客家口音竟轉成台灣最大族群的閩南話，成為島嶼上語族轉譯的活化石。我的重點當然不是在族群研究上面，而是閩客社區已經蟬連幾屆的村長，自從部落每回推出兩個以上的村長候選人。

雖然說歷史可以成為我們的借鏡，但是命運卻喜歡重複，發生過一次的事情還會發生許多次。這句話依然適用在我們部落。今年的村長選舉，年紀比我輕的堂叔出馬參選，閩客社區自然也有一人參選，有鑑於歷史帶給我們慘痛的教訓，我們找來各界的代表勸退另一位部落的參選人——老村長，老村長想想自己年紀也有一把草那樣多了，欣然願意部落出個青年才俊，於是大勢底定，我們就等著歡呼收割了。

原定選舉的前一日，你應該知道全台灣籠罩在鞭子一般的暴雨中，我們的選舉車隊依舊不敢懈怠，在規定的選舉活動時間之前賣命的揮舞旗幟爭取選票，等到入夜時分，新聞播出全台有幾個鄉村因豪雨成災，延期一週再行投票，我們這個村子也列名在內。

接下來的幾天雨勢轉小，進出競選總部的人群也漸漸增多，儘管耳語也開始像春雨過後的野草蔓生了起來，我們還是裝著氣定神閒的姿態，絕不能讓外人看到有任何自亂陣腳的模樣。這時候，距離選舉前三天，我認為一件微不足道的事情正悄悄地發生，是下部落的一位長老祕密的與堂叔晤談，我們都知道這位長老（他已經對外自稱「頭目」好多年了）在公務員一職退休之後就幹著選舉樁腳的勾當，族人給騙了一次兩次，現在我們都知道他的伎倆了，還不是私下買票或是換票之類的事嘛！

長老離開之後，堂叔也跟著走到了總部辦公室，臉色並沒有明顯的不快，隨口問著什麼事，堂叔比劃著一張張紙幣的長方形，我們了然的輕笑了起來。入夜已近，我正要拈熄開關，聽到一陣蒼老的呵痰聲從黑暗中飄了進來，來人是畢浩家族的大家長——比紹．畢浩。

比紹老人說是做了一個夢見死去的堂叔公的夢，我們泰雅人是個相信夢占的民族，於是比紹老人再也睡不著覺，一步一步的走向競選總部要向堂叔親自說一則故事，他覺得故事恐怕就是某種預言，何況這故事是早年他從堂叔公那裡聽來的。堂叔公在戰後的國民政府初期曾經擔任過縣議員，可以說是我們這條流域的政治人物，我後來在出土的台灣總督府理蕃課編印的《理蕃之友》雜誌上看到了時年十八歲的堂叔公的紀錄，那是內地（日本本土）觀光團台中廳團的旅遊報告，我還記得堂叔公的發言提到了日本農村的生蛋雞比起部落放養的雞厲害的多，一次下二三十粒的蛋，難怪堂叔公要在結尾處大聲疾呼地籲請日本當局輔導部落生產，以便加速進入現代化，始有資格成為天皇驕傲的子民等等。也就是說，堂叔公是個日據時期接受過現代教育的「先覺者」，而我知道的台灣島嶼原住民先覺者經常成為日本人類學家口述神話傳說的轉譯者。

故事發生在一百年前日本進行「前進北勢蕃」掃蕩戰役的前夕，我曾經聽聞父親談起據守雪山山脈夏坦森林那群驍勇善戰、戰功彪炳的「半面人」的傳奇，「半面人」在出襲日警的時候總是將臉龐畫成一半黑色一半紅色，半面族人行動如風，每次出擊就像是弓箭裝上了雷射瞄準器，很讓日警頭痛不已，據說日警後來以女色計誘半面族人，有人看到他們的手掌穿著鐵線從河谷被押解到東勢角駐在所，從此以後就不再見到蹤影了。比紹老人的故事與我父親的講述略有出入，但是重點放在行刑的經過，這是我聽所未聞的奇事，何況我還知道了主角的名字。老人以族語講述，有時候還夾雜著標準的日語，我無法保證事實的真偽，但每一則故事本身內含的浪漫與嚴肅的儀式性質，令我不由自主的將它翻譯並記錄下來，括號的部分是我下的注解：

那是個秋天，Vakan樹（預測颱風來臨的樹木）火一樣的葉子已經都掉到溪谷，像一棵棵被剝了毛的雞，半面人頭目尤幹・夏德將在Guon Kan（族語意為「爆出火花」，今為烏石坑溪）溪出口處被處死。在陽光普照的河床上，天空中並沒有任何一隻烏鴉飛來。

從一大清早，埋伏坪駐在所廣播器動員參觀的聲音聽起來是多麼興奮，族人三三兩兩被帶到烏石坑溪口河床的觀禮處（這也是一九一二年日人接受北勢群族人和解儀式的地點），台中廳理蕃課的官員早已坐定，後面是臉上抹成白粉的官廳太太們，正鶯鶯細語的說著什麼，偶而向前方的溪流望著，又快速的縮回丈夫的背後。北勢群八社的代表穿著盛裝或坐或立，空氣中瀰漫著一股焦躁而歡樂的氣息，好像這是一場祈雨祭（祈雨祭是八社共同舉辦的跨社祭典，因為旱災是整個流域的事情）。

在木板搭建的觀禮台右前方，有一位淚流滿面的老婦人，她穿著少見的珠衣（這是泰雅人最為貴重的盛裝，一生有兩次穿戴的機會，一是結婚，另一次就是死亡），擦得晶亮的珠子在上午溫暖的陽光下發出寧靜的、死亡的光澤。老婦人披著長髮，以一條紅線綰著。她是觀禮台前唯一的族人，她的身分引起族眾的猜測，會是以色誘得逞的瑪紅的媽媽嗎？但她又為何淚流滿面呢？很快地，大家拋開了對老婦的猜測，將脖子伸向犯人可能被帶來的警備道上，警備道上現在卻空無一人，連灰塵也沒有上揚的跡象。在大人伸長脖子的底下是被壓肩的小孩，小孩也想要張望什麼，於是掙脫了大人的掌心，紛紛爬到河邊的樹上，像鳥一樣的棲著枝幹。

尤幹．夏德終於從山谷中出現，正確的說，等到我們看到尤幹．夏德的時候，他已經被兩個日本警察架著靠近了會場，因為他的雙手被鐵線穿綁著，啊，就連雙腳也被黑色的鐵線穿了過去，難怪他根本無法走路，必須像豬隻一樣被撐架起來。「啊，我的孩子！」觀禮台前方的老婦人發出一陣哀慟的呼喊，我們才知道老婦人其實是尤幹．夏德的母親。觀禮台四周發出了一陣喧鬧聲音，執行警官打出「閉嘴」的手勢，現場於是靜默了起來。

開始忙碌的是幾位低階日警，他們喝令尤幹．夏德跪成ㄠ型，兩三個穿西裝帽子的年輕人從口袋抽出紙筆，大概是新聞社的記者，或許是第一次目睹行刑，兩頰滲出的汗水晶瑩可見。（奇怪的是，我日後查找日據時期的報紙，沒有任何跡象記錄這次的過程。）

尤幹．夏德說出的第一句話令在場的每個人都聽得一清二楚，因為現場實在肅穆的讓人安靜，而尤幹．夏德的喊話又是哲理一般的讓人記憶猶新。「死亡和活著都是同樣的一片葉子！」接著，尤幹．夏德再也發不出任何一句話了，因為旁側的日警將一根木棍卡在他的嘴巴。

我們都聽見這一句令人費解的宣言，族人左顧右盼，摸著頭尋找可能的解釋。——我到現在才有一點理解（這句不是故事的內容，是比紹老人的感觸）。尤幹．夏德也不再作聲，只是將頭顱昂得像座固執的山頭。日本警官打開一份文件，高聲的念出尤幹．夏德的罪狀，每念出一條罪狀，就詢問尤幹．夏德是否認罪，一直念到完畢，尤幹．夏德都不能認罪，因為他根本就無法回答「是」或者「不是」啊！

我們根本就猜不出尤幹．夏德是否認罪，他就是跪坐著也像是一根驕傲的釘子——紅銅色的肌膚，上額與下巴各有一記象徵成熟男人的墨青色文面，被彎折到後背的臂膀與屈著的大腿就像岩塊一樣激突，我注意到尤幹．夏德投向母親的眼神就像離群的山羌，散發柔軟而迷離的光彩。眾人瞪大著眼睛，好像期待日本警官一聲令下，這節日就該結束了。

站在尤幹．夏德身後的日警開槍，接著另一位再開一槍，尤幹．夏德扭曲身軀一陣，再一槍，頭顱抖了抖，又補上一槍，直到軀體停止掙扎，終於像河床上的黑色問號。那一記一記的槍聲真是響徹河谷，到現在，我的耳膜都還震痛著。

觀禮台空空盪盪，族人回到自己的部落。一切都已經結束了，這個屬於泰雅的時代也結束了。他的母親跪在兒子的身旁，看著四顆彈孔流出來逐漸凝固發黑的血，我都不知道該如何安慰她，尤幹．夏德是一位真正的泰雅，是一位願意保衛家園的男人，是一位以巨樹的形體、以風的迅捷、以熊的心志敢於挑戰長刀人（日警）的武力統治。他在雪山山脈流亡之餘，託付一位可以信賴的友人照顧母親，卻不知如何洩露了蹤跡，遭到日警圍捕。

尤幹．夏德死在自己族人的手上。

比紹老人說完故事，身軀就快速的疲倦了起來，我大致清楚這個故事的預言（或是寓言），但還是有幾個關鍵的疑惑，堂叔倒是關切的追問自己的父親還說過哪些故事，比紹老人推辭著說下回再說吧！但是要牢記這個故事。

兩天後的下午投票結束，當選的並不是堂叔，而是再一次由閩客社區的年輕人當選村長，原來幾天前下部落的長老帶著所有的暗樁倒戈到老村長，老村長在長老與一票人馬的花言巧語下重披戰袍，於是部落的票源被瓜分，得利的仍然是第三者。

選舉過後，有個聲音一直在我腦海裡盤旋不定——故事會是每一個失傳的新聞嗎？有一天我讀到一位知名的波蘭記者：雷夏得．卡普欽斯基（Ryszard Kapuscinski）在薩爾瓦多一九七一年的報導，記錄著薩爾瓦多早期游擊隊領袖哥梅茲遭槍決的經過，整個過程與比紹老人的故事有著驚人的相似處，它們相差大約一甲子，按照漢人的說法正好是一個輪迴，我儘管不相信命運輪迴的說法，卻信歷史總會在另一個時空、人物、情節，驚人的重複著，就像尤幹．夏德那一句令人費解的語詞：「死亡和活著都是同樣的一片葉子！」我現在也慢慢的理解了。

我來到比紹老人的家中，試著追問故事裡尤幹．夏德那一位「可以信賴的友人」是不是長老的父親，比紹老人卻笑而不語，像哲學家似的露出「我忘記了」的表情，我不知道該不該將我分析與歸納的謎底告訴落選的堂叔，我最後還是選擇文字的書寫方式，雖然叔本華說過生活和夢都是同一本書上的書頁，按順序去讀就是生活，瀏覽這些書頁就是做夢，但文字掌握著歷史，不是嗎？

——原載二〇一三年一月《文學台灣》雜誌第八十五期

我妹妹

李桐豪

一九七五年生，台南人。二〇〇二年開明日報個人新聞台「對我說髒話」至今。紅十字會救生教練，現為《壹週刊》旅遊記者。
著有《綁架張愛玲》、《絲路分手旅行》。

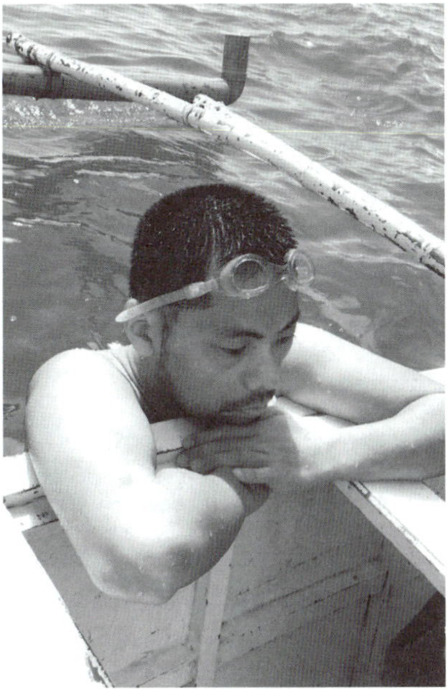

爸爸離家時，振保徹底變了樣。

振保不等人坐定了喊開飯，大搖大擺地上餐桌，把魚吃光光。振保一早偷跑出門，到晚上才回家。妹妹把門鎖上，振保在門外哀嚎。妹妹開門，劈頭就罵：「今嘛恁爸人已經無佇厝，無人予汝靠勢啊，汝若擱繼續狗怪，後一擺就把汝放捨！」振保不懂人話，但妹妹聲音裡的憤怒還是知道的，聽完，用頭蹭著妹妹腳踝，咪咪咪說不要生氣不要生氣，然後翻過身，把柔軟的肚子攤在妹妹面前。

振保是隻貓。

妹妹不理會振保，輕輕踢了他一腳，逕自返回沙發，把身體嵌進布面上的凹陷，繼續吃零食，玩iPad，把電腦下載的韓劇用USB接在電視看，無縫接軌，一直淪陷。爸爸離家時，妹妹把自己栽種在沙發上，身體發了芽，她的Candy Crush已破三百關。對，就是那個Candy Crush，英國網路遊戲公司King.com去年十一月推出的寶石方塊遊戲。問世至今，地球上已累積四千六百萬名玩家，遊戲時間加總逾十萬年，超過一兆顆糖果被消除。各色糖果以三顆為單位，歸納、排列、擊碎。條紋糖、包裝糖、五色糖……糖果脆裂聲響此起彼落，喀啦喀啦喀啦喀啦，聲音如催眠亦如咒語，sweet！

我在另外一個房間LINE她。「我要去買巧味鹽酥雞和阿美綠豆湯，妳要不要？」「ㄅ要。」手機畫面上，一隻可愛的小熊雙臂環抱，轉頭哼了一口氣。傍晚吃太飽，椰汁咖哩、排骨芋頭、五香雞捲……爸爸離家時，我們盡情吃著他平日討厭的食物，像狂歡一樣。然而暴食易飽也易餓，到了晚上十點，我又開始找錢包手機鑰匙準備外出覓食，出門瞥見妹妹攤在沙發上看電視，撂下一句：「天，妳跟童話故事那個女人，掛大餅的那個，有什麼不同？」妹妹鼻子哼了一口氣，說樓下咕咕鐘沒電池了，要我順便買電池回來。其實咕咕鐘走不走都無關緊要了，爸爸不在家，樓下鐵工廠停工，無論白天或晚上，始終安靜得像下午三點鐘的便當店。可這是心裡的話，我沒有說出口，只是嘴上說好，然後出門。

排隊買鹽酥雞綠豆湯，空檔去隔壁便利商店買電池。老闆我等等回來拿，小辣就好，過程需時三局Candy Crush的時間。

回家。正要上樓梯時，聽客廳裡妹妹跟一個女人說話，把一袋鹽酥雞往爸爸辦公桌抽屜塞。炸雞香氣把振保引來，他跳上桌發癡耍賴，咪咪咪，給我吃給我吃。一把抱起了貓，若無其事走上樓，客廳一名歐巴桑與妹妹說話，我見歐巴桑點頭喊了一聲：「阿姆。」妹妹說：「施阿姆說伊有親戚欲來估樓下機械，二十幾萬，汝意思是啥款？」她轉過頭來，慎重地盯著我看，爸爸離家時，我就是家中唯一可以做主的男人了。

我說看看吧，不急著賣。振保從我懷中掙脫跑掉，我也趁機離開。下樓拿藏好的鹽酥雞，回房，關起門偷偷地吃。妹妹和阿姆還在門那一頭說話，「伊啥物講我操弄選弄，選班長攏嘛一人一票，我佗位來的通天本事？講話有需要這樣三尖六角？彼幾日落雨，麗雪真工夫載阮上課佮轉去，伊嘛是仝款坐上去。講人麗雪帶桃花驛馬，煮一頓飯過三家。伊無想看覓，若不是一項好好的代誌，乎伊做佮歪膏揤斜，阮會選麗雪做班長？講人尻川後話伊專門科啦，規街路攏伊咧風聲謗影！」妹妹說起土風舞班的人事糾葛，聲音真宏量。再怎麼意志消沉的人，講起八卦，精神都抖擻起來了。

振保用爪子刨著門，咪咪咪讓我進來，咪咪咪讓我進來。戴上耳機，用筆電看日劇，貓叫和八卦都不去理會。振保鬧了一會兒，就走開了。看完一集日劇，取下耳機，門外沒有動靜，如同按了靜音鍵一樣寂然和懸疑。打開門，阿姆已不在，妹妹陷在沙發上睡著了，電視停留在八、九十頻道那些唱歌頻道。

電視裡染壞了金髮的中年人像過氣牛郎坐檯，一臉雞巴樣，和call in進來點歌的觀眾調情，鬧些不大純潔的笑話把彰化和美打進來的麗雪逗得咯咯發笑。水上鄉的月嬌點播〈一夜情〉。大陸雲岡石窟的空景畫面key上金髮雞巴臉忘情唱著歌，「甲你分開已經也過一年／時常想起逗陣彼一暝／當初是甲你／逢場作戲／難忘你溫柔情意／一夜纏綿／迷人的香味／乎我靈魂飛呀飛相隨／不管你是ユリ抑是玫瑰／不管你是愛人抑是愛錢／一夜情乎我愛著你」。螢幕上迴盪著空洞的歌聲，如同山風吹過荒原。

妹妹的臉蒼白而無血色，眉毛仍緊緊縮著，呼吸淺淺地起伏。我沒有叫醒她，僅去房間替她找涼被蓋上。爸爸生病那段日子，因臨窗的主臥房半夜總有風灌進來，便從主臥室遷徙到客房，而為了方便照料，妹妹從那時候開始，就睡在緊鄰著客房的客廳沙發上。

客廳牆上掛著兩張照片，一張是爸爸的大頭照，是他離家後掛上去的。照片中，他穿著西裝打領帶，大概是五、六年前他當獅子會還是什麼青商會會長拍的，面對鏡頭，他為著自己的成就節制地笑著。他的笑容終將比我們的哀傷還要持久。

另外一張是全家福，爸爸，媽媽，弟弟和我。照片中爸爸弟弟和我服膺在媽媽的意志下，誰該穿什麼，站在什麼位置，都安排好了。因為被擺布，照片中的男人臉都很臭。而爸爸離家後，這個強悍的女人卻不知如何是好。在家從父，出嫁從夫，夫死從子。她不出門，對生活沒有意見，凡事倚賴，她躺在沙發上開始玩Candy Crush，退化成了我妹妹。

我坐在沙發的另一頭，拿起桌上的iPad接手玩了兩、三局。左推右閃，企圖排列出一顆五色巧克力糖，擊碎一切。糖果如流沙紛紛落下，掌中的遊戲如同沙漏，滴光孤兒寡母的時間。玩著玩著，突然想起來她的吩咐，我得替咕咕鐘裝電池。下樓搬樓梯把電池嵌入木屋造型的掛鐘裡，我將分針和指針往後倒轉兩格，退回午夜十二點，小木屋閣樓窗戶打開，布穀鳥竄出來，咕咕，咕咕，啼叫起來。振保不知從哪裡冒出來，仰起頭，興趣盎然地看著他的塑膠獵物。

鐘擺兀自搖曳，時間彷彿被我倒轉到那些半暝三更。下一分鐘，爸爸打麻將夜歸回家時，妹妹將從沙發起身，變回了媽媽，然後元氣淋漓地叱吒著她的丈夫：「你嘛卡撙節點，做人老父無臭無洨，予囝仔看到敢好？」

——原載二〇一三年七月十日《自由時報》副刊

懵懂時光

楊索

出生於台北市萬華，在永和長大，是城鄉移民第二代。愛貓之人，喜隱身大城窺看世間。

楊索出身底層、做過底層工作、報導社會底層，曾任調查記者多年。投入創作後，她相信俄國小說家契訶夫所言：「作家有權利，甚至有義務，以生活提供給他的事件來豐富作品，如果沒有現實與虛構之間這種永恆的互相滲透、參差對照，文學就會死於貧瘠。」

著有《我那賭徒阿爸》、《惡之幸福》。

小路／攝

我對母親最初的印象，大約是五歲時。一個寒冷的冬天，在一個三合院門口，我的身上長著凍瘡、鼻涕直流，有人要給我們一群小蘿蔔頭拍照，照相的人將鏡頭對準我們，我站在最邊角，母親站在門後面，她的面容模糊。

有一回尪舅與尪妗從崙背來台北，他們對父母稱讚我：「伊細漢時就真識代誌，當時伊也才三歲，阮來作人客，吃飽飯，一群小孩就圍上桌，只有伊講阿母還未食，恁哪倘先食？」這件我不記得的事，往後，母親還常常提起。

追索記憶，在懵懵懂懂的年代，我和母親也曾經有過甜蜜相處的時光。

那一年是一九六五年，我六歲。台北市中華路的第一百貨公司開幕時，母親帶我和姊姊去逛過。我記得，我們三人靠著電扶梯，我覺得頭部暈眩，腳好像要被吸進電梯裡。母親在百貨公司買了土耳其藍帶金蔥的雙錢牌毛線，回家後，請人為我和姊姊打了兩件開襟毛衣。第一次逛百貨公司，第一次搭手扶梯，還有第一件毛衣，這一切讓我永久難忘。

那件土耳其藍間雜金蔥的毛衣，是第一件專屬於我，而非承自姊姊的衣服，我穿了許多個冬天，一直到毛衣漸漸失去光澤，袖口的毛線散了，我才不捨地放在床頭，當成洋娃娃般，夜裡抱著它。

初上小學時，我經常感冒、發高燒。母親總是在夜裡牽著我到一處人家按鈴，一個禿頭的男子揉著睡眼來開門，我們進去後，他即刻關上門，然後，在一盞暈黃的小燈下給我量體溫，用壓舌板撐開我的嘴巴，查看我的扁桃腺，最後在我的屁股打一針，並裝一袋藥給母親，囑咐她依照時間給我服用。三餐後及睡前，母親遞給我開水和藥粒，當她轉頭時，我把藥塞到牆縫。感冒拖延許久，她又牽著我的手去密醫處看了好幾遍。

小學二年級時，母親在擺攤，那也是我身體最虛弱的一段時間，有一回還在學校昏倒，讓同學們抬著回家。那段時期，母親上午去市場賣玉米，我下課後去看她，陪她做生意，等到傍晚，又幫她一起推攤車到夜市。沒有人買玉米的時候，母親找一穗顆粒飽滿的玉米，抹上鹽水，遞給我吃。有段時間，下課後，我去市場找母親，她就讓我去市場內的一家藥局打針，到底打什麼針，我不清楚，印象最深的是，每回要脫褲子前，我都害怕到發抖。

那時期的母親是很安靜的人，她默默承受家計，很少聽她抱怨。

另有一段小二的記憶。那次，母親只帶我一人到民權東路的恩主公廟拜拜，那棟龐大的廟宇，煙霧裊繞，那尊巨大的紅面神像，看來令人害怕。母親牽著我的手排隊，人龍很長，每一列隊伍周遭，都有身穿長袍的男女手持香炷在為人收驚，輪到我們時，母親告訴一個阿婆我的名字、生肖、出生日期、地址，以及為何事來收驚，阿婆隨即念念有詞，將幾炷香在我身上拂過，隨後說：「關聖老爺靈顯，保你平安嘸代誌。」結束後，母親給我吃一個上面有顆桂圓的甜糯米，還有麥芽裹著白芝麻的麻荖。我們牽手坐45路公車回永和，在頂溪站下車後，走了很長一段路，才回到竹林路長巷內的家。

當我潛入記憶深處，找出這一天，那時我依附著母親，只覺得她的身影好高大，她的手好有力量。我猶記得，那一天的黃昏，雲彩中洩下金光，祥和地籠罩我們。

長大以後，一次和母親閒聊，母親說我小時候多病痛。最嚴重的一次是，在剛學會走路時，家裡只有我和祖母在，祖母在屋內洗衣，我忽然搖搖晃晃自己走出門，門外來了一輛載運磚塊的牛車，駕駛沒看到我，就把我輾過，結果我倒在血泊中，大家去呼喊祖母，祖母嚇慌了，抱著我往前奔去，有人喊：「叫三輪車！坐三輪車。」才有人在大馬路幫忙攔住一輛車，「恁阿媽不知要去叨位，結果去一間永和ㄟ外科，醫生搖頭，說要送台大才有路用。」母親常說：「你的命是恁阿媽救返來的。」但是，母親沒有說，那時她人在哪裡。

母親說，我出院回家後，她每天帶我去換藥。祖母和她也輪番帶我到崁頂（古亭）收驚，即使風雨斜飄的日子，她們也照常去。說到此時，她忽然伸手撥一下我的頭髮，接著說：「你左邊額頭還有沒有留下傷疤？」我起身照鏡子，撥開瀏海，確實看到一處不甚明顯的疤痕。

和母親的相聚時刻，或甜美或憂傷，那些片刻如潛伏的水流，表面看不見，其實仍淙淙流著。

我還記得，在我八歲時，我們搬家到竹林路尾端的河堤附近，那條長巷沒有路燈，八月的夏夜平房很熱，家家戶戶都搬出小板凳坐在屋外吹風，那時候，家裡只有五個小孩。母親坐在凳上給小妹餵奶。我們仰頭望著黑夜的星空，同時數算墜落多少星星。

母親指著天上星群，告訴我們：「世界上有許多將相好官，攏是天頂星宿下凡變的。」我聽得眼睛一愣一愣，想不透星星怎麼變成活生生的人。

在那個夏季結束時，有一天晚上，巷口亮起一盞水銀燈，這似乎是巷子裡的一件大事，每一家人都出來聚在水銀燈下，有的帶來一壺涼茶，外省媽媽抱來一罐自製的餅乾。媽媽帶著我們也擠在人群裡，我們仰起臉看著泛出紫光的杓狀路燈，不解事的我牽著母親的手，感受到一種莫名的幸福。

我們家沒有電視，每當中午楊麗花歌仔戲放映時，母親就帶著我和姊姊到巷口的雜貨店看電視，我們到達時，有時歌仔戲已經開演，沒有看到已播出的段落總令我焦慮又心急。有一齣《薛平貴與王寶釧》是母親與我最愛的戲碼，每當苦守寒窯的王寶釧開口，母親的淚水就湧出來。

而每一回歌仔戲演完，我們母女回家後，我和姊姊迫不及待跳上大通鋪，用床單、毛巾裹著身體、頭髮，現學現唱，演起歌仔戲。母親就坐在床頭看我們胡鬧，她微微笑著，有時會糾正我的唱腔，說「愛多擱悲哀一點才有像王三姊。」

中視開台第一齣連續劇是《晶晶》，劇情是飾演媽媽的劉引商和女兒李慧慧母女失散，母親一直在尋找女兒。鄧麗君動人的嗓音唱出主題曲：「晶晶、晶晶，孤伶伶，像天邊的一顆寒星，為了尋找母親，人海茫茫獨自飄零……」

「母親、母親，孤伶伶，像海角的一盞孤燈，為了尋找晶晶，春夏秋冬黃昏黎明……」

一夜又一夜，這齣連續劇牽動台灣男女老少的心，劉引商要憑女兒腳踝的一顆紅痣去尋找她，屢屢失望，甚至相逢卻不識。鄧麗君又唱出：「晶晶、晶晶，多次夢裡相見，落得熱淚滿襟，到何時？在何處？才能找到我，親愛的母親。」

那時，擠在別人家看電視劇的我和母親都淚流滿面，其實，全屋子的人也都在拭淚。當時十歲的我，還沒真正去承受現實的人生，看完電視，一家人抱著矮凳回家，擠在通鋪睡覺，我覺得很幸運，母親就睡在身旁。明天醒來，又是新的一天。

當我細細回想這些發亮的片刻，那我額頭尚無皺紋的年代，我曾是一個母親身旁的柔順稚子，對這個世界才睜開眼睛探索，對什麼都好奇。我依附著母親，那時候的她，影像模糊，卻像溶溶月色，灑照在我身上。

——原載二〇一三年一月三日《聯合報》副刊

本文收錄於二〇一三年三月出版《惡之幸福》（有鹿文化）

初旅

周紘立

一九八五年生，東海大學中文系畢業，現就讀國立台北藝術大學劇本創作研究所。作品曾獲林榮三文學獎、時報文學獎、梁實秋文學獎、教育部文藝創作獎、全國學生文學獎、打狗鳳邑文學獎、新北市文學獎、台中縣文學獎、東海文學獎等，亦獲國藝會創作補助。

出版散文集《壞狗命》，舞台劇劇本《私劇本》、《粘家好日子》。

「怎麼這麼晚才接電話？」

你的作息一向怪異，下午六點前算進午寐時間，這通電話響了好多聲，你才接起：「找誰？」

「你怎麼可以忘記我！」話筒那端的女生嗲聲嗲氣，黏乎乎的，以為自己是林志玲。

「對不起，我不是故意的，但你是誰？」

「那天我們一群人吃飯，我是你朋友的朋友。」

你的一半理智還在夢裡，惺忪地回憶，她趕緊又說：

「我就知道你忘記我了。」

「那……你叫什麼名字？」

「露露。」lulu、鹿鹿、還是嚕嚕？你哪來疊字女友。

「那天飯局你對我好好唷，拚命幫我夾菜，我們還交換電話。」

「你知道我叫什麼名字嗎？」

你以為對方會說出Kevin或者Andy、Jimmy這類菜市場洋名，然而，你轉念想，你識得二十六個字母以來，從未取過英文名，假林志玲接續不留空白：

「你好壞，你根本不告訴我呀，你要我叫你……大葛格。」

你無比清醒，脫離夢境，當機破口罵：「幹！我只當底迪。」

這是你的情慾，在世界的範疇之外，偶爾被允許；現實像根針，偶爾戳痛你。

你還記得大同電視就擺在客廳神龕底，剛迎進來的關公是否腦溢血，面容紅紅，該是被底下總是大分貝的電視噪音所導致的。那時電視節目尚未分級，哪像現在井然有序，所以你從小就懂得午夜過半，緯來或者龍祥電影台播放香港三級片，不打馬賽克，一刀不剪的情況之下，稚幼的你就看光沒穿衣的舒淇；更別說遙控器擊點九九二字，名為「彩虹」的色情頻道專播日本A片，整條廣州街夜市風風火火在賣解碼器，打開電視就是最原始的人性。螢幕中的女人一會兒眉頭深鎖，不舒服或者痛的模樣；一會兒放聲尖叫，彷彿有手掌進去刮磨內壁，她們的表情很複雜，滿滿的畫面不是女優的臉就是特寫局部性器，你卻追逐被鏡頭刻意遺漏的那雙腿、那雙手，甚至一道脊椎分明的背影，兩瓣屁股縮、放、縮——放——速率不一，或快或慢，你的右手遵循節奏，潔白衛生紙上下掀飛，你的耳朵湊近蜜蜂孔喇叭，等待一聲，唯一一聲最低沉的怒吼，你以為你尿了，整張衛生紙泛黃捲曲，像顆整型失敗的餛飩。

你愛上褻瀆的感覺，在神明面前，尋找鏡頭之外的人。

為什麼她們感到痛苦，那不是一種電流流竄神經的快感嗎？

最快樂的表現是否常常是自虐？像那晚你的母親，躡著腳步輕飄像隻鬼，無聲無息沒有驚擾你的夢，高超的技巧使拉門靜謐如啞巴，從外婆的房間蹬回早已塞不下你們三個胖子的小隔間。那個夢規律的晃蕩，如潮汐，波波上岸又回去，你像還漂浮在母親子宮裡的羊水，感覺安全，直到水裡傳來絲微聲響，彷彿溺水者的求救，你瞬間瞇開眼，一道隙縫中的母親側頭望著你笑，而在其上的父親只剩上半身，努力努力地進軍，雷霆之姿擺動著身體。

這個畫面你始終不忘，甚至愈漸清晰，關於母親的那抹笑，你想探究原因。

於是，你將自己打開，讓別人進來。

先是潤滑，一根兩根三根手指，撐大不屬於生育的所在，你要讓熄燈之後陷入黑暗的另一人，面容模糊的另一人，硬挺挺地刺痛你，如朋友所形容的「把熱狗塞進鼻孔」的自虐感受。這是你第一個男人，他不在意你的滿圈肚子的肥肉，彼此赤裸裸，假設嘴裡發熱的性器是巷口柑仔店買來的糖果，柔軟的舌尖與口壁，你想要吞下堅硬之物，讓它穿越汙穢無光的空洞，填滿你，抵達最深邃的地方。

「會痛嗎？」

「很痛，但請你不要出來。」

請不要出來，在裡面，落地窗反射的微光照亮不了黑暗，陰影結塊在他身軀臉上。

你全心全意的疼痛著，他的雙手環抱你，胸膛貼緊你的背部，你們的呼吸、心跳一致，彷彿你是他，他是你，不可分離，柏拉圖《饗宴》裡圓頭圓身四手四腳的愛神就是如此。在這樣的時刻，你感覺滿足，感覺痛。

痛苦的極致是愉悅，順著波潮，前進後退。

你想起，母親那張開心微笑的臉，以及A片裡那些呻吟的女人。

鏡頭之外無聲存在的那個人，他的手愛撫過你的一吋吋肌膚，他的嘴唇黏膩如蛞蝓爬行進你的嘴裡，他的一隻腿撐成L形每道肌理都賁張開來，然而，你就是無法拼湊這張正使你疼痛的男人的完整形體。你催眠自己是母親，展現那夜一模一樣的笑，自始至終你要遺忘苦楚，雙唇露出緊咬的兩排牙，對方動作加劇，最後吞吐一句我愛你，你的內裡腫脹如灌氣，等他離開，你轉身喀答點燈，驅逐黑暗大放光明。

男人喘著氣，是他沒錯，然你心想：「怎麼會是你？」

——原載二〇一三年二月二十六日《自由時報》副刊

本文收錄於二〇一四年四月出版《甜美與暴烈》（九歌）

一九六七年生於澎湖，曾就讀馬公高中、輔仁大學。曾獲時報文學獎小說首獎、吳濁流文學獎，並兩度獲得《聯合報》文學獎小說獎。二〇一〇年以長篇小說《流水帳》獲台北國際書展大獎小說類年度之書，以及第三十四屆金鼎獎圖書類文學獎。

著有《海事》、《地老》、《流水帳》、《塗雲記》等小說，以及散文集《瑤草》。

畫像

陳淑瑤

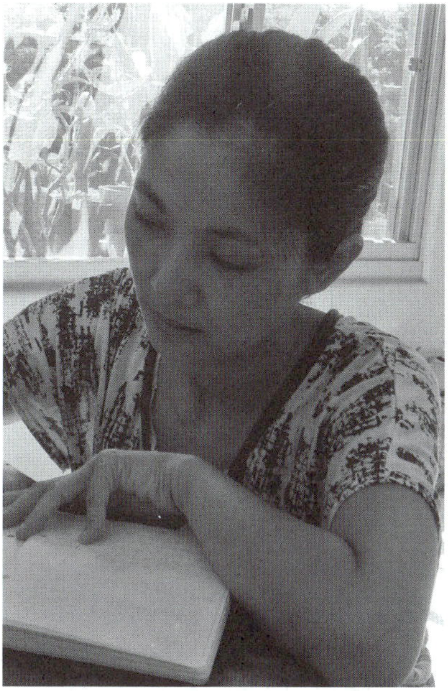

至少有兩次，臨別時阿媽笑著交代我這件事，「去幫我畫一張像！」她說，「跟汝講真的！還笑！」

後來阿媽腦子開始懞了，也就是老人家患了阿什麼症，或者失了什麼，但我說的是小時候聽大人說的，某某老人「懞」去了！閩南語發音近似茂字，情況像是一個人夜裡在蒙著濃霧的森林中行走。

母親再提畫像的事，我當真得面對，而不能覺得還早，尤其一個家有長輩懞去的朋友形容未來的變化將會是江河日下。懞這野獸，牠也曾咬住那位住在附近受人敬重的長者，令他晝夜嚎啕，寧靜中聽聞且知悉他律己個性的人更加不忍，阿媽喃喃，他這個人很怕痛。她是真不懂，還是裝傻，事情沒有這麼單純，磨難不只如此。家人該準備一張白紙在旁邊供他搗蛋塗鴉，儘管他總出其不意將手伸到辛辛苦苦完成的畫作上面，他的形象如同保存在你腦子裡的原作，不會因此毀壞。

母親特別吩咐，眼睛看沒，要畫得讓她看有。阿媽的眼睛比同樣在烈日下耕作的女人都差，皺閉著像憂戚的象眼，據她自己說那是因為十初歲時患了眼疾，她的阿媽自製草藥為她療敷，過後雙眼經常模糊不清，到了當阿媽的年紀，如她所說只剩三分目。小時候看她耽坐在火爐的灶孔前拗換著五根手指在測試自己的視力，我才知道她有多擔心看不見。那種不確定感導致她愛動手動腳，每當我們從外地回來，專注地在描述著一件新鮮事，常被她突如其來的舉動嚇著，她靠過來伸手往你的手臂或小腿一抓，肉肉的肢體等同豐盛的餐飯，讓她覺得高興。換成看見的是我們返鄉的女同學，她必定直直盯著人家，大聲說：「怎——啊這樣一個水夢夢！」怎要拖得長長的，夢夢說得像茫茫，彷彿大都市是一部美容機器，把女孩子們都變漂亮了。

母親交給我一張兩吋的黑白證件照，照片上阿媽面孔慘白神情緊繃，相館窄小的一瞬間常讓人覺得自己像個罪犯，也拍得不夠清晰。提起好大的動力，我開始一一翻找相冊尋覓阿媽的身影。這樣的時刻，也慶幸也遺憾相片拍得不多。

照片上阿媽抱著初生的曾孫坐在她房門外的單張沙發椅，她一抱到小孩子就摸他耳朵，說這耳朵生得多漂亮，哪像她的耳朵又硬又聳，孽命的象徵。晚年她在這張椅子上消磨的時光比床還多，扇子手巾手杖都擱這兒，椅墊經常是油亮的，常盹到極點才肯回房。剝花生是她懞後唯一還做得來的事，座位周圍老是塵沙碎殼，地板上也不時有乾掉的汙漬，掃把拖把來了她便笑罵著，是掃那麼乾淨做什麼，一邊趕緊把腳縮離地面。後來畫家即選中坐在這張椅子上的半身相片做為畫像的藍圖。

還有一張相片，我們姊妹同在端午節回家，和父親母親阿媽在院子上合照，姊姊手上抱著我們家的第一個曾孫，阿媽站得直挺挺的，像個升旗典禮的小學生，手刀緊貼大腿。意外發現一張偷拍的相片，也是唯一的獨照，相片中的阿媽留著捲燙的短髮，而非晚年一貫的髮髻，身上暗秋香色的毛衣看起來又硬又扎，像曬乾的海菜，斜陽下她難得悠閒坐在花圃上，臉微低微笑，拿著菜刀在削甘蔗。那年頭每到冬季，左鄰右舍常會合買一綑甘蔗來分食，孫子吵她幫忙削甘蔗，她一定是罵，沒閒沒工，要吃不會自己去削！你真拿起菜刀，她罵得更大聲，等一下削掉手指就慘！

將這幾張照片放進一個透明小袋，擺在醒目的地方，拖著拖著怕潮怕塵又收了起來。如此找出來收哪去不知反覆幾回，好不容易稍有進展。某日上醫院看病，匆匆瀏覽牆上的美展，順手抓了一張傳單，一段時日後在處理廢紙時拿起來細看，上面大多是老人和農婦的畫像，畫得極為自然真實，畫家是一個年約五十開設工作室的藝術碩士，從相片看來，頗像個風度翩翩的正人君子，雖然微捲的披肩長髮和白色唐裝太藝術家制式了。我照著上面的兩個電話號碼打過去，始終無人接聽。傳單直立在電話機旁，曾經每日都打，彷彿無聊的騷擾電話。

那是二〇一一年冬。同時期接到家裡的電話，阿媽夜裡溜出去夜遊，阿媽又跌跤了，甚至急忙抓住她的母親也跟著跌倒，有一回血流不止，嚇壞了弟弟，弟弟的結論是，她的身體真好，年輕人也不堪這樣流血。這是經過多少苦難的淬鍊啊，也憑著最後的意志和那獸纏鬥，不讓自己跌得太兇，她常掛在嘴邊的一句話是，我若跌到，你阿母就慘了。過後我回去，她鼻梁上還結著痂，閒來無事就摳，摳一次就要挨罵一次。

隔年春天我走進大路邊一家極其老式的畫室，彷彿歇業多年，室內瀰漫一股季節交替的土霉味。窄仄的陋室掛滿人物、靜物和風景畫，和那位梳著油頭自我推銷的父執輩畫家一樣，並不吸引我，卻初見面即訂下畫約。除了舊時代那股腐朽味，或許也因為路過多次終見開門，最主要說服自己的原因是一張婦人畫像與插在畫框外的真人相片非常神似，不是別人，正是畫家的妻子。全天下人都容許畫壞畫不像，唯獨妻子不能，我以此做為依據，似乎非常昏庸。

再度走進畫室，我被擺在桌上的畫像嚇了一跳，認生、排斥，好失望。畫紙上是一個很像阿媽的人，但油彩鮮明，太滿，太像畫了，拿遠一些，才克制住驚恐的感覺。

五月，我將畫帶回澎湖，同樣在母親臉上看見不知該說什麼的表情，待距離拉開，畫面停止膨脹，安定在畫框內，母親才面對現實，承認是她。事情變得有些幼稚，姊姊妹妹要求看畫，像小時候不許別人看我的作品，我推說好不容易包好了，就是不給她們看，但我懷疑她們必定趁我離開偷偷看過了。當然，它最好永遠包得好好的放在樓上的房間。

對它最具體的挑剔是他不該給她畫上一件亮綠的衣服，雖然僅露出一個肩頭，但全壞了樸素的形象。印象中的她，即使年輕時即使喝喜酒，都不可能穿得這麼鮮豔，我所提供的照片她都是一身淺灰藍細碎花，就算這樣的場合需要光鮮一點，也應該只是亮一點點。老畫家看似很滿意自己的作品，我也就不說什麼了。

十二月一個微雨的凌晨，阿媽由懞走入另一個清朗的世界，在此之前，之後也仍會，我惦念著重畫一張畫像，雖然掛在靈堂上，他們都說畫得很像，更沒人嫌衣服太花太亮。我心底還在懊悔，當時如果給原本屬意的那個畫家寫封電子信，情況或許會不一樣，何以執意通個電話，大概是世風日下詐騙橫行的後遺症，人人自信訓練有素，以為只消聽他說說話就知道內涵了。阿媽初懞的時候還會來接電話，因為耳朵也鈍了，必須說得很大聲她才聽得見，我們重複著一樣的對話，她總是問，你還有沒有在寫字？有啦！我說。

喪禮結束，我們把挪到院子上的桌椅搬回屋內，她專屬的椅子仍擺回原來的位置。我們拿布抹去蒙著她椅子的灰塵，卡在木條間很細很細的沙粒和碎花生殼還得找時間拿尖物慢慢挑。關於她的畫像，除了坐在這張椅子上的樣子，我還喜歡一幅她的背影，她懞後時常那樣背對房門坐在床沿收拾衣服，一件件放進米袋（她用來裝土豆仁的米袋），一件件拿出來確認，仔仔細細為一個人的遠行在做準備。

——原載二〇一三年六月二十五日《自由時報》副刊

福建金門人，台灣師範大學國文系博士，現為該系專任教授，研究領域為台灣及中國現當代文學。創作曾獲華航旅行文學獎、教育部文藝創作獎、梁實秋文學獎、全國學生文學獎。

著有論文集《文革小說中的身體書寫》、《兩岸小說中的少年家變》、《白馬湖畔的輝光——豐子愷散文研究》；散文集《無窮花開——我的首爾歲月》、《臨界之旅》等。

如果，你有一名窮親戚

石曉楓

這是場除了家屬之外，僅有十一人前來弔唁的告別式。其中八名，是甫入職場的獨生子平日並不熟稔的同事們；再有，則是往生者的友人代表，計三名。

躺在棺內的是大伯父，在我尚未知世事之際，他便離開故鄉金門，奔赴台灣打拚。我與他關係生疏，原因有多重，其一，伯父其實與我們並無血緣關係，他是祖母當年從廈門買回的養子；其二，這養子自小不學好，鎮日逃學在外，祖母拿他沒輒；其三，及長情事荒誕、禍事連連，祖母對其更加死心。根據父親回憶，少時逃學的伯父不敢返家，每每溜到學校裡，趁下課時向父親伸手拿零用錢。經春至冬，他睡在廟裡、人家廊下，單衣抵不住風寒，也是夜深時父親背著祖母，隔窗偷渡棉被給他。年輕的伯父決定赴台發展時，盤纏不足，更找到父親的工作場所，開口要錢。其時父親一人薪水，養家五口。

我不喜歡大伯父，對他甚且有些畏懼，雖則在有限的相處記憶裡，他總是闊氣得很。國小時曾被選派為代表，由老師領隊赴台參加研習營，我們搭了十餘小時的船，在風浪翻滾中嘔吐著抵達高雄，再連夜趕搭火車來到台北。大伯父得知消息，立刻魯莽地跑到和平東路，立馬將我帶走。為了表達歡迎之意，他要我在百貨公司挑件新衣，「不要客氣，我出錢！」拍著胸脯，伯父相當豪氣地表示。其時，我首次與傳聞中的第二任大伯母見面，她帶著正值二八年華的女兒，與伯父再婚。少女專櫃樓層充滿了蕾絲花邊和蝴蝶緞帶的柔軟視覺感，讓村姑如我彷彿進入白雪公主的幻境。然而四人同行遊逛，大伯母卻自始至終繃著張臉，她像童話裡的後母，對著青春期的姊姊說：「我們挑我們的，也不用客氣。」

後來我才知曉，大伯父自幼逃學，大字不識幾個，到台北之後四處謀職，也只能到工地打打零工，生活其實絲毫不寬裕。但為了體現善盡地主之誼的熱情，他領著我去逛終年難得走逛一回的百貨公司、購置必須花費竟月工資的衣裳，此舉自然令另一半吃味。這是伯父粗拙愛心的表達，在霸氣、闊氣中掩藏著不願被人瞧不起的辛酸。

伯父的另一半後來因豪賭而債台高築，兩人終於離婚。此後，祖母與伯父的關係愈加敗壞，他也難得回返金門。拖到五十開外，經人介紹，娶了第三任太太，我的新伯母瞽目，行動不便，約莫因為如此，才委屈嫁給年歲已大猶居無定所的勞動者。儘管如此，夫妻倆仍生了個兒子，伯父有了後代，老來得子，自然甚感安慰。記得當年與小堂弟初次謀面時，他已是活蹦亂跳的年紀，伯父不改一貫愛教訓人的習氣，扯開大嗓門對著我說：「妳是姊姊，要好好教導照顧妳這個弟弟。」我心裡嘀咕著：根本極少有交集，年紀又差那麼多，到底該如何照顧？一面想起約莫也是這般年紀時，當時膝下尚無子的伯父回返金門，曾帶著年幼的我到文具店，我挑了款色彩繽紛的鉛筆盒，伯父大方地從架上取下另一個，說是也給妹妹買個禮物。「妹妹剛剛才買新鉛筆盒的耶！」我說。沒料到伯父為此狠狠訓我一頓：「只有妳買禮物，妹妹就沒有？做姊姊的不能這麼自私。」當著文具店老闆的面，我噙著眼淚，心裡充滿了被誤解的莫名委屈。

伯父對自己的孩子，約莫也將以這般粗暴的方式來教育吧？不給解釋機會、毫無通融餘地、強制灌輸自以為是的道德教訓。看著天真的小堂弟，我暗暗為這孩子擔心。然而，此去經年，竟是到了堂弟念研究所階段，生疏的家族才在婚禮場合裡重逢。十餘年間，我曾聽聞伯父屢次向親友借貸；一家遷徙多方，父母曾經到三重、板橋、蘆洲等處探望；每逢開學季，父親也會從金門郵匯款項，資助小堂弟的註冊費。但做為子輩的我們，無論如何亦不願與上一代親族多所接觸，因為教訓是永遠聽不完的，麻煩是永遠不會終止的。

而大伯父彷彿也是永遠不會改變的，無論是外貌，或者行事風格。多年後，當我終於循址來到陌生的居所，見著久未謀面的伯母時，一切恍如昔日。伯母戴著墨鏡、坐在桌前，手不停歇地摺著紙蓮花，她對來者哭訴臨終前伯父的種種負氣行徑，那完全是率直魯莽的他。我在臨時設置的靈位前拈香，照片裡的伯父，除了兩鬢微霜之外，那皺紋深刻的額頭、炯炯的雙眼、黧黑的臉龐，與印象中並無兩樣，反而臉部粗硬的線條在攝影師修飾下，添了幾分慈藹。然而倏忽間，他已成為被祭拜的對象，只是靈堂裡少了唸誦佛經的超度，也不聞哭天搶地的嚎啕。

午後這臨街的家是安靜的，伯母因眼疾之故，行動不便，顯然無法經常性走訪親友，伯父晚年亦罕出門。多年來，這一家子約莫過著默默在底層掙錢、掙生活的日子，在城市與城市不為人知的邊角，他們緩慢而認命地移動；在債主與債主交替臨門的縫隙，他們謙卑而僥倖地找尋生機。我在沉寂瘖啞的空氣裡，勾勒著伯父晚年的身影，揣想舊時他行走的足跡。我想到我們這些伯父口中的「讀冊人」，總是吶喊著要關懷弱勢，在需要捐款捐助物資的時刻，慨然共襄盛舉；我們認領偏鄉貧國的孩子，按月接收他們的信件與現況報導照片。然而，當身邊就有一名親戚，如此具有實存感、如此迫近地存在於生活視野裡，我們又會如何對待？不，不要找上我，我不想多所牽扯。我們敬而遠之，如看待瘟神般。

所以，半輩子為生活所迫，輾轉於餐廳、妓女戶等不計其數的場所打雜，經年擔任洗碗工、清潔工，年紀一大把終於娶妻生子的大伯父，在台北都會區的底層打滾，年老體衰後退休。這樣的勞動生涯裡，流宕的交際網絡，終究只能如此貧薄：親人少數，友朋三名。告別式最終，我們繞棺行走，看到的是伯父瘦小而灰敗的遺軀，彷彿象徵性指涉著他在人世的渺小存在。禮儀公司的工作人員一再叮囑著不要回頭、不要回頭，順時鐘往前繞行。是啊，如此畏懼著牽纏不斷的我們，何敢回首？

還記得家中始終保留著小堂弟幼稚園的畢業照，那是伯父多年前鄭重從台灣寄回，做為家族命脈傳承的隱形宣告。即使幼年離家、養母不歡、家族殊少聞問，但伯父晚歲屢屢返鄉掃墓，也在金門四處走逛，尋兒時歡遊之友、舊時戲耍堂屋。所謂葉落歸根，父親說若有任何線索，伯父亦必將往廈門尋他坎坷身世。

然而一切無非徒勞，沒有生身血脈的消息、沒有養父母的疼愛，也沒有贏得晚輩的敬重。人說生死哀榮，但在大伯父身上，我看到的原來是生命的輕賤、枉然與命定。想起伯父故去後，伯母曾表態希望我們幫忙「作旬」。母親在電話裡詢問意願，並且略做暗示：「伯父膝下僅有一子，人丁單薄，若妳們不去，場面會很冷清。」「不要啦！我們跟他又不熟，而且這樣很假耶！」我記得當時，自己以沒有情感基礎、虛應故事的儀式不具任何意義，斷然拒絕。

如果，唉！如果你也有一名窮親戚，我想問在情感、道德與偽善之間，這門世間功課，究竟該如何落筆？

——原載二〇一三年九月九日《聯合報》副刊

輯三

年少

本名鄭瑜雯，東海大學中文系畢業，美國南加大東亞所碩士，現任《聯合報》副刊組主任。曾獲中國文藝獎章、作品入選《台灣文學30年菁英選：散文30家》等。

著有短篇小說集《貓的年代》、《台北下雪了》、《幽室裡的愛情》、《台北卡農》；散文集《這是誰家的孩子》、《顛倒夢想》、《我將如何記憶你》、《丁香一樣的顏色》；長篇小說《在月光下飛翔》；傳記《永遠的童話——琦君傳》；童書《愛的發條》、《小靜想飛》；主編《99年散文選》等。

最初的夢——記我年少時的朋友秋

宇文正

楊柏林／攝

從中華商場如何走到重慶南路？我這個方向盲，一生有半生時間在找路。我找不到那已拆除的商場，一如我找不回與秋相處的時光。

我常常想起這個畫面：我們一票同學走在中華路的天橋上，後來我和秋脫隊了。星期六中午，大家在商場吃過牛肉麵，有人嚷嚷著去J家玩吧。J有一頭咖啡色的頭髮，戴金框眼鏡，她的制服都是量身訂作的。路上，她跟秋拌嘴了，突然嘴一抿：「那我不要請妳去我家了啦！」秋冷冷地說道：「我又沒有說要去！」J一臉受傷的表情。秋放慢腳步，我跟著她放慢腳步，我們就這樣漸漸地脫隊了。

我們轉身默默走了一段路，突然一起放聲大笑，一路走到了重慶南路。秋在一個書攤前跟老闆聊起來，很熟的樣子。她拿起《大亨小傳》放我手上：「這本好看！」那時我老讀《紅樓夢》、《飄雪的春天》什麼的，對西方文學全然陌生。

秋也讀《紅樓夢》。她給我的信中寫過：「寶哥哥曾經是最癡迷執著的人，在書末仰面大笑而去的時候，竟已由至情而成無情！遍歷人世諸般滄桑，豈能不『死』？而重歸頑石的心性……」今日讀來這些「老氣橫秋」的話，在當時卻是震撼我心的。我們天天見面，卻還寫信，女孩子就這樣。秋是個沉默的人，卻喜歡寫信。高二時班上玩過「小天使」遊戲，就這麼巧，她抽到我的名字，當我的小天使。小天使立刻寫信來打招呼：「小雯雯，今天看妳打出一個仰天大呵欠……」故意假裝小學生的幼稚筆跡，我一眼便認出——她的字本來就很幼稚。

我們周末有時在中正紀念堂遊蕩，對面有家小亨利西餐廳，從黝暗玻璃窗看進去，只見得到暖暖的光暈，看不見裡面的人。我開始向報社投稿，遠遠指著小亨利：「如果登出來，第一筆稿費就請妳來這裡吃冰淇淋！」那是我們唯一一次進入這家對我們來說有點奢侈的西餐廳，我倆各點了一客漂亮的聖代。我的寫作夢，或許就從這個聖代開始的吧？

秋是我人生裡的第一個讀者。有一年採草莓，中午在大湖雲莊午餐，點一客好大的草莓聖代，一家三口分著吃。我想起那年與秋的小亭利之約，跟兒子說這個故事。

「妳那個朋友呢？我怎麼沒有見過？」

「她過世了。」兒子愣住了，「我出國念書那年，她跟同事全公司去花蓮旅行，旅館發生瓦斯外洩，一群人集體中毒意外過世。」

我人在國外，當時並不知道這個消息。但我的信秋沒有回，聖誕節，我又寄了卡片給她，卻是收到她姊姊的回信。人在異國，秋的臉不斷浮上心頭。她的側面很像當時軍訓課本上畫的持槍示範女生，那時每次軍訓課打開課本，同學們私下便竊竊笑說：「阿秋在上面！」我也想起她姊姊。她老姊念北一女，有點兒胖，一副脾氣很壞的樣子，也可能是看不慣秋整天晃來晃去毫無目標、效率，見到我們都一個德性便也沒什麼好氣。她老說秋是怪胎，但我們都覺得她看起來緊張兮兮的才奇怪。後來秋的老姊考上台大心理系，她對秋說：「我學心理學，第一個就研究妳！」

第一次去秋家時，我問她：「妳家做什麼的？」「我家賣雞蛋。」我咯咯笑個不停，心想哪有人開店光賣雞蛋的，「總有賣點別的吧？是雜貨店嗎？」秋搖頭：「沒有，全部只有雞蛋！」到她家我嚇一跳，原來這世間真的有光賣雞蛋的店。那天陪她看店，坐在雞蛋築起的城堡裡，忽然覺得，這家人整天在這種易碎品環繞中，難怪每個都怪怪的。

一個雞蛋店的女兒，父母好像也不大說話，而唯一的姊姊對她整天讀課外書早就看不慣了，那麼秋龐大早熟的閱讀資訊從何而來呢？我總也想不透，只能解釋是一種宿慧吧。她小學時就開始窩租書店了；中國、西方，經典、通俗來者不拒，連金庸小說，我也是在她「推薦」之下才開始碰的。

她是我這一生唯一真正經常「討論文學」的朋友吧，上大學後，讀書是很個人的事；即便今日，寫作同業中也有幾個哥們好友，相聚總也是談工作、生活、文壇瑣事、社會議題……閱讀，是很私人的事，就像我們不會互相問起用什麼保養品或洗髮精。為什麼少年要讀書，為什麼少年要交友？在心最易感，神經最纖細的少年時光，我很幸運的擁有一個可以細談紅樓人物，可以嘰嘰呱呱講海明威、赫塞、傑克．倫敦小說，可以一起背誦元好問〈摸魚兒〉──當然是因為讀了《神鵰俠侶》，可以討論《梵谷傳》、《異鄉人》、《美麗新世界》、《如果麥子不死》討論個不休的朋友。我與秋如何要好起來，小女孩時期的種種心思都已淡忘，對她的回憶卻是跟這些書的封面、片段文字緊緊交揉在一起的。比如我讀《安妮的日記》時，對於安妮一家躲藏的密室，腦海浮現的，卻是秋他們家雞蛋店樓上閣樓般的幽暗小房間。

大學聯考我如願考上當時「揚言」要去的東海。而功課雖常打擺子、但一用功便可名列前茅，照說閉著眼睛都該考上的秋卻意外落榜了。回想起來，我倆的人生，在那個夏天，似乎被命運各自帶向了背道的遠方吧。我進入夢中的仿唐式建築校園裡，讀書、社團、聯誼、戀愛，像大部分的大學生一樣；有時挑燈寫作，繼續孵著一個夢想的泡泡。秋則進了重考班，第二年，令人難以置信地再度落榜。她放棄了，隨便念一個商業三專，畢業後在一個小公司做著業務工作。

我們有時見面，兩人都工作得很辛苦，不過我眼圈都黑了，每天還是一樣元氣飽滿地奔波採訪、寫稿，見了面還是嘰嘰喳喳；秋卻更沉默了，少女時聰慧靈動的思緒好像丟在了什麼地方，她也不再談論閱讀了。每次見她時我心裡溫暖，離開後又總是悵惘。我想，她心裡頭一定有某一個東西脫落了，在第一次意外落榜時就脫落了，她始終沒有找回相應的螺絲，無法好好地重新栓上。我想起以前她姊姊老罵她「魂不守舍」，她本來就不積極的人生，變得更虛無恍惚。我不確知她丟失的那東西是什麼，只覺得那場瓦斯意外，對她而言，其實在她高中畢業前後，甚至更早就已經埋藏，多年後那一氧化碳才洩漏出來，窒息了她逐漸封閉的生命。

接到她姊姊的信，我慌亂得不知如何是好，高中同學多已分散，不知該問誰，我哭著打越洋電話給前男友C，他只淡淡地說：「這就是無常嘛！」我的好朋友這麼年輕就離開人世耶！放下電話，我感到徹骨的寒意，異國冬夜裡，我擁著被子無法停止地啜泣。

秋的句子，到今天仍常來到心頭，「重歸頑石的心性」，我想這或許就是我大學後見到的秋吧？至於為什麼，永遠也不會有答案了。

但有時我幻想其實秋是另一個我，那個潛意識中想要成為的，比較高䠷、比較酷、絕不鄉愿、從不取悅誰的我；而我是她的另一面？終於我們來到一個岔路口，背對著背，我隨著本能朝向光走去，把她留在了一個黝黯的玻璃屋之中。

——原載二〇一三年九月《文訊》雜誌第三三五期

彰化出生、台北出沒。曾獲金鼎獎、時報文學獎、林榮三文學獎、梁實秋文學獎等眾多獎項，為各類文學選集常客，多篇文章入列大專院校通識科教材；二〇〇二年以「三稜鏡」創作計畫獲台北文學寫作年金，後擴充為三部曲，同心圓一般地，自外圍而核心，二〇〇六年推出以十一個符號刻畫海外行旅見聞與感思的《慢慢走》，二〇〇八年出版描敘台北履痕與心路的《關鍵字：台北》，《大風吹：台灣童年》為此一計畫的壓軸，凝視十八歲出門遠行前的童少時光。

另著有散文集《一隻男人》、《十三座城市》等書。

給愛麗絲

王盛弘

野台

最初的電影並不是在電影院裡看的，而是野台。做醮酬神搬演的以大戲為主、布袋戲為輔；私人還願常放映電影，大家樂、六合彩盛行時，簽中明牌，一演五天七天，甚至長達半個月的也不少見。

埤仔頭、下旬尾、頂番婆，離竹圍仔步行一刻鐘內可到的所在如有露天電影，幾名平日玩在一起的夥伴便相約著去看。若是冬天，出門前母親會幫忙將外套釦子扣到第一顆；若是夏天，甚至會隨身帶一捲蚊香。

有回不知怎麼地我落了單，獨個兒拎一張小板凳走到鄰村看電影。放映機答答響著，射出一道光束，光裡有微粒懸浮，風很大，屏幕刷刷波動著，喇叭響徹雲霄。因為是演給神明看的，聲音也要放送到天際吧。

銀幕上成龍屌兒啷噹地，一會兒調戲婦女，一會兒吃霸王餐，一會兒又路見不平出拳相助，終於在受了胯下之辱後發憤練功，吃盡苦頭打下根基，好不容易蘇乞兒才準備將絕學醉八仙傳授予他。

我弓著背，手肘支著膝蓋，托腮看得入神。

突然聞到濃濃一股刺鼻酒氣近身，下意識地縮起身體緊緊抱住自己。是附近翻模工廠的傭工，瘦瘦的癟癟的，年紀並不很大但一臉皺，他嘿笑兩聲，我往旁挪動，把自己抱得更緊。

當他將手伸向我的褲襠時，當時年幼的我甚至不能確知到底發生了什麼，只覺他的身上好臭，眼神渙散發著奇異的光。

我再無心看電影，端著小板凳返家，進門時母親問我電影不好看嗎怎麼這麼早回來。我說突然想到功課還沒寫完。有種直覺是，剛剛發生了不該開口向旁人，哪怕是自己的母親說的事。母親看我無精打采，要我先去洗澡，明天一大早再叫我起床寫功課。

也許許多小男孩小女孩，都曾遭遇過這類，事發當時不敢、事後終其一生都不願對人提起，但放在心上忘也忘不了的事。

肇事者

後腦勺左上方有個淺淺的凹陷，平日並不感覺它的存在，一旦意識到了，那個地方便隱隱發脹。

那是升國中那年暑假發生的一場車禍的見證。

是個天清氣朗的午前時光，我騎腳踏車前往小鎮，鄉間道路寂無人跡，驀地看見大哥也騎腳踏車反方向迎面而來，他是返校日放學了。接下來，當意識清楚時，人已經在醫院。有腦震盪的跡象喔，白袍醫師說，要住院觀察。

根據大哥的說法，就在我要與他打招呼時，一輛摩托車自身後將我撞倒。

因漫畫比賽獲獎而剛在電視亮過相的我，一時儼然竹圍仔的「名人」了，出院後竟日日有人前來探望。其實已經不礙事，但頭上纏著白紗布，看著似乎十分慘重，面對鄉親的關心，我竟至必須更加地開朗活潑來寬慰他們。

一個早晨，一輛私家轎車停大門口，走進稻埕的一對母子，手上拎著水果禮盒。是肇事者和他的母親。家人們客氣應對著，好像讓他們大老遠跑這一趟有多過意不去似的。搞什麼嘛，被撞的人可是我呢。

我的注意力停留在那名肇事者身上，濃眉挺鼻，兩隻眼珠子黑白分明，麥色窄臉頰上泛著紅暈，是名俊美非常的青年——算了，我還是老實招供吧，是向田邦子說的，「沒有比回憶遭到修飾更可惜的事了」；其實，除了臉上略有愧色，青年的五官掩在屋簷陰影底，我根本沒有任何印象了。

後腦勺的凹陷是記憶的引信，一旦點燃，往事如連珠炮般逐一炸開：夏日午前的車禍，醫師宣布腦震盪，竹圍仔鄉親的熱情，最後引爆的是肇事者的身影。

至今我仍常想起這個人。

我看老電影，總是過分關心螢幕上那些童星或少年演員後來的動向，一九四八年《單車失竊記》裡稚子布魯諾、一九七一年《威尼斯之死》裡美少年達秋、一九七九年《克拉瑪對克拉瑪》裡小克拉瑪等人，三十年、四十年，甚至五十、六十年後，現在是案上老貓睥睨一切，或街上老狗垂頭喪氣？還是如我一般，綿羊群裡的一隻，分不清誰是誰？

Where have all the flowers gone?

在三十年前那場車禍的老電影裡，也有一名少年和一名青年，那名少年我自然不能不知道如今他成了個什麼模樣，至於青年，現在應該也不過就是半百的年紀吧。他何去何從，變成什麼樣的人了呢？

給愛麗絲

餐廳播放著輕音樂；輕音樂就像牆上的壁紙，雖然塑造了環境基調，但很快就讓人忽視它的存在。

突然地我的心頭有一根弦被撥動，空氣中流蕩的鋼琴小品我認得——

升上國中後，與L結為好友，幾度放學後他邀我去他家作客。他的家位於小鎮郊區，半路上他在排水溝旁駐足，自書包取出飯盒，將剩餘大半的米飯菜肴全傾進水溝裡。我看著驚訝，他聳聳肩，似乎別無選擇的模樣告訴我，免得回家又要被罵浪費了。

那個家有耶和華牧羊的畫片、寫著「以馬內利」的立牌，有馬桶，馬桶蓋上罩著毛茸茸豹紋布套，還有一架鋼琴。黃昏的暈濛光線自窗外襲來，為這個家屋罩上夢的質地。L讓我見識了迥異於我的小農村生活經驗的家居樣貌。

我家牆上掛著的是農民曆，有鳳飛飛、林慧萍笑靨的月曆；蹲的是掏糞式廁所；最大的「家具」是為雨傘代工釘製的簡陋木架油膩膩髒兮兮；三天兩頭要上屋頂調整天線才有電視看，還是黑白的；掉落地面的飯粒，小黃狗早等在一旁，舌頭一捲吃下肚裡去。

學校裡，雖說必要但讓人心不甘情不願的，有一件事是午睡。

匆匆嚥下午飯，腆著個肚子，鐘聲一響便要趴課桌上睡覺，不能東張西望不能竊竊私語，戴紅臂章的糾察隊一趟趟巡視，誰違規了遭記名扣分，在班際風紀競賽中落了後，將受全班的敵視。

L有時會找藉口規避午睡，他說我們一起去做壁報吧。我一向是個乖乖牌，怯怯不敢答應，L拍拍胸脯一副很有辦法的氣概，說他已經事先為我登記申請了。

隨他來到遠遠的位於操場一隅的音樂教室。壁報呢？他說不急，卻坐鋼琴前，掀開琴蓋，屏息，雙手隨即在琴鍵上舞動。琴聲輕快，一聲聲彷彿晨曦在草尖露水間跳躍，又宛如水面上銀光閃閃爍爍，隨著漣漪一波波盪漾開來。

一曲彈罷，他說，這是理查・克萊德門成名作〈水邊的阿蒂麗娜〉。還要不要？我點點頭。這一回是〈給愛麗絲〉。

兩個曲名都記得清楚，多年後卻無法給響在腦海裡的片段旋律正確的名稱。直到在餐廳聽到熟悉的音樂，上唱片行找CD，發現〈水邊的阿蒂麗娜〉原名〈給愛德琳的詩〉。一時不免感到困惑，看來我是記錯了〈給愛德琳的詩〉為〈給愛麗絲〉？記憶的毛線球全亂成一團了，其實前前後後我所聽到的，只有同一首曲子？

這麼說來，自以為殆無可疑的這些那些記憶，很可能也是無性增生、繁殖的結果。記憶有了自己的生命、自己的意志。

正疑惑著，讀到作家朋友的文章裡，說她在電子工廠當女工時，深夜失眠，「拿著一把借來的吉他，我到宿舍屋頂平台彈〈給愛麗絲〉」。心中一震，隨即撥了電話，朋友在電話彼端自嘲是音癡，「但我還會哼〈給愛麗絲〉喔」。才幾個音符便把我遺落的拼圖補上了。

我有點激動，不只為了〈給愛麗絲〉並非〈給愛德琳的詩〉的錯置，更因為，記憶也並不是那麼不可靠。

重新回到最初——直到升上國二能力分班前，午休時我們常找藉口躲到音樂教室。L坐鋼琴前，我凝視著他的側臉，唇上有軟毛青青初萌。當他轉頭看我時，我們交換了一個微笑。

我一向是個乖乖牌，但是美誘使人犯錯，心甘情願地。

——原載二〇一三年七月二十九日《自由時報》副刊

高雄人。師大國文系、中正中文所碩士班畢業，東華大學中文所博士班肄業。現任教於建國中學。曾獲台灣文學獎、林榮三文學獎、時報文學獎、《中央日報》文學獎、梁實秋文學獎、教育部文藝獎。

著有《彷彿若有光》、《自己的看法》、《更好的生活》、《有故事的人》、《二〇〇八／凌性傑》、《找一個解釋》、《有信仰的人》、《愛抵達》，編著有《青春散文選》、《靈魂的領地：國民散文讀本》。

我們這一代的高級娛樂

凌性傑

我不知道，自己青春期所經歷的，究竟是不是一個文藝的太平盛世。許多人說，那是後民歌時期，流行音樂滋養了聯考制度下的我們。我也不知道，若是考不上高中，命運將會變成怎樣。許多被參考書煎熬的夜晚，我一邊聽著收音機裡的流行歌曲排行榜，一邊用文字發洩苦悶。蔡藍欽早熟滄桑地唱出〈這個世界〉，張雨生嘹亮地宣告〈我的未來不是夢〉……，那些聲音陪著我長大、召喚著我，為心裡的愛與痛寫些什麼。

國中二年級，一整年的音樂課都在彈吉他。彈來彈去，我還是只會幾個簡單的和弦。即使這樣，我仍幻想著有一天能自己作曲填詞，唱歌給很多人聽。期末考自彈自唱，我選的是〈恰似你的溫柔〉，很輕易過了關。每週一次的音樂課總讓我覺得負擔不小，書包與提袋已經夠笨重了，再多扛一把吉他擠公車，真顯得有點苦情。後來不知不覺，吉他便荒廢了。

一九九〇年升上高中以後，我開始懷疑體制，校刊社提供了種種懷疑世界的可能。那時，文青的標準配備不再只是文學與音樂，還要加上政治、歷史以及各種主義。我們這一代的書寫者，中學時期歷經了身體與政體的解放，從禁忌中摸索自己的文體。我們擁有極下流的低級趣味，也常常分享自以為是的高級娛樂。阿魯巴風行全台，成為男生樂此不疲的性遊戲。舒淇、李麗珍崛起，三級片撫慰了不少孤獨徬徨的少男。而所謂高級娛樂，就是挑戰禁忌、擷取知識與權力，從中獲得無比的快感。越禁忌越美麗，思想的冒險真是絢爛無比。

高中校刊上露骨的情慾書寫、白色恐怖專題、二二八事件報導，成為我知識拼圖不可或缺的片塊。因為加入校刊社的關係，我總是搶先一步知道各種文藝營隊的報名訊息。沒有網路的時代，訊息的放送、取得，耗費時間且途徑單一。而我的社長特權，除了享用不盡的公假，還有優先參加文藝活動的資格。

各式各樣的營隊讓我們同類相求，聲氣相通。我這才發現，與自己喜歡同樣事物的青年原來都是長這樣的，沒有特別奇怪，也沒有特別不奇怪。跟同好聚在一起，就是當時文青的高級娛樂了。慘綠少年們似乎個個帶著一身故事，懷有許多不可告人的祕密，唯有在提筆創作的時候能夠偷偷地呻吟幾句。營隊結束後，我們回到原來生活的角落，回到單調的體制中。透過書信往返，交換彼此無甚風浪的日常。

世紀最後一個十年，拜經濟成長所賜，教育部好像有用不完的錢蓋大學、辦文藝營。教育部文藝營讓我可以名正言順逃掉學校輔導課，在營隊裡認識同年齡的寫作者。教育部提供經費，提供高中生一則不切實際的夢。我們免費享受七到十天左右的文藝創作課程，食宿也都由教育部經費支應。身在其中，我只曉得任性地揮霍青春，毫無顧忌地發展躁動的情愛。文藝營裡認識的許多人，如今都在藝文圈裡有一片天地。文藝創作、學術研究、編輯工作這些領域，都可找到當年舊識的名字。我覺得很幸運，曾經擁有過這樣的集體記憶。我也不免惶惑，當下的青少年，能夠擁有哪些集體記憶呢？

有件事不是集體記憶，但是猛然打開了我的眼界。

我有一個很要好的高中同學，綽號色龜。人如其號，個性很色，長相如龜。不知他哪來的本事，可以弄來一堆限制級電影。他跟我說，那些港產三級片都是垃圾，唯有他才識得真正的藝術。我們在書包裡夾帶這些禁片，從來沒被搜索過，一副乖學生的臉成了最好的護身符。十七歲那年，色龜借給我《感官世界》、《索多瑪120天》系列錄影帶，我趁家人熟睡的時候無聲快轉，草草結束這神奇的高級藝術。

帕索里尼導演的《索多瑪120天》改編自薩德原著，裡面充滿集體性侵、食糞、雞姦、虐殺一類情節。拍完《索多瑪120天》後，帕索里尼離奇死亡，身上有遭受毆打的痕跡，死因不明。我有點悲傷地察覺，原來高級娛樂有時是令人難受的。赤身裸體的演員、激烈的性交怎麼也無法勾動情慾，卻讓人飽嘗噁心與不快，對權力感到反胃。

《感官世界》是大島渚最知名的作品，改編自日本刑案「東京阿部定事件」。女主角阿部定與情夫石田吉臧大玩性遊戲，最後勒死情夫，割下他的生殖器後，拿著生殖器遊走在東京街頭。片中男女主角全裸演出，真實呈現性愛過程，讓大島渚備受爭議。愛慾的終極是什麼？執迷與占有又是什麼？當年的我不及細想。如今，倒不覺得大島渚有什麼驚世駭俗了。二〇一三年一月十五日，大島渚過世，享年八十歲。記憶中的《感官世界》已經淡若輕煙浮雲了。

色龜現在是國小的特殊教育老師，也許他還記得這些影片、這些頗高級的青春往事。

——原載二〇一三年三月《文訊》雜誌第三二九期

一九八五年生，宜蘭人。建國中學紅樓詩社出身，政治大學新聞系畢，台灣大學新聞研究所碩士。現服務於證券金融資訊產業。

著有詩集《青春期》、《嬰兒宇宙》、《偽博物誌》；散文集《樂園輿圖》、《棄子圍城》等。

煞死的十八歲

羅毓嘉

那年，幾座城市被疾病全面封鎖。台北瀰漫病毒與唾沫，在呼吸道衍生出更多壞的細節，極微小極微小我們的敵軍，沉默裡，不費兵卒便鎮壓了城市，攻陷所有醫院和社區。

還是十八歲的春天，悠悠的地鐵往南，我遇見他。

半張臉在口罩底下的他，半顆心懸在列車行進節律裡的我。

他的細框眼鏡真是有氣質的，口罩遮了半張臉，可遮不住眉宇間蒼朗的稜角。西裝公事包，一雙好看皮鞋。幾站過去，我看著他必然也是看著我的，眼看著自己將要下車，不知怎地，突然一股衝動上來，抽出了背包裡的３Ｍ便利貼，草草寫上電話號碼，下車前三步併作兩步，就把便利貼往他掌心裡頭塞。

那個春天，每個嫌犯都是病菌暫時的居所，每一次呼息吐納都可能是牠們遷徙的道途。一瞬間，我非常確信，自己的視線穿透了口罩，在底下看見他，他在沉默裡發笑。笑得讓我心慌。

隔天，一通電話響起，知道是他。

搭著公車到達約定的地點，他停了車恰好就停在我的面前。

他搖下車窗，說上來吧。又笑，說，你還戴著口罩做什麼呢，讓我看看你的臉。讓我好好看看你。是那時，我也才看見他的嘴角，右臉頰，他鎮鎮定定發動了汽車說，吃什麼？我什麼也不能回不能思索，不知怎麼就決定了，都好吧你說呢，都好。那年春天，他扶著方向盤的左手無名指，有隻銀白色戒指，城市居民草木皆兵杯弓蛇影，急於窮盡一切方法，找出患者與不良品。

都記得，記得。記得我那年十八歲，壓低音頻藏身書房裡頭，兩個人，靠著電話構築細弱感情的夜晚，肩膀相依搭著直達三十八樓義大利餐廳的短暫時光，我也不只一次想像著，他總是筆挺的西裝底下是如何一具身體。

他的溫度如何，他的激烈如何。

沒有一場疾病能像愛那樣讓我劇烈地發熱。

SARS肆虐城市那期間，每個接力著咳嗽的人，都是攜病帶菌的嫌疑犯。我很想吻他，可是我們沒有。某個晚上，電話未曾傳遞疾病卻傳來了一個女子拎起另一方話筒的聲音，她說，早點休息，不要每天都講電話到那麼晚。她說話非常溫柔，像他左手無名指上套鑄的白金戒指和他一樣寬厚。

我的胸膛像被什麼滿滿地浸潤了我聽他說，我再打給你。他說，晚安。後來我再沒接起他的電話。後來，我手機掉了幾次，我想他也是，斷了聯繫兩個人，有時我會戴著口罩，想再次記認某些特定的場景，疾病封鎖城市，是他封鎖了我軋平了一整座初夏。

又再後來，幾年後，一個霪雨霏霏的週日午后，那時我走進往常去的咖啡館，還沒來得及坐定，笑語抬眼之間，竟看見他。在我慣常坐著的位置上，穿一件深藍色Polo衫合身地搭掛著，當然也看見坐在他對面，一個溫婉馴良的女子。

他和妻端坐，如此康健堅強，笑顏朗朗。

我閉上眼睛又再睜開，看見當真是他正看著我。他表情裡帶著複雜的渣滓，露出一個近乎看不見的微笑，低下頭去。

我突然懂得了，當時怯懦的人並不是我，是他。他擁抱我，但不吻我。不要。我想問，SARS已經過去許久許久了，可這最恐怖的季節何時才會過完？我想起了，即使是在城市南端蒸騰的溫泉霧氣裡，他也沒暫時除下左手無名指上的白金戒指，而無論何時戒指卻被體溫熨得火熱，如此觸手生疼，緩慢細微的撫摸間，是他的掌心與指腹，他的胸膛臟腑，以至他的心，也還是近得比什麼都遠。

一座城市，一場疾病。兩個人，三個人，卻遠得比什麼都近。

回想起來，那是我最熾熱的一段歲月。偶爾我會想起他，以及後來的他們。十年過去了，再次遇見的咖啡館早已易主，海的那邊，倫敦又再傳出疾患的狼煙，SARS是一場浩大的生死，而我也有一場澎湃的愛與恨，像地鐵車廂裡隔著口罩一樣寧定的記憶，把所有心動都給篩濾過了。

那確實是我熾熱的十八歲。

——原載二〇一三年六月二十一日《聯合報》副刊

本文收錄於二〇一三年十一月出版《棄子圍城》（寶瓶文化）

台灣屏東人，政大中文系畢業，東海大學中文研究所碩士，現任教於東海大學中文系。跨足多種藝術創作形式，作品被選入國中、高中國文課本及多種文選，並曾被改拍為電視連續劇。以散文集《花房之歌》榮獲中山文藝獎，《蘭花辭》榮獲首屆台灣文學獎散文金典獎。

著有散文集《絕美》、《熱夜》、《戀物人語》、《雜種》、《汝色》、《散文課》、《創作課》等；小說集《妹妹向左轉》、《世界是薔薇的》、《影子情人》、《粉紅樓窗》等。

二十七歲的文學講師

周芬伶

二十七歲在那個年代已不年輕，來當大學老師委實太年輕，尤其又是因為老師的緣故，一支支妒恨、懷疑的箭朝你射來。

其實我們研究所那班只有七人，其中兩人已在系上專任，我不過是兼任，且在老師任內，我從沒提過任何想教書的話，根本我討厭教書，更討厭說話。

一個一天說不到幾句話的人，要連續講兩三小時的話，真的會要人命，那時小說課是三三必修，你可知趙老師在做如何危險的事，在八〇年代初期他把現代文學：詩、散文、小說列為系必修，引起眾人群起攻伐，詩與散文請外面的作家來教，小說重課卻交在一個寫作還剛起步的小女生身上。

一定有內情——內線交易——桃色交易——姦情……，各種蜚短流長聽得我每日以淚洗面，我也是身家清白的女孩子。我真正的工作在報社，老師要搞革命，你能不送上頭顱嗎？我只能拿命來拚，死也要把課上好。

學生喜歡我，因為只有看到他們純真的臉龐才有笑容，你看他們聽得入迷了，我以為自己教得好，其實年輕又略有美色的老師誰不喜歡，學生越喜歡我，我就越願意把課上好。

那些都是磨練，是人性的修練場，當大家側目看我時，我低頭黯然走過，各種鄙視的、賤斥的、妒恨的面孔我都看到了，那些人用牙齒看你用眼睛咬你我也看到了，但我沒回應，沒回應就是最好的回應，於是又有黑函，於是又有人言之鑿鑿地寫一篇黑幕報導投到報紙，副刊主編沒錄用還拿給老師看，又說給我聽。

我嚇壞了，裡面還有我的日記……。

這是什麼世界？如果革命需要付出代價，那就是老師的生命與我的聲譽。這輩子因為這樣我無法快樂且清朗的面對學校做為鬥爭場的一面，但聲譽比起生命算什麼呢？我還有因學生的熱愛與熱淚啊。

老師的課程革命失敗了，人走了，親者痛仇者快，沒多久我出第二本書，得兩個獎，打破我的文章都是老師代寫的謠言。

我就是要寫很多更多，多到足夠做為一個回答，恥辱與痛苦的巨大回答。

我們只是師生關係，更多的是父女之情。

老師五、六十歲因身體太壞，血壓、血糖破世界紀錄（他自己說的）已不算男人，他常叫我「二回回」，那或許是「二女兒」的代稱，因我排行老二，他鍾愛的女兒小名「飛飛」，回回與飛飛諧音，在東海除學生外，大家叫我二姊，那時青妹與小妹都在東海讀書，一門五東海，堂兄妹、姊妹都是東海幫，堂兄害的。

他讀東海生物系，是我們的老大哥，聰明又會說話，說得我們入了迷都進了大觀園，現在他也是教授，堂妹、小妹都是，一個學一個，一門的愛東海，這愛害苦了我。

東海的環境很美，學生也有慧根，神仙洞府裡到處是牛鬼蛇神，常常，我想逃離學院，每想逃離都會出大事，第一次想逃離，老師中風，不久死亡；第二次想逃離，婚變；第三次想逃離，生病，第四次想逃離，排到宿舍，又將到海外客座。

這其中有因果關係嗎？或者互為因果。

在狀況最差時都是學生救我，初教書，受圍攻，那時東海為文建會開設創作班，彷如逃難所一般，創作班風流雲集，我的職稱是課務組長，排課兼接待，看到楊牧、蔣勳、張曉風、三毛、瘂弦、羅門、蓉子、羅青、楊念慈、司馬中原……讀人比讀書更有趣，為什麼三毛演講台下人塞爆，為之風靡呢？她的口才也許不是最好的，但幾乎是拚命演出，真心告白，在演講前她很焦慮，坐在大學鐘下拚命抽菸，幽幽地訴說在台灣當作家太苦了，她不快樂，感覺到她如夜般的憂鬱，我們在夜色中沉默相對，原來聲名、讀者、學生並不能帶來真正的快樂；蔣勳的嗓音迷人，又是愛美的人兒，白襯衫牛仔褲，脖子上綁著紅毛衣，丰采迷人；瘂公的朗誦是一絕，妙人妙語，常是滿座春風；羅門口才好，又能知未來，他說不只是文學是生活的中心，而是整個生活都為文學存在；楊牧語言寡表情少，個性像大孩子，看到好吃的會拍手……這些大師風範為我上了一門文人美學與演講課。

如何把文學講得動人？如何用語言表達自己，很難，太難了。

然而我還是不會講話，我的工作是在開場前介紹作家，有個才高氣盛的大詩人站在講台上，正等我歌頌一番，我卻一時語塞：「他是個家喻戶曉的詩人，我想不必多作介紹，就開始吧。」看他一臉錯愕，我跑得比大度山的松鼠還快，恨不得咬舌自盡。

我同時有個小小的小說創作班，都是校外人士，有小學校長也有在地作家，年紀資歷都比我大，從質疑到接受，我到底說了多少小說與故事呢？說話需要鍛鍊，當你發現自己由辭不達意，到句句入心，每個語詞都恰好在應該的位置上，你要事先演練，反覆練習，直至像泉水般自然湧現。我學三毛的拚命精神，把近百本小說故事背得爛熟，還有小說的藝術特徵，從極短篇、短篇、中篇、長篇……，我講得又急又快，像背書一樣，但每個字都要扣住人心，學生都入迷了，我好入戲啊，演一齣叫上課的戲。

作家或多或少都有戲子的因子，那時文青傳誦瘂弦的〈坤伶〉：

十六歲她的名字便流落在城裡
一種淒然的旋律

那杏仁色的雙臂應由宦官來守衛
小小的髻兒啊清朝人為她心碎

是玉堂春吧
（夜夜滿園子嗑瓜子兒的臉！）

「苦啊……」
雙手放在枷裡的她

有人說
在佳木斯曾跟一個白俄軍官混過

一種淒然的旋律
每個婦人詛咒她在每個城裡

這是不是作家的原始心象呢？起碼是一部分吧。

常常學生擠在我那租來的公寓講他們自己的故事，相互傾吐，當他們演戲時，我陪他們排演，在舞台上貼膠布做記號，直到現在我們還保持聯絡，有個泰雅族中學老師，後來出了兩本小說集，受到矚目。

隨著教書的壓力，我的恐慌症越來越嚴重，有時到不能出門或見人的地步，只有走上講台，面對還需要你的學生，說了千言萬語，上完課常感動淚下，心情也變好，這是什麼樣的力量呢？恐慌症嚴重時像惡靈纏身，連自己也不認識，只有講述文學時，彷彿回復一點自己，重新活過來，這是為什麼我還留在校園，不光是學生需要我，我更需要學生，九二一大地震時，馬上打電話的是學生、來幫我清理災情的也是學生。

是學生教我如何講話，如何當老師，我只願對他們開放。

我愛才惜才，如能寫的絕不放過，創作者難免有妒才的心理，我以愛才克服總總負面心理，這樣所有的師生關係都是正向的，只有相互成長。

創作者有很多是自戀型人格，對他人無感冷感，以自我為中心，喜歡享受特權，虛榮心作祟。我早通過這個關卡，愛才如己，等於愛自己，尊重他人，對他人的輝煌成就，或名過其實的幸運兒，只有祝福，他們可能是發了幾生幾世的深願，努力過幾生幾世，而有此殊勝，我才努力幾年，算什麼呢？再說文學花園就是要百花齊放，獨尊一家或只有你一個人站在台上，這樣的文壇有什麼意思呢？

——原載二〇一三年十月十九日《聯合報》副刊

本文收錄於二〇一三年二月出版《創作課》（九歌）

一九四九年生於花蓮。師大歷史系、文化學院藝術研究所畢業。曾任報紙副刊、雜誌、出版編輯多年。曾入選年度小說選四次。首次入選年度散文選。

七〇年代從事小說寫作，著有短篇小說集《策馬入林》和《天下第一捕快》。近年重啟創作，二〇一二年出版長篇小說《小鎮生活指南》。

葡萄的故事

陳雨航

少年時代，我們家曾經從小鎮搬遷到鄉村度過很長的一段歲月。

那地方是舊時的日本移民村，一戶戶的土地方整，道路平齊。我們頂下了前屋主的一分八釐地，和地上的日式房子、羊舍、雞舍、池塘和菜園，以及一些果樹。

那些果樹是蓮霧、釋迦、楊桃、番石榴、柚子、檸檬、芒果和不算水果的麵包樹，除了蓮霧是兩棵，其他都只有一棵，可以想見前屋主甚至更早的屋主種植的目的是自己享用。還有一種通常我們不會稱為樹的葡萄，數量凌駕了上述水果的總和。

我們並未有專用葡萄園，一排葡萄種在池塘邊，水泥柱和粗鐵絲構成的葡萄棚架在半個池塘的上空；另外一排葡萄棚在雞舍的前方讓雞活動的水泥地上，一棚兩用。

葡萄對那時的我們來說是個稀有的存在，我不記得在那之前吃過葡萄，而我們鄰近幾個村子也未嘗看見有葡萄園，以至於我們家那其實算不得葡萄園的園子因之成為特徵。村人稱我們是「有養羊和種葡萄那家」。

先前從圖片和故事書上得到的印象，葡萄是紫色的，我們家的葡萄卻是綠色的。春天枯藤綻芽，新嫩藤葉伸展，慢慢在池塘和雞棚上鋪成整片綠蔭，綠色葡萄串漸長成形，到夏天，飽滿的顆粒軟熟，顏色轉淡，陽光下恍如一顆顆淡綠的寶石。

綠色味美的甜葡萄於是成為我們家夏天幾乎源源不絕的水果。我無法正確的形容它的數量，因為從來沒去試著計算。用另一種方式說吧，我們一家八口吃不完，數量可能還多好幾倍，但它又不足以達到可供應市場稱為經濟作物的量。

自己吃，父親送他的同事朋友，偶而清早到店仔頭擠在蔬菜間擺個攤然後大部分又載回來，這大概是前一兩年的情況。後來，便拿來釀酒。那是菸酒專賣的時代，私酒是違法的，雖說自釀自喝未曾買賣應該不會有事，但小心為上，父親告誡我們，不要說葡萄酒，要說葡萄汁。

於是幾斤葡萄幾斤糖，一層葡萄一層糖，母親便帶領我們做起葡萄酒。記得通常是一個中型的甕，另加二、三十個啤酒瓶的規模。做好了便收囤在我和哥哥六個榻榻米房間櫥櫃的下層。晚上睡覺時，我的頭就靠近櫥櫃。隔了一些時光，半夜似乎被什麼聲音弄醒，靜聽四周未有異狀，隨又睡去，天亮時略有所感，打開櫥櫃，哇，酒香四溢，好幾個瓶子上的軟木塞都爆開了，酒汁噴灑到櫃頂上方的木板然後滴落下來，已有幾處地板顏色斑駁。

等到酒成了，用漏斗和紗布將它過濾到新瓶。剩下的葡萄渣，說是葡萄渣，因為不曾用力壓榨，其實大多是顆顆俱在，還含有酒汁。由於浸泡位置不同，顏色互異，還呈黃綠色的，吃起來就是葡萄酒的味道，多吃些便有點酒意，雖然味道不錯，畢竟能消化掉的不多，最後只有和變褐色的渣都一起倒在果樹下，權充肥料。父親見了說：「這些葡萄渣很營養的，別浪費，拿去餵雞吧。」

那時候，我們養了七隻火雞，已經滿大隻了，都很捧場，積極的啄食。我們離開雞舍沒多久，忽然弟弟妹妹們叫起來，說那些火雞都死了。跑過去看，果不其然，火雞全倒在地上。

「快，快，趕緊殺來吃。」去年幾十隻來亨雞死於雞瘟的餘悸猶存，大人們便即刻下令。我和哥哥先拉了一隻到廚房後面割喉、滴血，大妹生火燒水準備燙毛。火雞體形大，又花了些時間等水燒開，一隻都還未處理完呢，卻聽到前頭喊起：「火雞又活過來了。」

可不是，雞舍裡，一隻隻火雞悠悠地站起來，彷彿大夢方醒。

我說過兩三回這個故事，說完時，朋友的反應都是：「那第一隻火雞太倒楣了啦。」第一次我有點驚訝朋友們關心的焦點，但很快就釋然了。我沒傳達到腦海裡因為荒謬、好笑，全家完全放鬆開懷的場景，那是我們家罕見的時刻。

——原載二〇一三年五月二十九日《中國時報》人間副刊

東吳大學中國文學博士，甫自國立台北教育大學語文與創作學系教授職退休，現專事寫作。曾獲中山文藝獎、吳魯芹散文獎、五四文藝獎章及中興文藝獎章。多篇作品被選入高中、國中課本及各種選集。《後來》入選文建會「一〇〇精選，全民大閱讀」。

創作有《在碧綠的夏色裡》、《為什麼你不問我為什麼？》、《後來》、《純真遺落》、《大食人間煙火》、《廖玉蕙精選集》、《像我這樣的老師》、《五十歲的公主》、《走訪捕蝶人》……等三十餘冊；也曾編寫《文學盛筵——談閱讀教寫作》、《繁花盛景——台灣當代新文學選本》等語文教材多種。

人生不相見

廖玉蕙

那日，學校信箱內，竟然躺進一本久違故人H教授出版的新書。書上附了打字的紙條，是出版社的編輯寫的，說是作者H交代寄送的。

前塵往事，忽焉在腦海中灼灼出現。黃昏時分，我轉頭從研究室的窗口望出去，一片暗灰的天空，空氣裡盡是飽滿的濕氣。我愣坐著，心情有些激動。呵！幾年了？似乎已不復記省。雖然只是午後四點多，沒有開燈的研究室卻滿布薄暮的頹勢，慣常的黃昏焦慮。我只要想起昨日和丈夫的冷戰和今早出門時丈夫臉上尚未褪去的忿色，便油然而生鬱悶。忍不住拿起電話撥打，向編輯打聽H在異域的聯繫方式，我想寫一封長長的信向故人抒發情緒並填充不回家吃晚飯的空檔時刻。編輯說：H教授從異域歸來已有個把月，不知已然回僑居地否，請打台北電話試試。然後，電話那頭窸窸索索摸索了半晌後，給了一串號碼。就這樣，幾十年不見的我們在微雨斷續的台北盆地相約，在顧客稀微的蘇杭小館共進晚餐。

雨勢忽然在應約走出捷運的剎那稍稍轉強，清冷的路燈下，雨絲斜斜灑下。忘了帶上傘，我遲疑著，幾街之隔，堪稱咫尺天涯。心一横，我投身雨林，往前衝去。「少年時，若是有這般氣勢，能不顧一切，興許又是不同的人生了。」我時而找著大樹屏避落雨，時而邊跑、邊自我調侃。推開門，冷氣迎面襲來，我不覺打了個寒顫。略加擦拭後，坐在位置上鵠候，看看錶，距約定時間早了十分鐘。我面對著出入口坐下，一邊看表，一邊望著門口，心裡揣測著：會不會見面不相識？心裡不禁有些忐忑、些許後悔，就算跟先生生點悶氣，又何至於就須打破禁忌！

H教授一如以往年少時的每次約會，準時於門口出現。微黃的餐廳燈光下，他戴著一頂鴨舌帽緩步向前，我站起身來，心情無端萌生些微波動。人生不相見，動如參與商，今夕復何夕？

共此燈燭光。怎麼老杜的詩真的走進了我們的心腸！好一個寫實版的「昔別君未婚，兒女忽成行」。沒有燭光，沒有陪賓，曾經有過的浪漫情緒已然隨著長長的歲月沒入生活的隙縫。人生活到這個地步，堪稱悲喜交歡了。於是，我們點了一籠湯包，加上獅子頭、雪菜百頁和一盤青菜，就從這麼家常中娓娓聊了開來。

寒暄問候不免，身體有恙否？養生之道如何？做何消遣？寫作狀況如何？退休歲月怎樣度過？兒子、女兒已婚否？由近況、遠景到心情，話題逐漸跨入私密。起始的些許尷尬，隨著描述情節的流暢，逐漸找回昔時的熟稔。說著、說著，昏黃的燈光下，H凝視著我的眼，認真說：「沒想到你拿到的一手壞牌，居然讓你給打成了眾人欣羨的好牌。」我有些惱怒，眼神裡必然夾帶肅殺：「我拿到了一手壞牌？你說的『壞牌』指的是什麼？願聞其詳。」我敏感的以為他另有弦外之音。他笑起來，顯然知道我防禦心起，回說：「可不是壞牌嗎？你一路求職不順，研究所念完，雖然成績優秀，但幾度想回母校任教卻都鎩羽而歸；有所新學校成立，你本被徵詢意願，沒料到籌備處的伯樂臨時功成身退，你就差那臨門一腳。最後，只得落腳軍校。在軍校的升等，雖論文得獎甚多，卻不抵軍中人情紙一張，占缺於是無望……」嘩！嘩！嘩！幾十年的心事都如潮水般撲湧過來。

我承認年輕時確實覺得倒楣透頂，鬱卒至極；在母校讀研究所時，名列前茅的我，畢業後，竟然與母校正式教職幾度緣慳！教軍校時，極度不公平的升等機制，在在都曾經讓我鬱抑攻心，幾度痛不欲生；尤有甚者，我已憑論文取得教育部升等副教授資格，卻有足足兩年被軍中強權剝奪，只能降階領取講師薪水。然而，事實證明命運之神雖然虧待我，我倒也掙扎著邊詛咒、邊勉力求生。幸而在軍校遇見了純真正直的學生，他們用單純教會我誠懇踏實的重要；而軍校裡無趣的秩序，也考驗了我脫韁的靈魂，讓外頭的世界從此看去盡皆嫵媚。而H含蓄沒說的是，我曾幾度栽在愛情的坑洞裡，呼天不應、喚地不靈，而和他的今生緣會則是其中難忘的憾恨。

我們於是開始算計人生的種種因緣際會，他說：他也曾經怨恨拿到一手壞牌：少小離家，倉皇逃難、求學時諸多偃蹇；畢業後，兄弟分散，由他單獨挑起養家餬口、奉養老父的重責。如今，一路走來，過關斬將、披荊斬棘，似乎也終於欣然好牌在握。而其間和父親相處的三十年，閒時談談說說，汲取了父親早年的歷練精華，讓他在後來做學問時平添不少功力，他的人生因之向上多出了三十年；如今於加國與兒女同居，讀電機的兒子又幫助他利用電腦探看世界，識見又往下延伸三十年。「我一不小心多練了六十年功力！」他笑說。

而我，身為老么，雖然年幼時，飽受鞭影幢幢威脅，但也從中琢磨出人際應對的訣竅，通過了母親這一關，舉世無難事。幼時偷看母親的閒書，也成為後來寫作的滋養；何況，陪伴母親度過人生最後的歲月，在生命的飽滿度上又再添一筆。所有迎面而來的橫逆、打擊、摧折，最終還是都順利脫身。如今，廁身國立學府，教學之外，演講、寫作、評選、評審不輟，人生越臻豐實，在外人看來，也還算風光。

說著、說著，我們都忽然陷入沉默。我側眼看看鄰桌，菜叫了一大桌，怎吃得完！我皺了皺眉頭，轉回眼光，發現H不知何時脫下了帽子，灰白的捲髮已所剩無幾了。想起上大一時，他教我們「國學導讀」課程。那時，他剛取得博士學位，像是披紅戴花即將迎親的狀元郎，全身散發著莫名的光澤；而剛從中部北上的我，荳蔻年華，一股不羈的靈魂被壓縮在不由自主的身體中，猛爆的青春全成了出入無門的苦悶，靦腆害羞卻執拗彆扭，和同學完全無法相處，我知道有幾位男生背後謔稱我是「烈女」，我寧可取用另一綽號「獨行俠」來掩飾缺乏人際關係的寂寞。

大一上學期結束，我的「國學導讀」和另一女生都得分一百。下學期開學，男同學知道了，在課堂上鬧說老師偏愛女生。H淺笑回說：「雖然是問答題，但從答案看出，這兩位同學的答案不僅止於課堂傳授，而能從課外尋找資料補充，且融會貫通。期末檢查作業時，發現她們的確非常用功，還去圖書館蒐集資料。在我的課堂上，只要努力求知，一百分不難拿。」

分數之爭，就此止息。然而，不時就傳出：「H教授以蘋果招待女同學；男同學則只能喝白開水。」「H教授請女同學去看電影，男生只是託女生之福，老師就是偏心！」雖然我努力將它視之為無稽的調笑，還是偶爾飄過耳側，在心底還是捲起一陣風，因為我從來沒去過老師家。

那兩年，心頭總是炙熱，感覺有種不足為外人道的朦朧愛戀盤據，除了上課，我總和H離得遠遠的，在保守的年代，師生關係在中文系猶如父女，神聖而不可褻瀆。然而，對學識的傾慕、對風趣的嚮往，全都轉化為莫名的癡狂。我閃避他上課時微笑的雙眼，卻常對著他的背影失神。少女情懷總是詩，喜看愛情小說的我，嫻熟所有悲劇的套式，對沒有結局的單戀早有心理準備。H寄居泰順街，傳說門上懸了本繫著原子筆的留言簿。老師在家，揖客入門；老師出門去，拜訪者取筆留言。一個午後，我去和平東路上的美術社買毛筆，挑好筆，走出店外，站在十字路口上，左右徘徊。手裡H的地址，被手心的汗水沾得濕濡，幾乎擠得出水，心跳咚咚作響。是個秋日，惠風和暢，我卻一身是汗，感覺世界轉瞬即將崩裂成為廢墟般的絕望。

繞過來，走過去，黃昏忽焉降臨。我像世界末日的聖徒，心一狠，腳不沾塵地直趨泰順街。

不給自己後悔地按鈴，卻久久不聞回應。所有的掙扎矛盾都放下了，呼！幸好老師不在家，我鬆了口氣，得到救贖。取下筆，原想在簿上留言，斟酌半晌，終究放下，怏怏然離開。啊！萬萬沒想到這一取一放，人生因之殊途。

大三開學，得知H終於如傳說中的轉去南部公立大學任教，我躲到教學大樓外的濃密楓樹下，讓眼淚慢慢順著臉頰流下，那是我繼喜歡上高中的歷史老師後的第一次情感受挫，我心中失落悵惘，像放學後人潮散去的教室，空洞中浮著微塵；但你一直知道，結局必然如此，這不過是印證。

距離和時間淡化了濃烈的情感，澆滅了少女的癡狂，我一顆隨時提著的忐忑的心終於逐漸復歸平靜。我自嘲自作多情，慢慢學會放下。大三下學期，我參加救國團舉辦的「全國編輯人研習會」，僥倖被網羅進雜誌社裡擔任編輯，半工半讀，日子過得還算平靜安穩。雜誌社裡，工作量不輕。主編每日殫精竭慮思考如何找到好稿子，腦子轉啊轉的，轉到了我熟悉的老師身上。於是，H教授和J教授成了總編的口袋人選。當主編將這個重責大任交下，我猶疑徬徨，不知如何拒絕，只能硬著頭皮接下。幸而只有自己知道的、像天花一樣發作的戀情已然慢慢結了痂，只要不去摳它，就不會流血，也不再覺得疼痛了。不知情的H欣然應邀，就這樣南北魚雁往返了許久，編者與作者的寒暄，學生與老師的界線，我把持得很有分寸。而H的稿子總在預訂的時間內抵達，他也將作者的角色扮演得恰如其分。於是，H和J教授深入淺出的詩學和戲曲文章於焉陸續上場。這一招真厲害！那些年兩位教授應邀撰寫的稿件都榮獲重要的學術「金筆獎」，分別為他們教授生涯打下了根基，最終兩位教授也都成了台灣學術的重鎮。

夏日來臨，蟬鳴不斷，焦慮像傳染病頃刻瀰漫即將結束的課堂。同學無心向學，在堂上傳紙條、講小話，內容圍繞著預官考選和找工作的進度，當然還有隱隱孳生的離愁別緒。大夥兒都恍惚惚的，感覺前途茫茫。我也首度面臨工作的困擾：母親央人在故鄉的中學幫我謀了個教職，主編則苦勸留下，不肯放人。我勢必在兩者間做個選擇，難以處理的其實不是選擇而是遊說。對文學的愛好、對北部文學環境的流連，相形之下，回鄉教書的穩定職業從來不是我的考慮選項。然而，母親的強勢及一向以來對母親的慣性屈從，使得簡單的問題複雜化，我陷入苦戰，負嵎頑抗，未知如何收場。日子過得挺不好受，母親的催促在父親的筆下雖多了份溫婉，但她咄咄逼人的氣勢仍不時從腦海竄出。

焦躁徬徨間，天外忽然飛來一封爆炸性的信，是H寄來的。信很短，一眼就瞥完：

「年齡像一頭獅子追趕著我，我也不能免俗地即將投入婚姻。結婚在即，可是，我一事不明，心裡一直不得安穩。我是愛著妳的，從一開始就如此，不知妳對我可有同樣的感受？」

我拿著信的手狂抖起來，整個人像被一枚強力炸彈命中，腦漿迸射，屍骨無存。我倚在工作桌旁的大柱上，背對著同事嘩嘩流淚。這世界太荒謬！好不容易才結痂的傷口被硬生生剔開來，血流如注。可我不知有誰可以傾訴，二十二歲的荳蔻年華，從未經歷任何滄桑，全然不諳世事，只是一派天真，一下子禁不住，被這封遲來的信給擊得潰不成軍。白日，無語俛首，保持鎮靜；夜裡，躲在宿舍的上鋪，蒙被開始痛哭。我緊咬牙根依舊止不住抖動。學校宿舍寢室內，六人一間，其餘五人在中夜無端聽到我壓抑的哭泣，擤鼻的聲音，沒有人知道我發生了什麼事，因為行止太祕密，一副拒人千里態勢，沒人敢起身探問，那時的我實在太年輕了。

接著，H密集北上。我們喝咖啡、走小道，將幾年相思訴盡；然後，再帶著悲愴的情緒回到現實。結婚喜宴已訂，喜帖已發送，膽小的兩人對叛逆都不在行，也缺乏膽識；我們絕口不提有無其他改變的可能，兩人都只是束手的悲傷。H怎麼看待這樣的約會，我無由得知；但我是明白自己的，我對未來沉默，是因為對自己沒有把握，所以寧可只是傷心。然而，因為確知沒有希望，於是備感珍惜；我不知道這是種什麼樣奇怪的心理！

H結婚那日，正好是我們舉行謝師宴的日子。那夜，月光分外明亮。我在謝師宴裡缺席，母親為我訂製的白色禮服，懸掛在寢室的白牆上，像具蒼白的屍體。自小我就是沒辦法收拾自己的情緒，歪躺在空盪盪的宿舍上層床上，盯視著窗外的一彎輕淡弦月漸漸沒入雲裡，感覺我的人生恍若幽幽流水，從眼裡、從頰上、從耳根邊流過，一個晚上流去了半生。

日子還是不停地往前奔走。我們就像從未發生過什麼似的恢復編輯和作者關係，然而，我知道其中不可能沒有變化，再無法回到純然的師生了。官運亨通的他，在結完婚後，一路扶搖直上，從南部又逐漸轉戰北上，系主任、院長，一路迤邐，作品積累數十本，堪稱學術、文學兩得意。我們偶或在文人聚會中邂逅，只是遙看頷首。接著，他舉家移民加國，我們從此再不相往來。

是這樣的緣會，注定緣慳，他不是我的真命天子，卻是生命的曾經。在這樣的雨天，我們再會。我忽然憶起那年來信過後的約會日子，也是一逕陰雨綿綿，陰裡來、雨裡去，畢竟情深緣淺，誰都沒敢提議衝進風雨裡去。

「幸好是這樣。」我從H正盛讚妻子賢慧的餘音中回神過來，笑著跟他說：「若是當年我們夠勇敢，如今也許沒能如此美滿。我不可能如你妻般隨順你，為你放棄工作；我肯定你也不可能像我先生一樣全心支持我，做我的後盾。」

最後，我們都同意，其實，由衰轉順的關鍵，是我們都拿到最好的一張王牌——各自的另一半。沒有他們，我們的人生未必能由黑白轉為彩色。

夜闌了，人靜了，我們帶上剩菜，再度推開餐廳大門，在向右走、向左走的分界，彼此鞠躬稱謝，相約若有下回，定要帶上另一半與會。一抬頭，發現雨停了。我驀地想起四十年前夾在書頁裡，他寫給我的字條：「金風玉露一相逢，便勝卻，人間無數。」

我加快腳步，走向回家的路。

——原載二〇一三年五月二十一～二十二日《中國時報》人間副刊

本文收錄於二〇一三年八月出版《在碧綠的夏色裡》（九歌）

值日生

吳敏顯

曾任宜蘭高中教師、宜蘭社區大學講師、聯合報編輯及記者、宜蘭縣文獻會委員。作品曾獲選入國立編譯館國中選修國文教師手冊、各大專院校考試試題，以及中國現代文學年選，中華現代文學大系，台灣當代散文精選，年度散文選、小說選、詩選等。

著有《與河對話》、《逃匿者的天空》、《老宜蘭的腳印》、《老宜蘭的版圖》、《宜蘭河的故事》、《我的平原》等散文集。

村裡的古公廟，在五十多年前曾經是我的小學。

當時日本人才走掉幾年，我們鄉下突然湧進來許多軍隊。他們不說阿姨吾也餓，也不說呷霸鴨沒，盡說些村人聽得似懂非懂，甚至完全不懂的話語。

到處流傳，只要房舍較寬敞的寺廟、學校或倉庫，很快會被這些從唐山撤退來的軍隊充當營房。古公廟的格局，說大不大，說它小，卻也左右偏殿俱全。能夠逃過軍方徵用，據說和我們先一步把它當作教室有關係。

如果說，這算是古公廟的幸運，恐怕也未必。因為阿兵哥畢竟大多成年人，加上頭頂有層層長官管理節制，比起我們這一群連貓狗都嫌的小鬼，至少不會那麼匪類。

班上同學會拿粉筆或爛泥巴，在牆壁塗鴉，畫烏龜、畫魚骨頭、畫圈圈叉叉；會找草繩纏住龍柱上的蟠龍，要牠不能亂動；會拉彈弓射擊廟脊翹翅上的麻雀，警告牠們不可以到處拉屎。甚至撿來石頭將老榕樹樹皮敲得坑坑疤疤，逼它泌出白色汁液，使樹幹遍布流膿的疔瘡，再捏團黏土吸飽汁液，說是製造橡皮擦。而這些把戲，算來只稱得上調皮而已。

另外一些專屬男生的劣跡，才真的名副其實的匪類。像是撿幾隻蝸牛塞進石獅子嘴裡，再看著牠們爬出來，陸續跌碎地面；串好幾個人，一起跑到廟後面圍成一圈，輪流以尿柱灌進螞蟻窩，說是消防組出動打火；也有從水溝裡摸來魚蝦蚌殼，或挖出泥地裡的蚯蚓，以破瓦片盛著充當牲禮，偷偷擺上神明桌……。

種種數不清的惡形惡狀，幾乎天天讓女導師疲於奔命。早晨上課時整齊秀麗的容貌，不到中午放學時分，已經披頭散髮，酷似村裡的瘋婆子。

上課時，被黑板擋掉半邊面孔的觀音菩薩，勉強展露微笑才能忍受一屋子吱吱喳喳。現在回想起來，那長著大耳朵的菩薩肯定要不停地宣著佛號。整座廟裡，看來只有坐在正殿神龕的古公三王，能夠保持不動如山的嚴肅神情。

至於另一邊的白鬍子土地公，大概年紀大了聽力不好，時時刻刻露出笑呵呵的神情睨著我們。座位離土地爺爺不遠的老廟公，瘦得像個稻草人。他缺了許多顆牙齒，整個嘴形往裡塌陷，所幸癟扁的唇線隨時都保持微笑。

導師要求所有小朋友叫這老人阿公，大家還是習慣叫他廟公阿公。廟公阿公準是個非常富正義感的人，當他看到一個嬌柔的女老師必須對付這麼一群盤踞廟裡的匪類，便經常挺身而出，成為糾察隊。

廟公糾察沒有袖章和登記簿，也沒有導師手裡的竹枝教鞭，卻有一套比登記簿和教鞭更厲害的法寶。他不但知道每個小朋友家住哪裡，還認得每個小朋友的父母以及阿公阿嬤，甚至連家裡哪個大人對孩子管得兇，要求得嚴格，全都一清二楚。一旦哪個小搗蛋闖禍，他不開口罵人也不找竹枝子打人，只要低下頭讓老花眼鏡垂掛到鼻頭，從鏡框上緣露出那雙大半個眼白的眼珠子瞪著你，再把嘴巴附在你耳朵邊嘟囔幾句，任誰都不得不乖乖就範。

其實，廟公阿公說的話簡單扼要——

「你是鄉公所王課長的兒子，對不對？」

「你家就在圳溝閘門過去那個竹圍，我常去哦！」

「我聽說，你媽媽在門扇後面放了一根藤條，打在身上很痛耶！」

「你阿公喜歡下象棋，他常來找我下棋！」

不過，村人和小朋友最佩服的，還是廟公阿公腹腸裡藏著一大堆說不完的故事。大部分村人到廟裡拜拜求籤，拿到籤詩即雙手遞交廟公，請他說明王公到底在籤詩裡寫了些什麼。

廟公阿公通常會先問清楚對方求籤目的，究竟是想了解姻緣牽連、身體健康情況，或是生意盈虧錢財損益、訟案輸贏，或是求職謀事、生兒育女？

不管對方求什麼，老廟公即刻戴上那副朝地面看去會窪下個大窟窿的老花眼鏡，將籤詩就著廟門口照進來的天光，用右手食指逐一點閱，反覆地推敲籤詩裡那幾行字。偶爾還會閉起眼睛，緩緩地轉動頸項，彷彿正在上緊腦袋瓜裡鬆弛的發條，再經一番沉吟之後，就可以像醫師看病那樣做出診斷。

在這方面，廟公阿公顯然比衛生所醫師高明得多。他不單單給人答案，還會引經據典說起一串故事。

村人知道每天上午古公廟做為小學一年級教室，拜拜求籤便不約而同改到下午時段。對村裡孩子來說，這樣的下午，古公廟已經從學校教室變成遊戲場。

於是，廟公阿公為村人解讀籤詩的時刻，隨時會冒出一群小鬼圍過來湊一腳。只在涉及求籤者某項隱私的關鍵時刻，老人家會暫時驅離閒雜人等，其他時間並不反對老老小小聽他口沫橫飛地講解籤詩。說那劉備如何低聲下氣三請孔明，或是那姜太公釣魚時為什麼打瞌睡，讓釣餌離水面三寸。還有更厲害的是，那個孟姜女為了找尋丈夫，竟然把秦始皇興築的萬里長城給哭倒了一大段。

某一回，正當大家聽得目瞪口呆，突然有人提出問題：「是不是一定要知道很多故事才能當廟公？」

「廟公阿公，你怎麼聽得懂王公說些什麼呢？」

「你跟王公怎麼認識的呀？」

「你跟王公說話時，用北京語還是說台灣話？」

更有人傻傻的問老人家：「當廟公要不要像太監那樣，先割掉小雞雞？」

廟公阿公面對我們這群死纏爛打的小鬼，態度一如他向村人解說籤詩一樣，總是不厭其煩的回答和說明。他還不斷強調，自己是個很幸運的人。

他告訴我們說，他出生在山窩裡一戶窮人家，很小就被賣到平地當長工，除了練出一點力氣，幾乎什麼也不懂。好在住的田寮離古公廟近，農閒便跑到廟裡來聽以前的老廟公解籤詩，幫忙掃地燒茶水，整理廟埕草坪。

廟公說：「曾經有兩三年時間，村長從宜蘭街請來精通漢學的先生，到廟裡教失學民眾念尺牘，教大家怎麼寫信，我才跟著學會一些粗淺的文字。後來老廟公升天做神仙，村長便留我頂替。

「你們想想，要是當時我沒認些字，肯定沒這種福氣，對不對？因為不識字就是文盲，文盲等於是兩隻眼睛看不見的瞎子，誰會要一個瞎子顧廟？所以，任何人有機會讀書便要認真讀書，不要只知道玩。」

有一天廟公阿公臨時有事外出，忘了把手邊那本印紅線格子的帳簿放回抽屜。下課時間，幾個小朋友好奇地爭相翻閱，看到帳簿裡寫得密密麻麻，有日本人寫的那種筆劃很簡單的字，有注音符號，也有不少是筆劃比較複雜的國字，和糾纏一團像符咒的筆記，小朋友當中沒有人看得懂。

其間，用菸盒錫箔紙當書籤分隔的後半本，廟公阿公抄下許多我們正在讀的課文，以及平日老師寫在黑板教大家抄寫的字句，包括：第一課上學，第二課遊戲，第三課放學。來，來，來，來上學！去，去，去，去遊戲！功課完畢回家去，明天還有新功課！老師再見，小朋友再見，天氣晴，天氣陰有雨。導師王月嬌，值日生林木火……。

帳簿裡留下的字跡，不難分辨其中不少曾經用橡皮擦擦拭過而重寫，可所有的字不但一筆一劃寫得工整，更逐字標註注音符號，令大家又驚詫又讚佩。原來，老人家寫起字來，比任何小朋友都要用心。

這些應該全是廟公阿公利用我們上課時學來抄來的，只是我們班並沒有叫林木火的同學，真奇怪，怎麼會冒出這個值日生？於是，有人說，那應該是大王公的姓名，因為大王公天天守在廟裡不曾出門，最適合當值日生；也有人猜，可能是廟公阿公那個臉上掛了兩條鼻涕的小孫子，那個年紀比我們小一兩歲的小把戲，常躲在廟公桌子底下，靜悄悄地看我們這群小哥哥小姊姊上課。

過了好些天，有同學無意間瞥見廟公插在椅背那把竹扇，端端正正寫著這三個字，才知道林木火不是大王公，也不是其他人，他就是廟公阿公。

這個同學跑去向老師告狀，說廟公阿公假裝值日生。老師說，大家當值日生都沒盡到責任，不但地沒掃乾淨，桌椅沒擺整齊，連黑板也不擦乾淨，有的值日生沒維持好秩序，還帶頭講話講個不停，幸虧廟公阿公天天幫我們做好清潔工作，不然教室就會髒得變成豬窩，肯定早被王公趕出去。所以，廟公阿公才是值日生的模範，我們應該感謝廟公阿公，好好向他學習。

坐在土地爺爺身邊的廟公阿公，聽得嘴笑目笑。彷彿野台戲開場時，戲棚上那位手拿拂塵，兜著圈子的快樂神仙。

通常在上課時間，大家總是趁老師背向我們寫板書的機會，揪揪鄰座同學的耳朵，撩撥撩撥女生頭髮，拍拍前面同學的肩膀，或朝人家胳肢窩搔癢。縱使什麼人都不敢逗弄，也要自得其樂扮起鬼臉，連幾個女生都會互相咬耳朵講起悄悄話，很少有人安分。木雕的王公不算，大概只有廟公阿公，專注地盯住老師在黑板寫什麼。

老人家目不轉睛朝那黑板瞧著，一個不留心走了神，下巴頦會不自覺地往下掉。張開的嘴巴裡，隱約可以看到鋪滿舌苔的舌頭，在少有牙齒的上下牙齦之間，探呀探地。

我們跟隨導師唏哩呼嚕地朗讀課文時，雖然沒聽到廟公阿公跟著朗讀，卻不難瞧見他那雞屁股般的喉結，不停地打轉。輪到我們寫作業那一刻，廟公阿公會戴起老花眼鏡，低下頭在那帳本寫個不停。小學生喜歡塗鴉，老人家似乎也不例外。他會找來過時的舊月曆，利用空白的背面畫鉛筆素描。

一些原先被大家引為怪異的動作和神情，竟然全是廟公阿公正勤快地和我們一塊兒讀書寫字，一塊兒當小學生。

不管寫字或畫畫，廟公阿公每畫幾筆或每寫幾個字，便不自覺地把筆尖塞到舌尖沾點口水。

同學跟著學樣，才發現如此畫出來的線條和寫出來的字跡，顯得特別濃黑。

老師曾經趁廟公不在的時候，告訴我們說：「廟公阿公非常用功讀書寫字，是模範生，是大家的好榜樣；但是用舌頭舔鉛筆，則是一種不衛生的壞習慣，阿公年紀大，不容易改得過來，大家不要學這樣的動作。」

老廟公寫字的那支鉛筆，不知道是已經寫過太多字，或是從那兒撿來的一小段，長度不足兩寸，大人手掌不容易握住它書寫。老人家裁了一截細竹枝，套在上面充當筆桿，使整支筆桿的粗細看起來和他指頭差不多，他卻能運筆自如。

不寫字的時候，他往往把鉛筆夾上耳扇子，彷彿村裡那個忙於裁切鋸刨木料的工匠，經常將香菸夾在耳朵上那樣。大家竟然忘了問問廟公阿公，薄薄一片耳扇子夾住加工過的特大號鉛筆，酸不酸、累不累？

升二年級的時候，學校加蓋了兩間教室，我們便從廟裡搬回學校，廟公阿公再不能跟我們一起上課，也不再當班上的值日生了。

——原載二〇一三年十二月五日《中國時報》人間副刊

獨眼

駱以軍

文化大學中文系文藝創作組、國立藝術學院戲劇研究所畢業。曾獲第三屆紅樓夢獎世界華文長篇小說首獎、台灣文學獎長篇小說金典獎、時報文學獎短篇小說首獎、《聯合文學》小說新人獎推薦獎、台北文學獎等。

著有《小兒子》、《棄的故事》、《臉之書》、《經濟大蕭條時期的夢遊街》、《西夏旅館》、《我愛羅》、《我未來次子關於我的回憶》、《降生十二星座》、《我們》、《遠方》、《遺悲懷》、《月球姓氏》、《第三個舞者》、《妻夢狗》、《我們自夜闇的酒館離開》、《紅字團》。

很奇怪，在短短這一個禮拜之內，他便在極類似但其實完全無關的場合，遇見了兩個瞎了一眼的人。

而且都是他坐在那樣哈啦扯屁圍桌的人群裡，恰就坐在他（或另一個他）的對面，盯著他這樣肆無忌憚笑鬧了近三、四個小時，某個話題一轉，才說起自己的一隻眼是瞎的（恰好都是右眼）。

重點是，這兩個人（他們如此不同）恰都是這一群人裡，最會抖包袱取樂逗哥兒們和女孩兒像吸了大麻一樣嘩啦嘩啦前仰後翻笑著的那個。

他們恰是一群人裡最懂自嘲，最溫暖，不傷人，俗爛點說，最紳士的那個。

所以當他們摘下黑框眼鏡，解釋自己的那隻眼睛好多年前就看不到啦，那個氣氛像在表演一個魔術或年輕同伴伸出鑲了五、六隻舌環的舌頭，或一個玩家眷愛地在你面前拆解展示一枚拆卸下來的老單眼相機大炮筒鏡頭，將之分解成一些塑膠殼、金屬圓箍、橢圓鏡片或機簧。

聽他解說著這一切的人們，臉上仍掛著微笑，因為缺乏對「一隻眼睛是瞎的」的感覺窟窿踩空，好像這一切如此尋常不過理所當然，其實我們裡頭誰沒有那麼點兩三事呢？

男孩裡的某某曾在孤獨旅途的召妓習慣，有一次不幸被染到性病（俗稱「菜花」的那種），晦氣愁苦偷偷摸摸自己找到萬華康定路那一帶的專治性病小診所，注射了盤尼西林並羞辱地有兩三個月每晚拿醫生開的藥粉泡在臉盆，在浴室以一種滑稽的姿勢將可憐的老二浸在裡頭。

女孩裡的某某曾不止一次墮過胎。第一次她才十六歲。都是那些任性而輕飄飄扛不住生命一點點重量的男人。

男孩中的某某是gay，但在他二十歲當兵確定自己性向之前，因為家教的傳統壓力和那年代的資訊匱缺，他在一種朦朧恐懼自己（像尾椎長了一截帶鉤短尾巴）的勉強中，交了一個女朋友，那女孩長得並不好看，且他們也沒發生過性行為（當然他很不快樂），後來他把那女孩傷得很慘，近乎把她毀了。

女孩中的某某整過型，她的顴骨和下頷骨都被整型醫師的細鋸削過銼磨過，她的鼻頭和兩眼間裝了一小塊三角形鈦合金人工墊骨，好像當初手術的粗疏，如果她把瀏海撥起讓我們從額頭上方某個角度細看，會發現一道像外太空衛星照遠眺內華達州沙漠某一條長長的地殼裂縫，或是你盯著晚宴某個穿著薄綢長裙美麗女人的臀部發現隱約兩道內褲勒痕……

誰沒那麼點祕密的兩三事。像一整群斑馬其中一隻某個大腿內側其實有一片爛瘡（或使之下一次在整個群體四散奔竄逃避獅子獵殺時的致命缺陷），使你和你匿藏其中的群體，孤立出來。

他想當時聆聽著那人講解自己壞死的那顆眼球的諸人，心裡應該都浮現出類似的想法吧。其中一位獨眼龍（原諒我用這樣的代稱）。

按他的解釋，他是幾年前得了腦瘤，當時他的豪斯醫師使用一種當時算新技術的「不開顱從鼻腔切進腦中」的微創手術，但這醫生失手了，弄斷了他這一眼的視神經，那就像極精密的漂浮在太陽系邊緣的哈伯望遠鏡的電訊波遙控調焦的某一叢線路板，被莫名其妙的流浪小隕石給擦撞弄凹啦。

剩下仍舊能唠唠旋轉的玻璃球體，但沒法將它攝入的影像解碼成任何一張風景照。他解釋說自己必須戴這一副厚框眼鏡，因為眼球有時會飄開斜彈（因為沒有使用那像懸絲傀儡上繁細小肌肉將眼珠拉扯定位在正常人「看」這件事的位置），常常嚇到人。

另一位獨眼龍的那隻眼，是在法國攻讀社會學博士時，某一天突然腦溢血——事實上後來他發現這人有半邊的腳是跛的——這隻眼就是那時，像公寓樓梯間的一只燈泡，啪一下就永遠被關熄了，從此那個習慣流進影像的洞孔，就只剩下黑暗了。

這兩位獨眼哥兒們彼此並未見過，他猜他們甚至互相沒聽過對方的名字。

從一隻假眼看去的世界，是否有一半的影像是像列車只有左至右進站，而無右至左進站，不，我是說一種將眼前的景物由虛空中刷塗出來的光源的斜垂而下。

譬如我們睜著兩眼，突然將其中一眼閉上，你看的那個世界，似乎沒有改變，然而你有一種暈眩感，有一部分的景物，似乎原本存在於譬如右眼的右下方的，或左眼的左下方的，原本你覺得那一塊角落並不像「被看見」，它像一隻「景物的儲備槽」，有點像屏風旁的側翼小幅副圖。

曾有一個傢伙告訴我：有些鬼便住在那眼角水晶體摺映的「眼下死角」，像一團翳影，鬼收斂翅翼匿藏在那兒，但你若刻意往下一盯，鬼瞬間從角落溜走。

他說他曾那樣像「一二三木頭人」快速將眼球往下吊，大約玩了三、四百次，果然其中一次給他瞄到一張倒著的男孩的臉，那男孩也正翻著眼對他看。

但是只有一隻眼的人，這個藏鬼的「視覺差暗袋」便不見了。

所以他們（獨眼者）在持續性觀看一整家戶外咖啡座的男人女人，桌上杯盤狼藉或塞滿褐黃濾嘴的菸灰缸，或其中某些女人勢利或辨識誰是這桌權力者，或如何建立社交之網的種種表情變化，他們看見的是和我們看見的一樣嗎？

就是那其實是一幅傷殘的圖畫，某些光源就是不為那宛然之間揭去薄紗。

——原載二〇一三年五月八日《聯合報》副刊

田威寧，一九七九年生。政大中文碩士，碩士論文為《臺灣張愛玲現象中文化場域的互動》。自二〇〇六年起在北一女中擔任國文教師。曾獲台灣文學獎、林語堂文學獎、懷恩文學獎、台北文學獎、教育部文藝創作獎等文學獎。

她不怪

田威寧

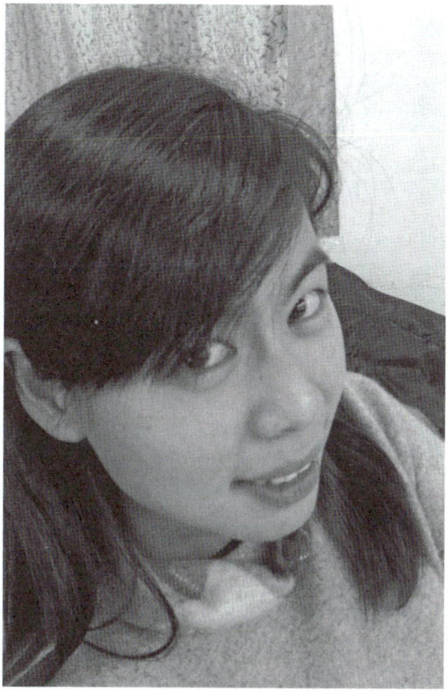

我讀過一所同時容納五千多人的小學，那小學座落在傳統市場與大馬路之間，裡裡外外都肼肩雜沓喧喧擾擾，夾在中間的孩子們也應著環境的拍子，衝來闖去一刻不得閒。

本來從正門上學的我後來發現若改由後門，每天可以多睡五分鐘。因此，隔天就穿越百味聚集又總是溼漉漉的市場上學了。清晨七點多，市場多半是菜販肉販以及各種小生意人，個個一把幾乎一模一樣的不鏽鋼或深藍色推車，來來去去地裝貨卸貨。市場外圍的側邊，擺著許多幾乎到成人胸部高的橘色膠桶，每桶都裝著滿滿的酸菜，鎮日散發一股令人掩鼻的氣味，我每次都用小跑步的方式速速通過，生怕多耽擱一會兒就要沾上那嗆人的酸氣。

那天，每個人進教室時都愣了一下——最靠近走廊的角落多了一張桌子，有個頂著一頭馬桶蓋的女孩低著頭看書。喧鬧的教室裡，馬桶蓋女孩顯得格格不入，不只因為她是陌生人，更因為她長得「怪怪的」。老師來了之後，交代：「班上多了一位新同學，相信大家都看到了，坐在角落的那個。以後大家要多多照顧新同學。現在大家鼓掌歡迎。」僅此而已。

老師通常會要新同學上台自我介紹，那次是唯一的例外。中午吃飯時，我終於知道原因了——新同學是腦性麻痺患者。當然那時我還不知道這個名稱，只是在電影和電視裡看過一樣特徵的人，但一看就很難忘記。

後來班上都有默契地叫新同學「馬桶蓋」。女生多半是私下講，有幾個較晚熟的男生當著人家的面就叫了出來，倒也不見新同學的慍色，只不過，我注意到她後來慢慢地把頭髮留長了一些，瀏海也漸漸地分邊了。

馬桶蓋女孩皮膚慘白，不高，瘦成一把骨頭，看起來比較像是三四年級的體型，她的眉毛又長又濃，眼睛很大，但眼神帶有一種抗拒的姿態，前排牙齒很大且微微外傾，因此嘴巴闔不太上。印象中我沒看見那張略歪的臉有過笑容，不過倒也沒見過她怒氣沖沖的樣子。馬桶蓋女孩不需倚靠助行器，但下肢缺乏力量，雖然站得穩，但行進時手會不自主地前後大力搖晃，不協調的動作很引人注意。她似乎沒有主動和別人說過話，班上也沒人主動接近她。畢竟在小學生的世界裡，有這樣「不正常」的朋友是件令人尷尬的事，遑論和她一起玩了。馬桶蓋女孩總是在角落挺挺地坐著，安安靜靜地看書。

我的成績單上總是得到導師「活潑樂群」的評語。我非常喜歡把別人的事攬在自己身上，那樣會帶來滿滿的成就感，就某種意義而言，恐怕也是「把自己的快樂建築在別人的痛苦上」吧。儘管如此，我罕見地難以突破心理障礙——明知馬桶蓋女孩需要幫助，但我從沒主動攙扶她上下樓。自我說服的說法是「讓她自己來，她才能自在」。深層原因當然是我不希望被別人看到我和她在一起，那樣會讓我覺得難堪。發作業和考卷時，我對別人是叫名字讓人到講台領，對馬桶蓋女孩則每每是直接送到她的桌上，這樣連名字都不必叫，那時的我竟連在公眾面前叫她的名字都會感到彆扭。馬桶蓋女孩每天只是靜靜地坐在角落，吃力地寫著歪歪扭扭的字，慢吞吞地吃飯。

其實只要我登高一呼，馬桶蓋女孩即使不會瞬間得到知心好友，但絕對不會形單影隻，但我就是做不到。一段時間過去了，終於有位平常話不多，卻也不算內向的同學挺身而出，主動幫馬桶蓋女孩把便當放進蒸飯籃，每天早上背她到操場參加升旗典禮。不僅如此，放學時還留最後一個，只為了背她下樓，甚至主動護送同路隊的馬桶蓋女孩回家。在孩子的世界裡，這些義舉簡直是不可思議到極點！覺得「生活與倫理」課本乾脆直接寫這個同學的例子算了。那位同學立即變成大家津津樂道的話題——即便她做這些事時極為低調。但怎麼低調得成呢？

英雄換人當了，我為此悵然若失。我本來想教馬桶蓋女孩功課，做為某種形式的亡羊補牢，不過因為她曾因手術而休學一年，所以我們的進度對她來說是舊經驗，並沒有跟不上的問題，只是寫考卷的速度較慢而已。那段時間，學校生活以一種令我納悶的形式走著，我吃力地跟著卻總是落拍。最令我不解的是老師從未公開表揚過那位行善的同學。而且，我也注意到除了一些需要協助的特定時刻，那兩人並沒有任何互動或交談，我甚至發現她們在不得不四目交接時，彼此都流露某種尷尬的表情。

星期天早晨，天光正好，鳥語花香，我騎單車經過一條巷子，突然看見英雄從某間房子走了出來，我正要騎過去打招呼，卻在兩秒鐘後突然煞車，撇過輪子也別過臉——英雄和馬桶蓋女孩在母親一手一個的陪同下走了出來。

原來她們是親姊妹。靜心一想，兩人的眉眼的確神似，尤其是那對濃眉。

我記得那天我震驚到說不出話來，也記得非常清楚當時最深刻的情緒是憤怒，胸口冒出一團火，臉都紅了。英雄和馬桶蓋女孩都沒有發現我，我被迫守著這個祕密，當晚睡得相當不好，翻來又覆去。

隔天我睡過頭，眼看就要遲到了，抓起書包就往外衝，經過傳統市場時，卻沒有力氣再跑了，只好氣喘吁吁慢慢走。無論如何是來不及了，倒生出閒情逸致數到底有幾個大橘膠桶，並親眼看到市場裡的小販如何拿出那些酸菜。然後，一整天都疑心自己身上有酸味。我很想問人自己是否散發怪味，但實在拉不下臉。我那天不斷經過那對姊妹，測試她們對我的反應，卻只是得到

「自己這樣真蠢」的結論。

到畢業之前，我都沒再和那對姊妹說過話，出於一種自己也說不明白的原因。而且，我也不再吃酸菜了。

——原載二〇一三年十一月三日《聯合報》副刊

一九七〇年生。國立中央大學中文系畢業。長篇小說《橋上的孩子》獲《中國時報》開卷十大好書獎，《附魔者》入圍台灣文學獎長篇小說金典獎，隔年同時入圍台北國際書展大獎小說類年度之書與第三十四屆金鼎獎，二〇一三年以長篇小說《迷宮中的戀人》入圍台北國際書展大獎小說類年度之書。

著有《台妹時光》、《人妻日記》、《附魔者》、《她睡著時他最愛她》、《無人知曉的我》、《天使熱愛的生活》、《只愛陌生人》、《陳春天》、《惡女書》、《蝴蝶》、《愛上爵士樂女孩》、《惡魔的女兒》、《愛情酒店》、《鬼手》等。

黃昏的賣菜攤車

陳雪

陳文發／攝

差不多是小學高年級傍晚下課跟著路隊走到家，匆匆跑上二樓把書包放好，又溜下一樓到我們竹圍中心伯公家的稻埕玩一會跳繩，看見各家婆婆媽媽們都挽著菜籃子聚集到稻埕來，就表示賣菜阿義夫妻的菜車來了。天末黑車頭燈就大開光線從竹圍入口滑下小坡，因重量折彎的竹叢葉片沙沙掃過後車斗的頂棚，車身重，開得緩，孩童的我總覺得那車是滑溜下來的，兩百公尺距離吧，好緩慢。

竹圍第一戶是荔枝園人家萬姑婆，姑婆德高望重耳背腿腳不好，阿義會像開前導車為她開路似地慢行，高大的阿義嫂這時已經跳下車了，伴著萬姑婆前行，往前開十公尺，大伯公搖蒲扇看車停在他家門前，無言催促大家集合，幾乎不是按照家戶地理位置，而是村圍裡姑嫂婆媳的長幼尊卑，伯公家大媳婦先到，姑婆的二媳幾乎是小跑步追上來，我家阿嬤頂著竹圍裡最駝的駝背一現身，我就從她身旁小縫鑽了出來，這家那家阿衿阿姑阿嫂阿姊全都到齊，阿義嫂眼色好穩穩記住誰要啥要啥，八爪魚似地雙手在空中抓拿遞給，我最喜歡他們布置菜車的樣子，從車廂最裡靠前座的窗玻璃隔間等比一路往下，梯字狀的擺設，最高遠處就是逢年過節才需要的香菇乾魷魚等乾貨，堆在布袋裡的白米、麵條，按種類大小積木堆高的罐頭，然後是各式的蔬果雜貨，等於小雜貨店加上一個菜攤應有盡有，這梯狀如山巒起伏，隨著需要而突高或下沉，阿義嫂人高馬大，阿義卻是個小個子，於是義嫂負責伺候婆媽們點菜，阿義則猴子似地在車廂裡鑽來爬去，「豬肉一斤」，有，「白米兩斤」，來，空心菜地瓜葉高麗菜要什麼自已拿，我喜歡看義嫂拿著秤仔細地磅著草繩子綁著的五花豬肉，大夥都屏氣凝神地看，味精的紙盒子堆的山高似地，被某家媳婦懷裡抱著的孩子一推，嘩啦拉倒下來。

菜車除了帶來新鮮蔬果，也帶來遠方消息，當時電話還沒普遍，有什麼傳話託給阿義嫂還快些，街上大多住著發達的親戚，有時也寄託一些包裹、禮品、會錢，甚至藥膏，街上的洋裁行把衣裳做好了，也託他們帶，這一整車披披掛掛走過整個村莊最隱蔽的聚落，家族的消息也隨著這貨車移動傳達。

因為母親不在家，我也開始學燒飯煮菜，倔強的個性即使半點不會也要裝模作樣，我所有料理知識都是在這攤車上學的，比如怯生生開口買了半斤豬肉，義嫂就問，要炒什麼，我當然不知道，她順手拿了幾塊豆乾，一瓶醬油，豬肉幫我片成小塊，聊天似地說，蔥蒜薑都切片，油鍋先爆香，豬肉下去炒，豆乾是熟的炒熱就好，醬油一次一小杓，一聞到香味馬上起鍋。

空心菜吃嗎？雞蛋會煎否？青菜豆腐湯行不行煮？「瓦斯火要顧好」「可憐沒媽孩子啊」婆婆媽媽圍上來了。

阿嬤聽見走過來了，像要維護家庭尊嚴似地，護住我的身體，我臉紅結帳，阿嬤也提著一小包紅糖，催著我回家了。

傍晚時分，我完成了人生第一道豆乾炒肉片，空心菜湯，白米飯燒得剛剛好，門關得嚴實，誰也瞧不見咱，弟弟妹妹還小，無法判斷口味，只顧傻傻吃，我把他們的飯碗裝滿，家家酒似地圍著茶几吃飯，「好鹹」才剛咬下豬肉我就懊惱，醬油放太多了，可憐弟妹天真爛漫，吃的正香，我大口扒著米飯，艱難地吞嚥，我想著父母並非有意拋棄我們，只為人生艱難，他們得像那菜車夫妻，隨著夜色鑽進山城某處，吆喝著為別人帶來家庭溫暖，自己為掙錢飄流浪蕩，只得讓孩子們在家孤單。

我想像父母所在的街市，華燈初上，人潮洶湧，他們歡快地收錢找錢，鈔票把布袋子塞得滿滿，只偶而從客人撿選的五彩衣服堆裡抬起眼睛，感到心窩一陣隱隱的疼痛，似乎想起了什麼，又搖搖頭趕緊專心回到買賣裡。

天際邊，最後的炊煙升起了。

——原載二〇一三年五月十日《中國時報》人間副刊

本文收錄於二〇一三年七月出版《台妹時光》（印刻）

憶孩時

楊絳

本名楊季康，祖籍江蘇無錫，一九一一年生於北京。畢業於蘇州東吳大學。一九三五年與錢鍾書結婚，曾在上海震旦女子文理學院、清華大學、中國社會科學院文學研究所、外國文學研究所工作任職。

抗戰時期以《稱心如意》和《弄假成真》兩部喜劇成名，後來出版短篇小說《倒影集》和文學評論《春泥集》，文革後更有膾炙人口的《幹校六記》、《洗澡》、《將飲茶》、《我們仨》等多部作品問世。另有《楊絳譯文集》、《楊絳作品集》，並翻譯《小癩子》、《堂吉訶德》、《斐多》等作品。

莫昭平／攝

我曾寫過〈回憶我的父親〉、〈回憶我的姑母〉，我很奇怪，怎麼沒寫〈回憶我的母親〉呢？大概因為接觸較少。小時候媽媽難得有功夫照顧我。而且我總覺得，媽媽只疼大弟弟，不喜歡我，我脾氣不好。女傭們都說：「四小姐最難伺候。」其實她們也有幾分欺我。我的要求不高，我愛整齊，喜歡褲腳紮得整整齊齊，她們就是不依我。

回憶我的母親

我媽媽忠厚老實，絕不敏捷。如果受了欺侮，她往往並不感覺，事後才明白，「哦，她（或他）在笑我」或「哦，他（或她）在罵我」。但是她從不計較，不久都忘了。她心胸寬大，不念舊惡，所以能和任何人都和好相處，一輩子沒一個冤家。

媽媽並不笨，該說她很聰明。她出身富商家，家裡也請女先生教讀書。她不但新舊小說都能看，還擅長女紅。我出生那年，爸爸為她買了一台勝家名牌的縫衣機。她買了衣料自己裁，自己縫，在縫衣機上縫，一忽兒就做出一套衣褲。媽媽縫紉之餘，常愛看看小說，舊小說如《綴白裘》，她看得吃吃地笑。看新小說也能領會各作家的風格，例如看了蘇梅的《棘心》，又讀她的《綠天》，就對我說：「她怎麼學著蘇雪林的《綠天》的調兒呀？」我說：「蘇梅就是蘇雪林啊！」她看了冰心的作品後說，她是名牌女作家，但不如誰誰誰。我覺得都恰當。

媽媽每晚記帳，有時記不起這筆錢怎麼花的，爸爸就奪過筆來，寫「糊塗帳」，不許她多費心思了。但據爸爸說，媽媽每月寄無錫大家庭的家用，一輩子沒錯過一天。這是很不容易的，因為她是個忙人，每天當家過日子就夠忙的。我家因爸爸的工作沒固定的地方，常常調動，從上海調蘇州，蘇州調杭州，杭州調回北京，北京又調回上海。

我爸爸厭於這類工作，改行做律師了。做律師要有個事務所，就買下了一所破舊的大房子。媽媽當然更忙了。接下來日寇侵華，媽媽隨爸爸避居鄉間，媽媽得了惡疾，一病不起，我們的媽媽從此沒有了。

我想念媽媽，忽想到怎麼我沒寫一篇〈回憶我的母親〉啊？

我早已無父無母，姊妹兄弟也都沒有了，獨在燈下，寫完這篇回憶，還癡癡地回憶又回憶。

三姊姊是我「人生的啟蒙老師」

我三姊姊大我五歲，許多起碼的常識，都是三姊講給我聽的。

三姊姊一天告訴我：「有一樁可怕極了，可怕極了的事，你知道嗎？」她接著說，每一個人都得死；死，你知道嗎？我當然不知道，聽了很害怕。三姊姊安慰我說，一個人要老了才死呢！

我忙問，「爸爸媽媽老了嗎？」

三姊說：「還遠沒老呢。」

我就放下心，把三姊的話全忘了。

三姊姊又告訴我一件事，她說：「你老希望早上能躺著不起床，我一個同學的媽媽就是成天躺在床上的，可是並不舒服，很難受，她在生病。」從此我不羨慕躺著不起來的人了，躺著不起來的是病人啊。

老、病、死，我算是粗粗地都懂了。

人生四苦：「生老病死」。老、病、死，姊姊都算懂一點了，可是「生」有什麼可怕呢？這個問題可大了，我曾請教了哲學家、佛學家。眾說不一，我至今該說我還沒懂呢。

太先生

我最早的記憶是爸爸從我媽媽身邊搶往客廳，爸爸在我旁邊說，我帶你到客廳去見個客人，你對他行個鞠躬禮，叫一聲「太先生」。

我那時大約四五歲，爸爸把我放下地，還攙著我的小手呢，我就對客人行了個鞠躬禮，叫了聲「太先生」。我記得客廳裡還坐著個人，現在想來，這人準是爸爸的族叔（我稱叔公）楊景蘇，號志洵，是胡適的老師。胡適說：「自從認了這位老師，才開始用功讀書。」景蘇叔公與爸爸經常在一起，他們是朋友又是一家人。

我現在睡前常翻翻舊書，有興趣的就讀讀。我翻看孟森著作的《明清史論著集刊》上下冊，上面有鍾書圈點打「√」的地方，都折著角，我把折角處細讀，頗有興趣。忽然想起這部論著的作者名孟森，不就是我小時候對他曾行鞠躬禮，稱為「太先生」的那人嗎？他說的是常州話，我叔婆是常州人，所以我知道他說的是常州話，而和爸爸經常在一處的族叔楊志洵卻說無錫話。我恨不能告訴鍾書我曾見過這位作者，還對他行禮稱「太先生」，可是我無法告訴鍾書了，他已經去世了。我只好記下這件事，並且已經考證過，我沒記錯。

五四運動

一九一九年五四運動，現稱青年節。當時我八歲，身在現場。現在想來，五四運動時身在現場的，如今只有我一人了。當時想必有許多中外記者，但現在想來，必定沒有活著的了。做為一名記者，至少也得二十歲左右吧？將近一百二十歲，誰還活著呢？

閒話不說，只說說我當時身經的事。

那天上午，我照例和三姊姊合乘一輛包車到辟才胡同女師大附屬小學上課。這天和往常不同，馬路上有許多身穿竹布長衫、胸前右側別一個條子的學生。我從沒見過那麼高大的學生。他們在馬路上跑來跑去，不知在忙什麼要緊事，當時我心裡納悶，卻沒有問我三姊姊，反正她也不會知道。

下午四點回家，街上那些大學生不讓我們的包車在馬路上走，給趕到陽溝對岸的泥土路上去了。

這條泥土路，晴天全是塵土，雨天全是爛泥，老百姓家的騾車都在這條路上走。旁邊是跪在地下等候裝貨卸貨的駱駝。馬路兩旁泥土路的車輛，一邊一個流向，我們的車是逆方向，沒法前進，我們姊妹就坐在車裡看熱鬧。只見大隊學生都舉著小旗子，喊著口號：「打倒日本帝國主義！」「抵制日貨！（堅持到底）」「勞工神聖！」「戀愛自由！」（我不識戀字，讀成「變」。）一隊過去，又是一隊。我和姊姊坐在包車裡，覺得沒什麼好看，好在我們的包車停在東斜家附近，我們下車走幾步路就到家了，爸爸媽媽正在等我們回家呢。

張勳復辟

張勳復辟是民國六年的事。我和民國同年，六歲了，不是小孩子了，記得很清楚。當時謠傳張勳的兵專要搶劫做官人家，做官人家都逃到天津去，那天從北京到天津的火車票都買不到了。

外國人家門口有兵看守，不得主人許可，不能入門。爸爸有個外國朋友名Bolton（波爾登），爸爸和他通電話，告訴他目前情況，問能不能到他家去避居幾天。波爾登說：「快來吧，我這裡已經有幾批人來了。」

當時我三姑母（楊蔭榆）一人在校（那時已放暑假），她心上害怕，通電話問媽媽能不能也讓她到波爾登家去。媽媽就請她飯後早點來，帶了我先到波爾登家去。

媽媽給我換上我最漂亮的衣裳，一件白底紅花的單衫，我穿了到萬牲園（現稱動物園）去想哄孔雀開屏的。三伯伯（即前文所說的三姑母，姑母舊亦呼伯伯）是乘了黃包車到我家的，黃包車還在大門外等著我們呢。三伯伯抱我坐在她身邊。到了一個我從沒到過的人家，熟門熟路地就往裡走，一手攙著我。她到了一個外國人的書房裡，笑著和外國人打了個招呼，就坐下和外國人說外國話，一面把我抱上一張椅子，就不管我了。那外國人有一部大菱角鬍子，能說一口地道的中國話。他說：「小姑娘今晚不回家了，住在我家了。」我不知是真是假，心上很害怕，而且我個兒小，坐椅子上兩腳不能著地，很不舒服。

好不容易等到黃昏時分，看見爸爸媽媽都來了，他們帶著裝滿箱子的幾輛黃包車，藏明（我家的老傭人）抱著他寶貝的七妹妹，藏媽（藏明的妻子）抱著她帶的大弟寶昌，三姊姊攙著小弟弟保俶（他的奶媽沒有留下，早已辭退），好大一家人都來了。這時三伯伯卻不見了，跟著爸爸媽媽等許多人都跑到後面不知哪裡去了，我一人站在過道裡，嚇得想哭又不敢哭。等了好一會，才看見三姊姊和我家的小廝阿袁來了（「小廝」就是小當差的，現在沒什麼「小廝」了）。三姊姊帶我到一個小院子裡，指點著說：「咱們住在這裡。」

我看見一個中國女人在那兒的院子裡洗臉，她把洗臉布打濕了把眉毛左右一分。我覺得很有道理，以後洗臉也要學她了。三姊姊把我衣角牽牽，我就跟她走進一間小小的客廳，三姊姊說：「你也這麼大了，怎麼這樣不懂規矩，光著眼睛看人，好意思嗎？」我心裡想，這種女人我知道，上不上，下不下，是那種「搭腳阿媽」，北京人所謂「上炕的老媽子」，但是三姊姊說的也不錯，我沒為自己分辯。

那間小客廳裡面搭著一張床，床很狹，容不下兩個人，我就睡在炕几上，我個兒小，炕几上睡正合適。

至於那小廝阿袁呢，他當然不能和我們睡在同一間屋裡。他只好睡在走廊欄杆的木板上，木板上躺著很不舒服，動一動就會滾下來。

阿袁睡了兩夜，實在受不了。而且伙食愈來愈少，大家都吃不飽。阿袁對三姊說：「咱們睡在這裡，太苦了，何必呢？咱們回家去多好啊，我雖然不會做菜，烙一張餅也會，咱們還是回家吧。」

三姊和我都同意，回到家裡，換上家常衣服，睡在自己屋裡，多舒服啊！

阿袁一人睡在大炕上，空落落的大房子，只他一人睡個大炕，他害怕得不得了。他打算帶幾張烙餅，重回外國人家。

忽然聽見劈劈啪啪的槍聲，阿袁說：「不好了，張勳的兵來了，還回到外國人家去吧。」我們姊妹就跟著阿袁逃，三人都哈著腰，免得中了流彈。逃了一半，覺得四無人聲，站了一會，我們就又回家了。爸爸媽媽也回家了，他們回家前，問外國人家我們姊妹哪兒去了。外國人家說，他們早已回家了。但是爸爸媽媽得知我們在張勳的兵開槍時，正在街上跑，那是最危險的時刻呀，我們姐妹正都跟著阿袁在街上跑呢，爸爸很生氣。阿袁為了老爺教他讀書識字，很苦惱，很高興地離了我們家。

——原載二〇一三年十一月十二日《中國時報》人間副刊

輯四

工作

朋友的工作

盛浩偉

一九八八年生，台灣大學日本語文學系畢業，目前就讀台灣大學台灣文學研究所碩士班。曾獲台積電青年學生文學獎小說首獎、時報文學獎散文首獎等，作品散見《人間福報》、《聯合文學》雜誌等處。現為《秘密讀者》線上文學書評月刊的編輯委員之一。

國中時就認識的朋友Y興沖沖打電話告訴我，他找到了一份正式工作。過去，由於家裡經濟因素，Y總是得半工半讀支撐生計，直到去年畢業，然後當兵。我還記得入伍前聚餐，他已懷抱雙重不安——要當兵帶來的不安，以及當完兵後未知帶來的不安。對他面臨的心理壓力我則束手無策，畢竟兩者都尚未體驗，不知如何給出適當的心理建設，只能俗套安慰一番。說著說著，還隱約覺得仍鑽讀文學的自己，才更應該是那個對未來感到不安的人吧。尤其，他並非沒有獨立維生的經驗，只是得習慣脫離學生身分活在社會之中這樣的事實而已。無論如何，聽到他的消息，我確實分外高興，恭喜之餘不忘詢問是怎樣的工作。「理財專員，」他說，「簡單的說，就是業務啦，sales。」聽到這裡，縱然是沒出過社會、對所謂投資理財相關事務全都一竅不通者如我，也有「危機」的預感。「理財專員喔……」我問，「實際的工作內容大概是什麼？」接著，他立刻搬出了整套龐大說詞，什麼錢滾錢、利滾利、你不理財財不理你，又扯到存款利息外匯基金股票期貨債券全球經濟，聽得我彷彿身處五里霧中。「好啦好啦，我明天還要『上課進修』，改天再打給你，拜！」最後，他這樣說。

掛上電話，思索著他剛才說話那種滔滔的語氣、裡頭某種過度膨脹的自信以及那些陌生的遣詞用字，我便頓時陷入複雜的情緒。想起國中初識時，我們並不在同一個班級裡，卻緣著共同認識的某個同學相遇，之後又碰巧發現都在同間補習班上課，遂逐漸變熟，甚至會在補習結束後相約吃晚餐。某次段考後的兩人小聚，看他一臉愁容，話比從前少，詢問了好幾次，他才願意鬆口，可一鬆口便如暴水潰堤般嘩啦啦傾吐：「欸，我不想讀書了啦。你看我成績這麼差，怎麼讀也讀不起來，還花這麼多錢來補習。根本都是浪費，這樣哪會有什麼出息？我家又沒什麼錢，唉。」他拿出段考成績單給我看，「補習一點用也沒有啊，沒補習的科目也一樣爛。浪費錢，浪費時間，結果還不是什麼都不行……」他不住說著，我則趕忙安撫、好言相勸，希望他別就這樣無止盡地往絕望下墜。「唉，你也不用太擔心，我還是會去學校，至少混到畢業吧，」他說，「可是，我已經決定了。我想去那間店打工。」他說的是在國中附近開沒多久的那間手搖飲料店。彼時飲料業還不像現在這樣連鎖經營方興未艾，那間「店」不過是攔截一條空的防火巷，在裡頭擺起檯車、置物架和瓶瓶罐罐大包小包便就地經營；但是，他十六歲未滿，家人又希望他好好念書，再加上那間「店」的環境，我左思右想，擔憂地問：「沒問題嗎？」他回答：「我想說，確定有工作，做一陣子，先存點薪水再跟家裡講。這樣子，他們也不會太反對吧？」說到一半，他竟用懇求的眼神看著我了，「所以，我才想要你陪我一起去。一起去拜託那個老闆收留我，好不好？」

事後回想，這件小事確確實實藏著我們友情最原始的模樣了。那天晚上，他和我輪流拜託老闆，終於得到首肯。自此，他在那裡當打工，從學徒當起；而我暫時充當掩護，成為他課後在外不歸、藉口中一起讀書用功的那位「同學」，實際上則是有空就朝店裡跑，名義上是探望工作，卻往往一待就是整晚：這一來，是打發閒暇，二來也是默默表達相挺情義。最初，他只是處理店內瑣事，等到習慣上手，又開始學習搖製飲料、煮茶葉和珍珠等，最後幾乎是小至打掃清潔庶務、大至成本計算盤點，把整套經營方式都學了起來，彷彿只要有資金，自己出來開店都沒問題了。但好景不常，後來因著工作上的一些不滿，他便離開那間店轉到其他飲料店打工，而那間店不久後也收了起來。從此世事流轉，國中畢業，我上高中，他上高職，且是夜校，兩人生活圈頗有差異，共同話題也就不免減少；大學，我留在台北而他離開這裡，我們相距甚遠，聯絡自然不多。只是，表面上看似走入了岔路的兩端，卻依舊彼此惦記，學期結束或生日等等重要的時節，總不忘互相捎些問候。我曾在偶然間透過其他人得知Y一直對我彼時的支持充滿感激；而我雖然並不覺得付出了什麼能夠拿來誇耀的心力，但對於能夠參與一個朋友人生歷程中不小的轉捩點，也肯定是值得我珍惜一生的回憶。

然而，就在那通告知找到工作的電話以後，事情變得不同。起初，他頻頻傳送手機訊息，早安午安晚安；我禮貌回應，但追問有無要事，又沒了下文。過了幾天，他便開始積極邀約，吃飯逛街看電影，好像樣樣都少不了我相伴。而我原本是真的忙，讀書考試工作之類，加上娛樂花費預算有限，只得不好意思推辭，心中同時納悶著從未如此頻繁的聯絡次數。之後他再來電，我便不斷關心追問，是否工作壓力太大？是否生活面臨瓶頸？是否感情遭逢困境？而他不曾回答，只笑笑直說好久沒見，兩人就該聚聚。我說：「不是一兩個月前才見過面？」他便說：「那也有一兩個月沒見了呀。」我心想：連情侶都不一定願意時時刻刻膩在一起，我們又何必需要天天見面？確實，我們是曾經有過一段密集的相處，可那段時光已經過去了，我們都長大、走進不一樣的未來裡，而我們也都暗自曉得的，不是嗎？——卻又覺得這樣說出口，未免太過傷人，且畢竟，我不擅長當一個不斷拒絕他人的人哪。可是接著，耳邊卻又響起那天他說的「理財專員」、「業務」，兩個我不確知的名詞，指涉同一個陌生的職業——Y的職業，Y的工作，彷彿隱約暗示著什麼，但是——

唉，我實在不敢多想。

到後來，某次電話裡他講了「對友誼總是要多投資一點嘛」還是之類的話——沒聽清楚，也因午聽這話時的震撼而無心聽清——那一刻，我才真正醒悟：一切真的改變了。不知道改變的是他，還是我，但每次接到電話，我真的真的都好希望能夠有誰來當面責備我是多麼乖戾孤僻、冥頑不靈、不知變通、不近人情、罔顧舊日情誼；好希望能夠有誰當面指著我大罵：「跟他都什麼交情了，你就他媽的答應一下邀約會怎樣？」可是我做不到呀——面對他口中不時透露出的那個我一無所知也不願深究的陌生世界，面對他話裡某些藏得深不見底卻從未明說的動機，實在是做不到呀。遂搬出所有理由，編織藉口甚至謊言，只為了盡量拖延時間，不見他一面，好說歹說，說要工作、要讀書、要剪頭髮要運動要赴其他約……

好荒謬。某日我正努力擠出婉拒的說詞，腦中突然晃過昔日那些相處的畫面，國中伴他工讀的日子——趁著老闆不在而客人稀少的夜晚，看著城市喧囂，街上疾駛而過的車輛，人行道上昏黃的路燈，我們擅自用音響播放自己喜歡的音樂，悠閒地坐在店裡摺疊椅上天南地北聊著，聊童年，聊興趣，聊家人，聊身邊同學，聊學校裡大大小小的事情就是不聊功課，聊以後長大要變怎樣的人，還有那些天真而遙不可及的夢想……

一切怎麼變得如此荒謬？

最終我只能祈禱他能對我放棄希望，但總事與願違。理由說盡、藉口用罄、謊言無以為繼的那天還是到來，終究得要走到這步田地。面對電話裡他又興高采烈地問：「都忙完了吧？明天中午一起吃個午飯吧？」我只好疲憊地、沮喪地、繳械投降地答應了。「要吃什麼？」我問，但他好像早就習慣我的拒絕，還傻愣一時，才反應過來：「嘿，不知道耶，哈哈。」那彷彿事不關己的語氣刺入耳膜，頓時，心中灰暗的失望轉成明銳的憤怒。但我努力克制情緒，不露慍色，保持理智地討論，最後才約了台北車站——並非因為哪間餐廳值得一嘗，只是因為他之後還得拜訪其他「客戶」，交通比較方便。掛上電話，實在覺得自己被人戲弄了，先前那些擔憂、失落、內心煎熬、複雜苦楚，到底都是為了什麼？我下定決心，見面時，一定要明明白白拒絕他。不管他的目的到底是什麼，我要告訴他：我不喜歡這樣。

於是，隔天當我還在等待著遲到的Y時就已板起臉孔，同時想著自己從未如此不想見某個人卻又非這樣不可。十分鐘過去，他匆匆跑來，連忙道歉，我不置一辭。到處人擠人，每間餐廳都要等十分鐘以上，只好隨便選了家店，兩人站在門口沉默無言。我望向他，他卻搖頭晃腦看向其他地方。居然走到這地步呀。到底是哪裡出了差錯呢？

服務生帶位入座，我的每個腳步都無比沉重，心裡醞釀著要直接坦白講出的話語。坐定，點完菜，兩人視線才有了交集，我鼓起勇氣，正要開口，他便搶先喚了我名。

「唉。跟你說，做這個工作之後，我才真正理解到人心險惡，看清楚好多人的真面目。」話硬生生被塞回嘴裡，我腦中想著被擺了一道，卻只能順應搭話，暫時按兵不動探聽情形。結果，是他在當了業務後身旁朋友紛紛躲避，還有人在背後說起壞話。「唉，虧我以前還很相信他們。」說得我半是尷尬半是慶幸，好險沒有搶先說出口，否則不知會怎樣難看。「又沒有逼他們一定要買，我只是抱持著一種好東西和好朋友分享的心態。不要就說不要啊。直接一點嘛。幹嘛要鬧得這麼僵？」他繼續說，我遂順勢把先前的打算暫往一邊放，問起了詳細情形。接著餐點到齊，一邊吃著，我一邊試圖分析：「也許，對他們來說，即使你沒有逼他們，但是就他們主觀的感受來說，無形間會覺得你在拿過去的交情當籌碼吧？」我趕緊補充，「對，我當然知道你沒有那個意思，可是，你也沒有一開始就講清楚『不想要就說不要』吧？」他咕噥，我不留空隙：「所以他們會主觀認定你就像是在，呃，威脅。因為他們不知道可以直接拒絕你。他們礙於交情不敢直接拒絕你，可是被你逼迫又覺得不開心，最後就把這種情緒轉化成其他的行為，比方不理你、比方在背後講壞話。」

我喝了口水，「可是我覺得，他們並不是打從心底討厭你，也不是真心想這樣的呀。」如此這般東拉西扯，反覆解釋，其實，是藉此把自己的感受委婉傳遞。碗盤中食物漸少，Y原先緊皺的眉間也漸漸鬆緩。「好吧，我下次會改進。」「別難過啦，我只是想說，別對他們灰心，也別因為這樣溺在情緒低潮裡。」「我知道。」他說，「但你好厲害喔，怎麼這麼清楚？」還真是一記不能據實以告的回馬槍，遂只好胡謅敷衍而過。

談話結束，看看碗盤，啊，終於要告一段落。「差不多走了吧？」我問，他看看手錶，露出前所未見的興奮表情。「你不趕時間吧？給我最後十五分鐘？十五分鐘就好。」我心想：慘了，早就說好下午兩點之前都有空，而時間還不到一點半，那當然是有空了。下一刻便開始躊躕，究竟該答應，還是該如先前一貫地拒絕。「你要幹嘛？」我畏畏地問，他從公事包裡拿出一些紙條、一些卡片，「我們來玩個遊戲。」說著，便把紙條遞給我，「拿好。你看，紙條上面有刻度對不對？這些刻度就是你的年紀，我們先假設你可以活到一百歲。那你先想一想，你想要工作到幾歲呢？幾歲想退休？你先想想喔，想好之後先把那一段撕下來給我……」我當然知道他接下來要做什麼，不外乎是用以「遊戲」之名包裝的各種話術說詞來推銷他的商品。若要對付這種機關層層的推銷手段是毫無問題的，只是，我突然覺得非常，非常感傷。

我好想反問：Y，那你呢？你想要工作到幾歲呢？是不是在那之前，我們都只能用這種方式相處了呢？

他自顧自講著，我緘默著。

重拾決心，才認真地開了口：「欸，」我兩手呆呆地拿著那張紙條，「先跟你說，不管你接下來，要說什麼，要怎麼說，我都，不會接受喔。」我吞吞吐吐說完，他卻不是很在意，仍自顧自地說：「沒關係，你先聽完嘛。先聽聽看嘛。」

「我是認真的，」他終於注意到我的認真口氣。「你很想講，對吧？」他像個小孩點點頭。

「那，」我說，「我可以聽你講完。但我跟你保證，不管你怎麼講，不管你要賣什麼、有什麼方案，我都絕、對、不、會接受。」

他的表情慢慢垮了下來，變得有些受傷，有些沮喪，有些懦弱。

那是最真實也最沒有防備的時刻，那是這麼多年以後我再度從他身上感覺到真誠的時刻。

那就彷彿是，很多年以前，他拜託我的那個時刻。

唉。

Y。

「你還想講嗎？」我注意讓語氣顯得溫柔。

「嗯……」

「那，」我思考了一下，「好。那我就讓你當練習的對象吧。要嗎？」

他考慮半晌才答應，面色底下藏了層薄薄的失望。

接著，他繼續開始講解那套「遊戲」，而神情，竟一點一點地逐漸恢復，再度自信無懼，彷彿不曾示弱。話語從他口中接連滑出，語氣時揚時抑，時柔時硬，而我，聽著他一個指令一個動作，安靜地配合著，像尊被操縱的木偶——可是，在這之間，我卻覺得自己其實是飛到了另個次元裡，像是在時間之河的底部，在靜水深流闃暗中，遙遙觀望著Y和我的一舉一動。我的心是那樣平穩，沒有波瀾，沒有傷感，只像是在無人電影院裡看著一段很老舊的、無聲的記錄影片，在那影片裡，有兩個認識很久很久的人，他們心裡都明白對方把自己看得多麼重要，而同時也把對方看得相當重要。在相遇之初，他們都不知道彼此會在自己的生命裡占有一席之地；在兩人以為情誼已經成熟到無堅不摧的時候，也想不到所謂人生、所謂未來居然如此沛然莫禦，稍稍疏忽，一切就會被改變成無法恢復的景象……

Y的表演就這樣落幕了，我客觀地針對他剛才的表現給出一些建議：語氣眼神手勢，少點油腔滑調，少點裝模作樣。再誠摯些吧、再認真些吧、再多練習些吧。

能夠說的，我都說了，Y。

走出餐廳，路上他仍舊不放棄，追問我難道一點心動都沒有？我笑笑，不答腔了。拍拍他的肩膀，給上祝福：「等下工作順利。」我說。「如果你真的，真的有什麼需要幫忙的，再聯絡我吧。」然後是道別，心中默默對他說了聲「加油」。

Y就此離開，遠去。背影變小，變小，消失在人群裡。

而我，又彷彿再次遁入另個次元，像個觀眾般靜靜看著這一幕，想著還有沒有下一幕。

——原載二〇一三年一月二～四日《人間福報》副刊

聊齋

房慧真

另一個名字是「運詩人」，生於台北，長於城南，養貓之輩，恬淡之人。碩士論文寫陰陽五行，台大中文系博士班肄業，目前任職於平面媒體，撰寫人物專訪。著有散文集《單向街》、《小塵埃》、《河流》。

公車總站長滿了草。

每天坐捷運，再轉公車，橫切過大半個盆地，來到這長滿野草的城市邊陲。草長在荒地上，說是荒地也不盡然，這附近蓋了許多樓，不是公寓樓房，都是些玻璃帷幕大樓。樓裡多是科技或媒體公司，需要按時裝填許多新鮮耐操的肝。吃飯時間，肝的主人吊著狗牌通行證，去附近零星幾家小吃店外帶，滾湯熱麵等不及涼，束好一袋袋沉甸甸如樹頭死貓，急急奔回以鍵盤配菜，稀哩呼嚕地食不知味地吃完。又或者，鐵皮屋裡的違章小店也無存在必要，這裡更多的是便利商店，下午三點，晚上十點，半夜三點，早上十點，任何一個畸零縫隙時間，皆可補給微波便當。

玻璃樓供應燈光、空調、水，維持明亮恆溫。茶水間一三五有水果，二四給點心，還有一台義式咖啡機幫忙省下每日鴉片錢，沒什麼好抱怨。廁所的擦手紙總填得飽滿，予人用之不竭的富足感，於是又順手抽了第二張、第三張。盥洗台不常是濕淋淋地，打掃阿姨時不時來擦乾水漬，補擦手紙，清空垃圾桶，噴上空氣清淨劑，保證一切無臭無味，乾淨順暢，順暢得和工作上的困頓枝節成為巨大對比。

打掃阿姨綁著護腰，每天她要彎下腰清一層樓近百個垃圾桶。近百個小垃圾桶隸屬於每隻工蟻，往座位邊隨手一丟，保證可以省下走去丟垃圾的時間，聚沙成塔，效率就是一切。

保證永不卡紙、運作無礙的影印機，傳真機，印表機，掃描機……，辦公室提供你無限便利的同時，也摧折你。摧折你的同時，還讓你把抱怨的話全部吞回去，無法借題發揮指桑罵槐廁所地板上怎麼都是水擦手紙怎麼沒了影印機怎麼一直卡紙……，喊不出一點聲音，不論男女看起來皆一肚心事，大腹便便。只能淡淡漠漠去露台呼菸，遇著菸友，每人頭上都一朵烏雲，每個菩薩都低眉，避免四眼相對金剛怒目。

頂樓有健身房，結實的身體將提升工作效率，甩肉淋漓出一身汗，還有淋浴沖澡間，讓你以最短時間穿回人皮，乾乾淨淨恢復成一個白領。澡雪精神後，再度回到屬於你的小方格衝刺，一個蘿蔔一個坑，辦公室格子趣。構築格子的隔板間，還允許擺上可以提振士氣的私人小物件。已婚貼小孩照片，無生養貼狗兒子貓女兒照片，單身貼巴黎伊斯坦堡斯德哥爾摩的遠遊照片，真正的生活總在他方。這些都是人質，是你之所以存在這裡的唯一理由，是你之所以願意像一塊過度洗滌，急速消亡的肥皂，人質掛在眼前三五月或三五年，等你籌夠贖金，其實總籌不夠，那可能要抵押上一輩子。

辦公室裡，他者皆幽靈，你穿過他們透明的身體，他們也穿過你如無物。不知其來歷出處，只知道出了樓就是荒野，上下班計程車一載就走，誰和空的街廓都培養不起任何感情：半人高的芒草，報廢的遊覽車，大片圍起的空地，還未出售的空洞大樓。夜暗外面就黑透了，像部聊齋，草叢裡窸窣蠢動的不知是野狗還是什麼，但玻璃樓裡燈火仍誇富豪似地徹夜通明。夜如水鬼暗湧而上，那輝煌便顯得妖異不祥，像一間鬧鬼已久的酒店，總有不知情者，前仆後繼地不斷來投宿。

——原載二〇一三年六月十八日《中國時報》人間副刊

畸人

林俊頴

一九六〇年生，彰化人。政治大學中文系畢業，紐約市立大學Queens College大眾傳播碩士。曾任職報社、電視台、廣告公司。短篇小說集《善女人》獲二〇〇五年《中國時報》十大好書獎，《我不可告人的鄉愁》獲二〇一一年《中國時報》開卷好書獎、二〇一二台北國際書展大獎與金鼎獎。

著有小說集《鏡花園》、《玫瑰阿修羅》、《大暑》、《是誰在唱歌》、《焚燒創世紀》、《夏夜微笑》等，散文集《日出在遠方》。

好吧，容我用傳統的小說筆法開場，雖然時隔多年，我一眼就認出他，鏽逗桑。他瘦削形體的唯一差異是頭髮盡成了灰白，但髮量未見折損，學生式的斜肩帆布包，讓我確信他是從蟲洞鑽出來，但時間沒有治癒他一身不安且哀傷的酸味。是個大型演講場合，太強的冷氣滲著芳香劑，講演者勤於跑碼頭因此講得像乳酸菌飲料，順口但喝了就忘。

鏽逗桑漾著恍惚的笑走向講演者發問請教，接下來的短暫時間內，他將會像一具電路板故障的機器人，重複相同的動作；問畢，點頭道謝，退後到角落，遊龍般趁空隙再上前發問相同的問題。講演者終將神色惶惑，邊答覆邊搜索遁逃的路線，也尷尬測試自己惻隱之心的底線。

恍然如昨。那是我職場生涯的第一現場，號稱島國最早開張、引進東洋軟體的廣告公司（之一？），在其祖國是窗邊族的倭寇後裔渡海而來成為一早就在公司如七爺八爺出巡的高級顧問，西裝的金鈕扣熠熠發光，呼叱員工像他們祖輩當年治理生蕃；經營者則是受過完整的被殖民教育、過度使用敬語到令人作嘔的小氣鬼歐吉桑；櫃檯兼總機的工讀生在電視台歌唱比賽節目衛冕了幾關遂自覺是個小明星，隨時煲著電話粥。每天，我嘗試將自己塞進小位子的小框框，一如將學了二十年的方塊字塞進商品的神龕以為牲禮供品。

經營者鄙夷地訓斥我們一群菜鳥：「你們等於是才進門當學徒學功夫，居然還有薪水拿。」好像我們是一群恬不知恥的剝削者。那時西門町的「巴而可」廣告女郎一張油紅大嘴咬著一把大蒜，中華商場還在，我們替中森明菜老是氣勢上差松田聖子一截而莫名著急，「自力救濟」、「街頭抗爭」、「肢體衝突」、「我有話要說」是新興的民間話術，我們為之亢奮起雞皮疙瘩，還是每天搭老舊電梯走進老舊辦公室，能夠做、做得來的事那麼少且瑣碎。一部嗆俗電視廣告問大家：一百萬新台幣能買什麼？答案是一部進口轎車。每天下班，走進煙塵滾滾的南京東路，赤紅太陽在背後咚咚的往下掉。覺得窒悶無有出路，好像自己是數百年前愚人船上的一員，因此放任愚蠢地渴望有個教宗、祕教教主給一個傾全身心效忠的完美理由。

老舊公司一半組織如同起司充滿孔隙，資深老鳥對著玻璃窗梳著他稀薄的頭髮，鏞逗桑伴隨傳言現身，裙帶關係塞進來不支薪的閒人，大家容忍容忍當是做善事吧。然而職場不是傳統的公門好修行，儘管瞭解，但無人能忍受一個心智、言行不能納入規範，且無有產能的畸零人。默片《摩登時代》的卓別林精靈地成為一個時代的蜂螫，更魅惑一個時代，他矮小卻大聲問：「你，一個有靈魂有思考的人，真的甘心朝九晚五只是做個機械人？」而我們看著一個文瘋子在整個樓層、在會議進行時，如薛西弗斯重複的來回、起坐、沉思，勾起了我們內心深層的恐慌與噩夢，人人心裡都有一個鏞逗桑。很快諸路人馬去向經營者告狀，帶著理直氣壯的狀詞：「通往地獄的道路往往由善意鋪成」，你要我們在地獄工作？

晚霞滿天的下班路上，鏞逗桑獨行在我前面，逆光成了輕盈剪影，無汗無垢，看不出年齡，我心中應景揚起一首藝術歌曲〈當晚霞滿天〉，來自年少的抒情廢墟，「我愛我愛，讓我祝福你……」。

第二天他不再出現，曾經受其輕微騷動的小職場機器什麼都沒發生過，我們得以煩惱應該煩惱的，鬥爭應該鬥爭的，企圖打造一條天堂與地獄之路。

——原載二〇一三年四月十六日《中國時報》人間副刊

台大哲學系、台大中文所碩士，曾任高中教師。曾獲九歌兩百萬長篇小說獎、《聯合文學》小說新人獎、時報文學獎、倪匡科幻小說獎等。

著有小說《摩鐵路之城》、《出不來的遊戲》、《好色男女》，散文集《雲想衣裳》、少年小說《從天而降的小屋》等。現正撰寫中年失婚女子的懺情錄。

夜間自習

張經宏

夜色降臨，晚自習教室亮起成排晃晃的日光燈。當初沙發上幾個人的閒聊做了決定，之後會議室宣布，成為全校當確切遵行的工作要項，不管認真或打混的學生、老師與主任聽聞，誰的心底都會升起種種雜念：白天的我不是夠累了，什麼？接下來還得多待三四個小時，才能回去做自己啊。

六點鐘聲一響，吃完第二份便當，座位上假寐片刻的學生們揉揉雙眼，自習活動開始。幾年下來，這竟也形成校風的一部分，且在地方上流傳的口碑了。

這樣的自習不全是難耐無聊。即使過程中爆出一兩聲騷亂（「誰放屁？」「老師，有蟑螂！」）很快遭集體薰染的安靜氣氛抹平。有的抄寫，有的趴伏桌上昏沉入睡。幾次我望著這些不算愛讀書的孩子竟能安坐半個小時，那情景頗有動人之處。

這時光也頗難讓人消受。偶而教室的某處正蓄積一朵或濃或淡的煩躁，一忽兒游向學生，一忽兒靠向我，成心底難以排遣的鬱鬱。我與它睹面相見，而有時為它所籠罩。日光燈疲憊嗯哼，時間吃力推我們向前。唉，青春苦短，惘惘人生。

為了排遣這樣的時光，我找來一只朋友精心燒製的陶杯，安置講桌前。草粿色的杯壁鋪爬細網般的裂紋，每每我的目光移向杯緣，吸納了慘白燈色的杯子氤氳出安穩的光澤，呼吸便沉了下來。我像個擁住熟悉的布娃才能入睡的小孩，只要有那只杯子，漫長難熬的時光不再如一堵厚牆，便輕巧地穿了過去。

我看著看著，那杯子竟有了微微的呼息，朝四周緩緩鼓脹，逐漸撐出一個圓潤飽滿的世界。彷若我的目光傾注而入、再翻躍而出，世間這邊忽忽又過了百年。

那想像也太美好。一夜，某個學生無聊地將原子筆來回甩高拋接，偏偏技術拙劣而頻頻摔落於地，幾個同學為那聲音惱得面露不悅。我漸漸提高音量，同學，安靜些，教室不是你一個人的。那學生也不是頑劣，他只是想抖落這身拂了又來的煩躁吧。他開始搖晃桌椅。下一秒，講桌上那只陶杯飛了出去，摜碎在地板上。

教室更安靜了。靜默中飄漾著種種新奇與驚嚇。從那些目光裡我看見，喔，原來你也會這樣啊。

而摔杯前我也看見了，我可以不用這樣。我不是氣學生，我氣我自己。大好時光，我們竟只能枯坐於此。但不待在這裡，又能去哪裡呢？

九點，學生走後我照例巡視門窗，檢查門窗桌椅、冷氣電源，按掉所有開關，將黑暗留給身後走廊。

打了一場敗仗的我，回家滿身疲憊。一個家長來電：「老師聽說你的杯子破了，我送你一個。」

「啊，不不，謝謝。」我的心底漾起微微暖意。再精緻再美麗的杯子，都不是被我摔碎的那只了。

夜裡我夢見那杯子。它變得更大了，大得像口足以捧在胸前的鼎，安穩鎮在導師缺席的講桌上。底下的學生抬眼之後，各自沉入課本作業之中。

隔天清晨，我在鬧鐘的呼喊聲中蹦地跳出，匆匆收拾梳洗，朝學校奔去。

——原載二〇一三年九月二十六日《中國時報》人間副刊

醫學系畢，現事醫療。散文作品曾獲《聯合報》文學獎、梁實秋文學獎、時報文學獎等獎項，並入選九歌年度散文選、天下散文選。

著有散文集《游牧醫師》、《體膚小事》。

肚腹尺繩

黃信恩

二〇〇八年秋，我有了自己的門診。

剛開始看診不免慌張，偶爾遇上複雜內科疾病，或態度強勢病患，便亂了節奏；時間的掌控常欠缺效率，有時問診問下來就是一小時，旁支末節，鉅細靡遺（但不見得靡遺到關鍵），把病歷紙填得滿滿的，卻無明確結論或決策。這樣的窘境大約持續幾個月後，才漸漸擺脫。

一年過後，門診來了一位糖尿病老婦，血糖控制極差，由女兒陪伴來。她身上已出現視網膜、末梢神經等糖尿併發病變，目前口服藥治療。

我心想：這麼差的血糖，口服藥夠勁嗎？要不要直接改為胰島素？

「可能要打針了，藥吃到極限了。」我說。

「她和中風的老伴兩人住鄉下，沒人可幫她打針，她自己又不敢打。」女兒說。我心想：也對，聽來極不安，萬一胰島素過量，低血糖昏過去沒人發現怎麼辦？

「那麼……先吃藥好了。」我說，但踟躕一晌，又改口：「不行，要打胰島素才行，口服藥無法調了，腎功能也不理想。」

那時的我，內心擺盪，立場飄忽。方向塗塗改改後，我告訴老婦要打胰島素。她拒絕，表態無法容忍日日挨針，寧願人生就此而去，管他媽的血糖。

該怎麼辦？我很為難。

在這種局勢下，我終究選擇妥協，微調口服藥量，然後苦口飲食規勸，並抽血檢驗一種名「C胜肽鍊胰島素」（C-peptide）的濃度。這是一種胰臟製造胰島素的中間產物，可藉此評估胰島素分泌能力，如果太低，可能反映著分泌力已日薄西山。

一週後，老婦回診，報告顯示C胜肽鍊胰島素異常偏低。

「你的腰尺要休息一下。我們先打胰島素，好不好？」我問。

「腰尺？」老婦有些訝異，以為腎臟出了什麼問題。

「不是腎，是胰臟。」我解釋。

那曾是我的疑惑。小時和母親去市場豬肉攤，屠刀與腥臊間，常會聽見肉販以閩南話嚷著腰子腰尺。那時我隱約知道，肉販口中的「腰子」是腎臟，但「腰尺」卻眾說紛紜。在那不講求追根究柢的童年，我以為腰尺該與腎為鄰，一度以為是腎上腺。就這樣，我含糊地過了好幾個春秋，直到成為醫學生，跟了診，聽見對話，才頓悟腰尺指的是胰臟。

這臟器如尺般地橫躺於腹中。但弔詭的是，它位居肚腹中央，而非腰側，為何不名肚尺、腹尺，而曰腰尺？究竟命名者為誰？初始之際，指的真的是胰臟嗎？

後來有天，因為受託，我陪朋友到傳統市場買坐月子的燉補食材。朋友向肉販指定腰子與腰尺，當肉販遞來後，我隔著淺紅、半透明的塑膠袋，仔細端詳腰尺：赭紅、長條狀、質地飽實，我心想：它真的是胰臟嗎？我反而覺得像脾臟。根據我零散的解剖知識與刀房記憶，胰色澤較淡、質地較鬆軟，而且，就地理位置來說，脾確實居腰側。

胰？脾？腎上腺？我不清楚每位豬販認知裡的腰尺都是同塊臟腑，但在醫界或人體內，腰尺指的均是胰臟。似乎，腰尺的身分在豬身上就馬虎了起來。

說胰臟像尺，其實有些勉強。它可是有頭有身，甚至尾巴的器官。

胰頭枕在腹腔右側，鄰十二指腸；胰身躲於胃之後，橫亙腹中；胰尾翹向左側，銜脾臟。除了頭身尾，還有一個部位名「鉤突」（uncinate），居胰頭下方。

這身型別致的臟器，我總覺得不像尺，而像個逗點，像隻蝌蚪，或像枚水滴。它是跨領域的，擁雙專長：屬消化系，亦屬內分泌系；能分泌胰液，分解食物，亦能製造多項荷爾蒙，調控血糖平衡。

胰臟似乎帶有一種「分泌」的命定，終其一生都在榨出。它的英文是pancreas，源於希臘文，pan有全、整的意思，creas有鮮肉之意，因此合起來，瀰漫濃濃的肉質感。雖然英文名如此，但我老覺得它是個易被霧鎖的器官，像春季的馬祖列嶼，或隨時被煙嵐淹覆的苗栗觀霧。在超音波底下，只要胃腸氣多了，胰臟能見度就差了，這和肝膽脾腎不太一樣。它習慣深藏，習慣若隱若現，在臟腑中最具隱士情操。

●

往後，老婦持續在門診追蹤血糖。這架構在「拒胰島素」的醫病前提下，我僅能非常嚴格地控制她的飲食，或者說，管轄她的嘴欲。有時，我會感到自己的獨裁：羹類不能多、吃肉請把皮和肥肉吐掉、白饅頭地瓜芋泥要少量、禁喝含糖飲料、水果要克制、肉燥不能淋、炸物甜食得忌口……不能不能不能，所有的美味都是毒，無滋無味才是王道。我和她計較著米油鹽（就差「柴」了），像是舌上暴君。

終於有天，老婦和我說，有些事我是不懂的。身為家庭主婦的她，掌管菜色，也收拾菜尾。

每當面對桌上吃剩的食物，她總感到丟了可惜，於是一人默默將全家的剩菜剩飯嚥下肚，彷如廚餘桶，多年來始終如一。

那些食材都是黯淡的、待棄的，從來不會是美食。我似乎明白，飲食控制不是隨口少油少鹽少肉那麼無關痛癢的一件事。

然而血糖高是事實，習性難改，唯有胰島素一途。我開始採取恫嚇策略，搬出種種糖尿併發症的可能結局：失明、透析（洗腎）、截肢……。幾經勸說，老婦終於答應施打胰島素。

緊接著是一段艱辛的數學日誌：長效、短效、混合劑型，我從體重、用餐時間、飲食習慣，不斷計算、調整她的胰島素劑量。胰臟此時還真像把尺！一把非形狀上，而是功能上的尺——到底要調到怎樣的刻度，才能對齊她腹中的那把腰尺？

有天，老婦回診，血糖值是就醫以來最好的一次。但她卻表明不想打胰島素了，連藥也不用了。她要放棄，讓血糖順其自然。

「怎麼了？」我問。

診間安靜了數十秒，老婦哭了出來。

她碎碎斷斷地講著，原來幾週前，兒子在一場意外中，遭砂石車輾斃，徒留一妻二子。孩子正念小學。起先她憶起肇事者事後狡辯的說詞，語氣悲憤，但一想到兒子血肉模糊的死狀，竟在診間放聲大哭起來。

怎麼辦？我該如何安慰她？我陷入一種不知所措的狀態，想說些安慰的話，卻吞吞吐吐。

她在診間哭了幾分鐘，我只知道遞上衛生紙，並在最後一刻，說了段類似「事情遇到了也無法逃，希望你能走出來，血糖還是要好好控制。」的話，然後，看診就結束了。

那事過後，我漸漸知道，有些事是可以超越健康、優先於疾病的——兒子沒了，血糖算什麼？七十初歲的她，白髮人送黑髮人，失眠，食不下嚥，生活秩序崩解，血糖顯得如此遙遠，如此虛渺。

起先我以為老婦不會回診了，但慶幸地，她仍按時回返。那幾個月，她的血糖相當理想，胰島素也開始減量。數月過去了，她漸漸走出喪子陰霾，臉上多了微笑，食欲漸增，或許因此，血糖又升高了。

「最近又吃什麼好料的？」我問。

了解一些生活概況後，我告訴老婦，再三個月，我將離開這間醫院，新的醫師會繼續照顧她。

她有些驚訝，問我的去向。

「我給你看病也快三年了，你好像比以前栽（穩重）。」老婦說。

這話是中聽的。我微笑，謝謝她的包容。不過，事實還是得面對：胰島素又需調整。我在病歷上修改了胰島素劑量，微幅增加單位。她靜靜凝視我，像在思忖什麼，亦像有話要說。或許，她腹中這把腰尺，計算胰島素劑量的同時，還以更幽微的刻度，衡量我一路來的些許生澀、些許熟成，以及那些進退中的稜稜角角。

——原載二〇一三年六月《幼獅文藝》雜誌第七一四期

守門員的焦慮

孫梓評

一九七六年生。東華大學創作與英語文學研究所畢業。現任職《自由時報》副刊。

著有散文集《除以一》；長短篇小說《男身》、《女館》；詩集《你不在那兒》、《善遞饅頭》等。

借用奧地利小說家彼得・漢克書名《守門員的焦慮》，原因無他：時至今日，擔任文學副刊編輯，近似「守門員」身分，且充滿「焦慮」。維基百科上這樣解釋：「足球比賽的守門員是唯一能用手觸球的球員，但只限在禁區內，否則被視為犯規。」副刊編輯工作主要的一環，無非審稿，決定稿件留用與否。然而稿件何其多，文學作品的優劣有唯一標準嗎？每遇文學獎評審場合便知道：再優秀的作品在不同閱讀者面前，都閃現不同光澤。無論如何提醒自己客觀，做為讀者的主觀性，仍不免暗藏其中吧？那麼，在此「禁區」內，以手觸球，真的不算犯規嗎？「對守門員的信任感是建立在避免出現失誤和驚險撲救的基礎之上。優秀守門員應不被失誤所困擾，並從中吸取經驗教訓。」失誤看來難免。唯每一次戰事都累積信用與經驗。把時間拉長來看，能否滴累出某種美學？那又是誰的意識型態所貢獻的美學？同時，怎樣算「失誤」？是編輯對於作品的誤判？又或者每一次決定稿件留用與否，不單單因為作品優劣？也許版面有限（你真的寫得很好，但是很遺憾不能只刊登你的作品）？也許作者無法超越自己，過多同類型創作重複（你真的寫得很好，但是這樣耽溺下去真的好嗎）？也許報紙做為一種大眾媒體，有其優勢與限制（你真的寫得很好，但是每天版面上限只有五千字呀）？也許，相似主題將在近期專題中曝光（你真的寫得很好，但是我們即將刊出內容物相近的訪談）？……也許，再怎麼解釋都嫌貧弱與心虛，只好淡淡濃縮成一聲「不好意思」。

對於已留用的作品，因為種種緣故，無法盡快刊出，總也無比焦慮：啊，那首歌詠春天的詩，如今竟已殘夏。啊，那篇關於落葉的小說，如今樹已萌芽。啊，那篇提到粽子的散文，如今大家吃起湯圓。啊，那則抗議現實的極短篇，情勢一波三折改變著。最遺憾的莫過於，啊，那摘錄的長篇，還未及刊出，作者已離開這世界。

當網路（Internet）改變人們對出版品的想像，也改變書寫者對於副刊的想像，（報紙）副刊該如何迎戰？（或，是否有必要／可能迎戰？）再怎麼講求時效，也快不過每分每秒有人貼文的臉書。再怎麼講究版面設計，一日一日的消耗，也比不上書籍愈益精緻的裝幀或雜誌高畫質印刷。時代變易，副刊除了做為發表作品的園地，還能負載什麼？手邊珍藏一冊《眾神的花園》，書名副標題「聯副的歷史記憶」，出版日期是一九九七年。那年應是網路將鋪天蓋地改變人類生活的序曲時期，而翻閱書中所錄關於過往聯副大事與專題規劃，幾乎與二〇〇四年加入報社的我的工作內容相去不遠，甚至因為各種條件漸形匱乏（人力或版面的削減），而顯得今不如昔。我不由得心驚：倘若每日操作細項，無有任何開創，那麼此行將是一條不歸路（是的，我沒有忘記，早有同行的前輩將文學副刊比喻成一艘將沉的船）？

還有更不堪的。歲末，網路書店年終排行榜揭曉，我傻著臉對主管懺悔：「怎麼辦，年度華文暢銷作家，過半我都不認得！年度華文大眾文學暢銷作家，我只認得兩個！」我開始認真思考：真有平行宇宙？主管淡定回答：「只能說，現在天空中有很多光束在交錯著，文學副刊只是其中一束。」我沒有天真到以為此時此地人們仍耗費大量關注在副刊上頭，只是訝異：原來我與島嶼上的讀者們，連錯身的機會都沒有。

焦慮之外，偶爾也漾起一點（對於過往）幽微的懷念。尤其是剛加入副刊編輯隊伍那一年的幾件瑣細小事。那時，整個報社熱鬧些，每日午後，幽靈般搭電梯來到座位前，等時間被誰偷走。審稿時，得從座位離開，親密側身於工讀生和同事T之間，窩在一台老舊蘋果電腦前，用一隻快要壞掉的滑鼠一一拖曳稿件往不同的命運，晚間，每每有一種眼睛要瞎掉的預感。我想我一定對那滑鼠很壞，茶水間偶遇其他版面的同事L，她笑著勸：「不要再砸滑鼠了！」

某日，同事T突然從校稿（另一項永遠需要焦慮的事）中，幽幽抬頭問我：「咦，你知道M的托福考滿分嗎？」M是當時版面上唯一的記者，負責「國際文壇」所有內容，我們座位相對，隔著好多公仔跟玩偶。我大驚：「那，她還待在這裡幹嘛?!」在這裡——在書堆，在看不見的錯字，在永遠被追趕的未來的版面。我亦懷念有一次，陪M去採訪法國插畫家，她用好聽的法文問很多問題，我只能在旁手忙腳亂側拍，訪問將結束，同事T傳來簡訊：「不好意思，我身體不舒服，得先離開，可以麻煩你先回報社嗎？」我從山上搭車，一路明晃晃的陽光好不真實，回到報社，同事T居然還想拿著未校完的版面離開——鞠躬盡瘁，我想大概就是這個意思。

每週三，做隔日見報的新聞版，同事M午後先傳來題目，然後別無例外，到了六點多，會帥氣地將所有稿子與照片一股腦兒傳給我，「圖說進報社再寫，文太長你就刪吧。」咚地從MSN下線。我便細細讀起那些文字，在字數邊界拉鋸，那裡面有她但願傳遞給讀者的細節，還有身為資料控難以割捨的一切。死限之前，版終於降了，躲在細節裡的魔鬼也只能任其散髮夜行了。我們仨，東摸西摸來到午夜十二點，地震忽然來了，放眼整個辦公室，居然早已傾巢而空，同事T大喊：「我不要死在辦公室裡！」同事M好冷靜關電腦關燈，我們仨，小心翼翼一前一後摸黑走八層樓梯下樓，到了地面，望著彼此忍不住哈哈大笑。

——原載二〇一三年一月八日《聯合報》副刊

百工之二

阿盛

本名楊敏盛。一九五〇年生，台灣台南新營人。東吳大學中文系畢業。曾任《中國時報》系記者、編輯、主編、主任等職。曾獲南瀛文學傑出獎、五四文藝獎、吳魯芹散文獎、吳三連獎文學獎、中國文藝協會文藝獎章等。作品收入多版高中大學國文科課本，現主持「寫作私淑班」。

著有散文《行過急水溪》、《民權路回頭》、《阿盛精選集》、《夜燕相思燈》、《萍聚瓦窯溝》等二十一冊、小說《七情林鳳營》等二冊、歌詩《台灣國風》。主編散文選集二十一冊。

新聞台址：mypaper.pchome.com.tw/news/asaint/

手工彈棉被，很辛苦，司傅背著大木弓，兩手都得動，夏冬一樣臉頰出汗。靠近些，彈聲頗似「疼疼疼」或「聽聽聽」，聽久了，耳鳴，音調會轉為「痛痛痛」或「堂堂堂」。棉絮跳起落下，細絲飛揚，司傅總是戴著牛嘴籠，只露出眼睛。牛嘴籠，泰半薄皮面、開數孔、內襯紗布，學校老師通常用北京話稱之為「口罩」。

我沒有見識到製作棉被的完整過程，那不太可能。印象較明晰的是「牽紗」，好像，除了理備棉花之外，唯此由婦女參與。兩人合作，一人捧紗線，一人持長竿勾來拉去，以固定棉被粗胎，也做活也講話，輕鬆若無事在身。外行者盡量想瞧個清楚，沒辦法，才幾分鐘，眼花花。真神奇，東扯西扯一陣子，棉被就像棉被了。最厲害的是一對夫婦，牽紗起手，開始談論該讓老大報考新營中學還是台南一中還是嘉義中學，爭執激烈，完工，顧客恰好入門，檢視一番，滿意，臨行忽焉言道：恁翁婦吵這久，竟然一紗無亂，嗯，巧婦配好翁，嗯。

那司傅的大兒子與我同歲，後來考上嘉中，又後來考上醫學院，現在新北市主持一家中型醫院。他不喜人說「壞竹出好筍」，常曰：我父母雖不識字，本業一流，怎麼是壞竹？有二子一女，皆為醫，但極不喜人阿諛其子女是「名門之後」，曰：家家有門，人人有名，名門云何？我極欣賞這同鄉，知恩達理，可一世友之。

有些人，一世不可友之。老故事了，我略述，你無妨聽聽。人老故事多，但不會胡說，你放下遙控器吧，手指也別撥來點去，電視與智慧型手機肯定會令人提早患上老人癡呆症，聽到沒有？唉。

聽到敲鐵罐的聲音，人們便曉得補鍋司傅來了，其實，他往街角樹頭坐下，半聲不響，同樣立刻鄰近街坊皆知。

火爐，約尺半高，近尺寬口，內置木炭，爐下方一拳大之洞，洞連一鋁管，鋁管接鼓風器，鼓風器約淡水李炳輝的手風琴一半大，一支木柄鐵杓，鐵杓形狀類若今之星巴克咖啡杯，破銅壞鐵碎片一小堆。司傅使用的工具大概如此。

補鍋，是概稱，凡金屬容器都能修補。司傅審視破裂處，若周邊無損，算小傷，周邊亦損則告知顧客，須敲破，一起補好，免得日後又補。這是基本職業道德，做事要老實負責，不能像如今的詐財「賣油郎」，無人曾見修合意，有天盡知存心毒；也不能像如今的顢頇厚顏官員，寶蓋頭下兩個口，一口說有一口說沒有。

鼓風器，手動之，鐵杓裡的碎銅鐵熔成稠漿，司傅手捧一疊沾油的布，熔漿倒在布上，由鍋外急貼破點，另手握鐵片於鍋內刮平。很簡單，收費也很少。

區區疼皮痛肉勞力錢，夠司傅養家嗎？我認識其一，不但養家，還栽培兩子讀大學，一法律系、一物理系。後者出國留學，客逝他鄉；前者當了司法官，畢業結婚後從未返家看視老父母，十五年整，直到一九九八年，老父母同時車禍身亡，他才還鄉，順便賣掉祖屋土地。不知他現今是否還在「維持正義」。

純敘述，細節與評說根本不用了。百樣人，百樣工，百樣心，百樣行，縱有百嘴亦難道。我只想講到此。

——原載二〇一三年十一月十七日《中國時報》人間副刊

最後的海上獵人

廖鴻基

一九五七年生，花蓮人。曾從事漁撈及海上鯨豚調查，創黑潮海洋文教基金會任創會董事長，隨遠洋漁船及貨櫃船遠航等。曾獲時報文學獎、吳濁流文學獎、台北文學獎、賴和文學獎、巫永福文學獎、九歌年度散文獎等。

作品有《討海人》、《鯨生鯨世》、《漂流監獄》、《來自深海》、《尋找一座島嶼》、《山海小城》、《海洋遊俠》、《台11線藍色太平洋》、《漂島》、《腳跡船痕》、《海天浮沉》、《後山鯨書》、《南方以南》、《飛魚百合》、《漏網新魚》、《回到沿海》，編著《臺灣島巡禮》、《划向大海》等。

舵手左舷發現旗魚，他手臂挺舉，繩直的眼神和僵愣的指尖死命盯住海上目標反覆高聲叫嚷。推油門、迴轉舵輪，鏢魚船噴了口烏煙，船身左傾進逼海上獵物。鏢手和二手翻過塔台一躍而下，從晃盪不安的前甲板奔上鏢台就位。鏢手抽出長鏢桿奮舉上肩。這時，船上每個人包括這艘船的意志，一口氣全凝在鏢手高舉的鏢尖上。這一刻，船上所有心緒都懸掛在緊繃欲斷的同一根弦上……多少年過去了，當年鏢船海上邁浪追獵旗魚的畫面仍歷歷在目……公視年度紀錄片《戰浪》，讓我彷彿重回鏢船甲板，跟著追逐吶喊，跟著心血沸騰。

每年中秋過後，俗稱丁挽的白肉旗魚隨東北季風、隨黑潮來到我們東部沿海。這時節的牠們，好比花紅正豔一身油脂，以海鮮角度而言，牠們是上好的生魚片食材。因而風浪雖大，鏢船仍冒風犯浪紛紛出航，以傳統站鏢台持鏢獵魚方式在坑凹顛簸的海上追逐旗魚。

大海是魚的家園，鏢船上的海上獵人僅憑一艘小船浮在動盪海面。這種傳統鏢刺漁業，除了船隻動力及長鏢桿外，海上獵人依賴的就是眼力、膽識和全船一致的默契。這是一場人魚間較為公平赤裸的海上搏鬥。北風呼嘯，波峰浪谷聳揚不定，所有的不安，鏢船獵人必要以熟練的鏢魚技術為信心，並一再凝鍊渴望獵物的決心，才能面對這場海上戰鬥。

這群海上獵人，屬於較不被台灣社會看見的「討海人」身分，又一輩子守在鏢魚這專業領域，一輩子承風受浪與大魚搏鬥。一輩子鍛鍊跟累積，自然形成讓生命緊緊貼合生活的戰鬥精神。這種精神使他們不受時尚影響，不受利益誘惑，他們以自己的認知認真生活。什麼都講究快速，什麼都講求效率的現代社會，往往就形成了不利於他們繼續存在的環境條件。他們仍然不為所動。

他們呈現的是現代人少見的生活質感和生命美感。

所謂「厚工出好蜜」，這群海上獵人，他們以手工對比自動機器，雖然並不刻意，但他們確實以傳統價值彰顯了現代社會的缺憾。

除了鏢刺漁業，現代捕旗魚的其他漁法還有被稱為死亡之牆的流刺網、漁撈效能極高的延繩釣和定置網。隨便哪一種，漁獲效率都遠超過鏢旗魚。無以為生，所以後繼無人，如今鏢船上只剩下平均年齡六十好幾的老鏢手擔綱。他們常自我解嘲說：「一艘船上總共好幾百歲。」這種傳統、原始、精彩且累積近百年的沿海漁業文化，眼看著就將在這批最後的海上獵人過去後，完全消失。

一種產業的消失或許只是遺憾，更大的遺憾其實是文化傳承的中斷。過去許多年，我嘗試以文字記錄鏢旗魚種種，但畢竟文學在台灣只是小眾，心裡一直期待，有一天會有影像紀錄來得及在這些精彩畫面完全消失前留下鏢旗魚影像，留下這些海上獵人的最後身影。公視《戰浪》這部跨國合作的紀錄片，克服萬難，及時做到了。

這部紀錄片呈現了一場原始陽剛的海上搏鬥，呈現了一場鏢船獵人默契一致堅心決志充分展現獵殺渴望的過程。

透過《戰浪》，也許提供給「只剩海鮮文化，沒有海洋文化」的我們進一步思考，如此精彩的沿海漁業文化可有保留且繼續傳承的機會。或者，在沿海魚類資源快速枯竭的今天，回過頭來，讓我們想想，對於自然資源，超高效率以及量的追逐之後，我們失落了什麼。

——原載二〇一三年八月十四日《自由時報》副刊

輯五

天地生萬物

作家、生態保育工作者，曾任職報社編輯多年。常於港台各地駐校訪問，走訪當地風土。近年來創作多以生態環保和市井小民的生活故事為主，建言意見頗能影響社會輿論政策。

曾出版著作三十餘部。晚近較具代表性作品為《十五顆小行星》、《11元的鐵道旅行》、《男人的菜市場》、《裡台灣》。

迷路的墾丁大街

劉克襄

一戶香港小家庭逃難般地朝7-11奔來。走進後隨即和我並坐，倚靠著狹長的吧檯休息，再也捨不得起身，離開這個舒服的空間。

短短不到兩公里的墾丁大街，光是這家企業的便利商店就有四間門市，比例之高冠居全台。我猜想，現在每家都擠進不少人吧！

從淨潔的落地窗望出去，外頭早被酷熱的陽光照得白花花。日正當中，幾無貓狗躲藏的陰影角落。只見一些年輕人撐著陽傘，手持飲料，勇健地沿著街道漫行。但沒走幾十公尺，也踅入某一商店吹冷氣了。

回頭再注意室內，男主人正忙著照顧娃娃車裡的幼兒，還有站著舔霜淇淋的小女孩。女主人暫時擺脫照顧的角色，歡喜地瀏覽販賣架上的豐富品項，彷彿在百貨公司遊逛。

香港的便利商店晦暗而狹小，走進去若不買東西，往往待不了幾分鐘就想離開。台灣的可不！試問哪間不是明亮而舒適，又針對不同區域，陳列著多樣而繁複的物件？說得誇張點，一個人生活的必需品，說不定一間店舖都配置齊全了。

確定他們住在凱撒飯店後，我不禁好奇地探問，「為何跑到墾丁來，香港也有海岸啊？」

「香港太小，海岸不夠寬，旁邊都是高樓大廈。」

我實在無法接受這一說法，不免再質疑，「你們也有西貢大浪灣，還有南丫島啊！」

「不一樣，這兒的天空比較藍，香港沒有這種藍天。」

我還是無法滿意他的回答，繼續試探，「峇里島和泰國也不錯啊！」

「那兒局勢很不平靜，還是這兒好，大家都講普通語，不會被隨便欺騙，消費又便宜。」

聽男主人講了這些實在的話，我心裡浮升一股驕傲之情，但刻意裝作無知樣地猛點頭。看來泰國紅衫軍的示威，間接幫助了墾丁觀光產業的些微活絡。難怪這一路上，遇見了好多港澳遊客和學生。

最後那男主人又補上一句，我更無法反駁了，「對了，這兒晚上還有夜市可以走逛。」國家公園內有夜市？他指的是墾丁大街，入夜以後這條街永遠燈火如白晝，愈夜愈喧嘩。

白天時，遊客走逛的大街即充滿熱帶風情，多數商舖大剌剌地擺出花式繁多的潮T、海灘鞋、海灘短褲和細肩帶背心。所有產品都跟海洋有關，少有個性小舖之存在。我打算晚間找家麵食店，卻發現街上充斥著形色豔麗的泰式料理，還有粗獷的烤肉啤酒餐廳。其他類型相對地顯得貧乏，不管台式、義式或法式，都難得發現。唯有彎進小巷小弄，方能覓得幾間炒麵炒飯的小店存在。

等太陽西斜，整條大街才真正醒來。商鋪和餐廳自不待言，小攤販也紛紛出籠，迅速地搭好攤位。販賣項圈、手環和耳墜等稀奇古怪飾品的最多，甚而有刺青的，在在蠱惑你，離開前必須帶走一個值得珍藏的紀念。飲料冰品也是大街的主要特色，幾乎隔個三五間就有一清涼小鋪，供應消暑解熱的冷飲。至於星巴克、麥當勞和肯德基，只在大街的兩端坐落，淪為不顯眼的配角。一般夜市慣有的雞排、滷味和大腸包小腸之類，同樣了無新意地存在。

小攤販忙著擺位時，躲在飯店民宿吹冷氣的遊客群漸次出門了，踏浪的人潮也慢慢回籠。白天時整條街像乾癟的豬腸，暗夜了，又灌得像糯米腸般，膨大而油光煥發。

這一香港小家庭，屬於高檔的旅人。出現在大街消費的族群，多半是大學年齡層的族群，明顯地比一般觀光區的遊客還要年輕。暑夏是墾丁的大月，整條街洋溢著青春，流動著狂野。穿著清涼火辣的年輕男女，晃盪著青春嬌嬈的身軀，輕佻而快樂地來去。擺攤者皆以流行次文化的商品做為賣點，試圖招攬年輕人入店。音樂祭還未到，每晚的大街已張燈結綵，以光怪陸離為經，浮華亂相為緯，熱鬧地鋪張出一股南洋風味。

街角的啤酒餐廳，好些駐唱歌手早就迫不及待地調大音響，彷彿熱門演唱會即將開始。入夜以後，那刺青又暴筋的手臂更加緊握吉他，且對著麥克風聲嘶力竭地吼叫，好像這兒是他的王國，自己就是全世界。

街上好幾間pub也在街心開始加溫，人潮愈多動作愈加勁爆。有時表演秀高亢過頭，還從店內火辣地狂舞到街上。其裸露之大膽，猶若巴西嘉年華會。大家也見怪不怪，甚而隨之共舞。以前報紙常報導此地查獲什麼非法轟趴，其情境自可理解。

員警呢？不遠就是警察局，前面栽植了一排特有種的棋盤腳。黃昏之後，一朵朵詭異的淡紫花朵盛開，清晨時才悄然墜落，凋零為塵土。入了夜，員警的工作好像只能維持交通秩序，喧囂的大街幾近無政府狀態。到處是沸點的溫度，隨時燃燒。整個國家年輕人的鬱悶似乎都匯集到此，藉由這一晚又一晚的狂歡，集體大聲地宣洩而出。

啊！這是條失控的街。沒有夜市如此年輕，如此不守分際。台中逢甲夜市若是台灣夜市的旗艦店，這兒必是打頭陣的前導車了。

墾丁還有一特質，不像清境那樣媚俗。清境地區的民宿業者擅於妝點門面，把全世界浪漫的景點、詩意的美麗名字幾乎都用上。什麼佛羅倫斯、普羅旺斯、挪威森林、星光流域等，都清楚地鑲嵌在清境旅店的招牌上。儼然藉此催眠遊客，何妨就把這兒當成某一異國家園、某一人間仙境。

墾丁雖也有希臘、大溪地或夏威夷等附身，畢竟不多。對遊客來說，「墾丁」這個地名就是一個品牌，自信地代表著某一美好的熱帶風情，足以支撐自己的門面，不需太多異國的加持。但那元素絕不是熱帶海岸森林，也非蔚藍的海洋。這些都是附帶的，主要還是這個超級大夜市的堅實存在，讓墾丁吸引青年男女，在暑夏時朝聖般地前來參與。

國家公園近乎名存實亡，大街正在把恆春以南的國度，帶向一個接近峇里島的沃壤之土。沒錯，香港跟台灣的旅人一樣，恐怕也是被這一虛幻之境所吸引而來。

這樣的大街，沒錯，愈夜愈喧嘩，也愈加絢爛而輝煌。人潮像夜間回流的各種魚蝦族群，習慣性地借助月光接近海岸。在迷離的光影下簇擁著，竄擠著，彷彿這時只有大街才能給予溫暖。

縱使大街周遭，或暗或明之處都還有此詭異不安的風景。其左右二三條巷弄，不知你蹓躂過沒。白天時彎進去，只見形形色色的民宿多樣地坐落著，少有農夫耕作的菜畦花園，人人都搶著經營民宿。花大筆錢請建築達人來整修門面者，更大有人在。台灣民宿的美學為何，墾丁巷弄裡各式各樣的休閒建築，似乎已流露某些趨勢。

這現象亦告知，墾丁在地人因為觀光旅遊莫名其妙地發了，尤其是大街周遭的住家。迄今在地人可能還來不及反芻，自己是如何一夕富裕。我住的鹿角民宿，老闆夫婦深知這等觀光浮動的背後隱憂，他們把一樓裝飾成雅致的夜間酒吧，卻也擺了村上春樹近乎全套的作品集。但這樣安靜的酒吧，並不屬於大街，僅止於巷弄一角。

二十五年前，我在雅客之家小住。原色木板搭蓋的旅店展現個性小店的風情，老闆和旅人熟悉地互動著，甚而有二三小時無所事事閒聊的時光。今天經過時，櫃檯兩個小姐忙得像無頭蒼蠅，一堆老外旅客和香港人穿梭進出，連回答我問路的時間都抽不出。

那時我騎著向老闆租借的摩托車，不戴安全帽，一路開闊奔馳。放眼望去，哪有什麼大街和商家，公路旁邊盡是蔚藍海洋。落山風以呼呼作響的速度和涼快，吹得我像路旁相思樹幹的瘦癟蒼勁。不管從哪個角度抬頭，大尖山都遠遠地龐然高聳著。

當人潮湧上大街時，我悄然回到下榻旅店的巷弄，夜深後總有數萬隻密密麻麻的家燕回來，集聚在電線上過夜。一隻比肩一隻，壯觀地提醒著，這一地區生態環境的豐富，不只是灰面鷲和紅尾伯勞。

等清晨五點，趁日出前，我起身徒步，想走六七公里的海岸到鵝鑾鼻。還有一些人在街頭飲酒作樂，但大街已疲累了。他們跟殘留的垃圾一樣，天再微亮，就會被清除乾淨。整條街正要入眠，台灣第一座成立的國家公園，應該會在這時暫時醒來。

就不知，那一香港小家庭今天會去哪裡了？

——原載二〇一三年二月二十二日《中國時報》人間副刊

本文收錄於二〇一三年六月出版《裡台灣》（玉山社）

生於埔里，長於台北，居於香港。台大中文系畢業，英國伯明罕大學文化研究系肄業，曾在新聞界工作多年。九〇年代初移民倫敦，一九九七年遷居香港，現居大嶼山島，晴耕雨讀，專事寫作。作品散見中港台報章，曾獲吳魯芹散文獎；《聯合報》讀書人、《中國時報》開卷，以及台北書展等好書獎。

喜歡植物和食物，熱衷自然與人文觀察，著有散文集《南方絳雪》、《雲吞城市》、《紅燜廚娘》、《饕餮書》、《種地書》等多種。

有樹

蔡珠兒

洋梧桐

怎麼說呢，我把城市分成兩種，有洋梧桐的，以及沒有洋梧桐的。沒有的，例如曼谷香港和台北，氣候沒法種，就不說了。有的呢，例如倫敦巴黎上海墨爾本，栩栩然蘧蘧然，就有種洋味。那洋，既是十里洋場的洋，也是洋洋灑灑的洋。

夏有蔭。桐葉如巴掌，高高伸舉揮動，擎向透亮藍空，遮了陽，卻篩出銀絲天光，碎影流淌下來，在路人臉上濺出光暈，走在樹下，無端端，你我忽然就美起來。人都這樣，路就更別說了，青壯直溜的樹骨，豐盛寬綽的枝蔭，兩側環伺拱護，夾出深度和器宇，小街也成了軒昂大道。

秋有葉。黃燦如花，漫天飄墜，離枝時戀戀不捨，在空中旋身起舞，頻頻回顧，好半天才落下，厚厚積滿行路，踩上去淹及小腿，沙沙嘩嘩，欷欷作響，黃葉應聲酥裂，多踩幾下，更化為齏粉，零落如天際殘雲。往昔倫敦深秋，我最愛去綠公園和河岸大道（The Strand），快步縱走踩落葉，那沙沙脆響，酥酥碎裂，反擊蕭瑟秋風，激起一種爽利暴烈的快感。

冬有骨，春有芽。入冬葉盡枝禿，樹皮剝落，露出錚錚白骨，蒼灰暗青，斑駁成塊如迷彩，枝梢垂著一二小鈴，風來彷彿噹噹敲響。晚春冒出蜷曲芽心，慢慢伸直，幼葉濕軟如出蛹蝶翅，柔黃轉為淺碧，翠色逐日加深，等到舒展成巴掌，青陰匝地，又是一年光景。

洋梧桐，其實不是梧桐，該叫「二球懸鈴木」（Platanus acerifolia），屬懸鈴木科，顧名思義，就是會結出鈴狀小果的喬木——你猜得沒錯，二球就是一球和三球雜交出來的。至於「梧桐更兼細雨，到黃昏點點滴滴」，詩詞中常見的梧桐（Firmiana simplex），屬梧桐科，原生於中國和日本，別名青桐，果實扁薄如翅。

洋梧桐和香港的洋紫荊一樣，都是自然雜交的混種，特別秀異強健。這樹十七世紀在西班牙發現，初名西桐，後來引進英國，遍栽於倫敦的公園大道，所以又叫倫敦桐（London Plane）或英桐。因其高大雄健，綽約多姿，又被巴黎、馬德里等歐洲各城廣泛種植，並隨殖民傳入美洲、亞洲和澳洲，成為全球溫帶最常見的路樹。

上海的洋梧桐，最初由法國人引入，種在租界，因此俗稱法國梧桐。張愛玲筆下經常飄出片片桐葉，「白色的天，水陰陰地，洋梧桐巴掌大的秋葉，黃翠透明」，張姑姑獨沽一味，只寫洋梧桐的黃葉，從不見綠芽碧蔭，那樹的存在，只為見證滄桑，預兆衰落，這讖言似乎也從筆下撲出，反噬城市和她自己。

九十年代中，木心回到睽隔多年的上海，去淮海路，「第一眼是兩旁的法國梧桐全沒了」。這城市，先是砍了洋梧桐，騰出地，蓋樓開店搞建設，近年來，不知為了形象或悔過，又拚命補種新樹，然而樓高路窄，洋梧桐高幹闊葉，侷促街角路邊，和行人爭道，倒顯得寒磣小氣。所以怎麼說呢，有洋梧桐，也不一定洋。

月桂樹

伊斯坦堡的路邊有行道樹，高兩三丈，青鬱深綠，枝腋間撮撮簇簇，開濛濛的粉黃碎花，葉子卵圓肥長，看來眼熟，有點像月桂（Laurus nobilis）。但應該不是，在歐洲旅行，月桂看得多了，多半剪成圓球形，種在大盆裡，兩側各置一樹，左青龍右白虎，鎮守家門口。要不就修成樹籬，嚴整深密，低矮乖順，不可能這麼任性，又這麼高大。

然而摘葉搓揉，沁出木材芳馨，像極了月桂味。不敢確認，趕緊去問土耳其朋友S，他是園藝達人，聽完我描述，點頭稱是，「沒錯，就是月桂樹，帥吧。」

帥呆了。後來，在博斯普魯斯海峽邊的山坡，看到更多月桂大樹，蓬蓬怒長，枝葉四濺，和盆栽樹籬那種謹小慎微完全不同，活像兩個樹種，讓我大開眼界。土耳其的水土真肥呀，我以為的灌木，在這裡竟長成喬木。S說，山上那些是野生樹，月桂多花善籽，容易萌芽生發，山上沒人管，所以森然成林。

走在「桂林」間，清馥氤氳，彷彿有幾分桂花味，細碎黃蕊，加上深鬱枝葉，當年月桂的中文譯名，想必因此而來。二樹並無親戚關係，桂花是木犀科，月桂屬於樟科，但如果老實譯成「月樟」，信則信矣，意趣雅致卻要大減。「風波不信菱枝弱，月露誰教桂葉香」，西方的月桂，和中國的桂樹一樣，有悠深的文化淵源。

桂冠就不用說了，古希臘人把月桂枝葉編成頭冠，代表勝利和榮耀，至今還流傳於奧運會與文藝界。然則原生於地中海的月桂，歷史比古希臘更早，可以上溯兩河文明的太陽神崇拜，遠古的神廟遍植月桂，女祭司採擷桂葉咀嚼，陷入迷醉出神狀態，以宣示阿波羅神諭。這，應該是人類最早的迷幻劑。

難怪食譜總是說，端菜上桌前，要先把裡面的月桂葉挑掉。桂冠艱辛難得，桂葉卻普遍家常，從歐洲、北非、中東、北美到南亞，甚至港澳料理，都常用它烹煮調味。此物有清新木香，微帶桂皮和椒辣味，可以去腥鎮羶卻又不出風頭不搶味，幽雅得體，甜鹹皆宜，西方人熬高湯、煮肉醬，一定要下幾片，提滋助香。

所以香港把月桂叫「香葉」，粵人燉牛腩、燜咖哩雞、做潮式滷水，都要用到。澳門人則呼為「鹹蝦葉」——這鹹蝦不是形容氣味，是唐人對第二代葡人的諢稱。葡國菜以月桂入饌，用得甚兇，烹理豬雞、血鴨、葡國雞、鹹鱈魚，皆需此味提吊助陣。

回港前，我特地去買了一袋月桂葉，香港雖也賣，但土耳其的品種更香醇。S來送別，給我一把深紫小莓果，是他家月桂樹結的，囑我帶回香港試種。風土差太遠，估計不成，但誰知道呢，也許有一天，我不但有桂葉摘，閒著還能編桂冠。

藍花楹

應該叫難花楹，好難拍。從利馬，里約，聖地牙哥，一路南行，走到布宜諾斯艾利斯，一碰到藍花楹，我就追上去拍，晴空如洗，紫花似瀑，橫看側視皆好景，綺麗萬狀，照理應該很好拍，然而一入鏡，花魂就像被勾了，變得蒼灰死氣，烏黯無光。拍了上百張，只有寥寥幾張能看，真洩氣。

原因很簡單：一、相機傻，二、我也不聰明，三、雖說花團紫簇，奪目照眼，但那藍紫色，其實纖美輕盈，被晴烈鮮亮的青空一烘映，藍調就解析消融了，只剩下稀薄的淡紫，飄忽迷離，失色無光。

拍不出，只好拚命看，用眼睛攝下，在心中高清存檔。紫藤、丁香、鳶尾、羅蘭，我酷愛藍紫色花木，而藍比紫少有，樹又比花難得，像藍花楹（Jacaranda mimosifolia）這樣轟烈的藍花大樹，更加恍兮惚兮，如夢似幻。

到了布宜諾斯艾利斯，花事已近尾，綠肥藍瘦，青碧羽葉豐濃如髮，藍花稀疏參差，枝上晃著醬褐色蒴果，我撿了幾個，想帶回去種。藍花楹也是「南」花楹，原產南美洲，雖然全球各地，包括台灣香港都有栽植，然而畢竟是原生故鄉，南半球長得最茂。我沒去過澳洲的伯斯，但聽說那裡和南非的普勒多利亞，都是猗盛的藍楹花城，每年十一二月花季，正逢聖誕，北半球是朱豔的聖誕紅，南半球卻是晶亮的聖誕藍，晴陽與藍樹相映。

在七月九日大道（Avenida 9 de Julio）漫步，藍影歘歘飄落，拾起一朵筒狀花，聞到幽沁芳馨。這條紀念阿根廷獨立的大道，大氣磅礡，雄奇偉麗，是全世界最寬的馬路，共有十八線道，想穿越，要過三個紅綠燈。

馬路寬，不稀奇，難得的是十八線中，只有八九條用作車道，其餘闢成闊大綠地，碧草蔥蘢，林蔭深敻，棕櫚和雪松並生，莿桐和榆木共存，這又是南美的過癮之處，寒熱帶、東西方的樹種都有，也都長得肥健婆娑。馬路就是林園，任他車水馬龍，閒人天寬地廣，悠然在此散步，蹓狗，拍拖，發呆。

我也學人家，躺在草地，仰望樹頂天空。真是要命的藍啊，青濃如膏，卻又汁液飽滿，水潤透著金亮。煌煌帝青，浩浩穹蒼，心魂從雲霄俯瞰，乃悟花楹之藍，原來被天色浸漬濡染，所以難描難攝。

紫藤宜牆，丁香宜園，鳶尾宜水，而藍花楹，當然宜天，南方的天。

檸檬樹

斜坡陡起，老街逼仄，險些跟來車擦碰。房舍密集挨擠，其間卻暗藏縫隙，岔出一條巷，折入另一條胡同，然後再一條又一條，左彎右拐，蜿蜒迷走，終於山窮水盡，撞進石牆底一個小弄堂，門口做針線的大嬸愣嘴瞪眼，揮手叱叫。

啊呀，我們也驚叫，司機卻老神在在，「沒事沒事，你們好運咧，碰上拿波里最厲害的計程車，坐穩囉。」他倒檔，全速後退，窄巷兩側停著摩托車，牆下晾著汗衫被單，後面有個蹣跚走來的阿婆，刷刷刷都被碰倒輾過……完了完了，我們急出汗大叫，卻發現一切完好，被單和阿婆都無恙，什麼也沒撂倒，計程車全身而退，泥鰍般鑽進下一條胡同。

繞了幾大圈，終於，在一個弄堂口，他笑嘻嘻說找不到，把我們放鴿子，「應該就在附近，你們自己找吧。」

兩隻鴿子拖著兩隻箱子，傻眼呆站，惶然四顧。好在救星出現，弄堂的葡萄藤架下，慢慢踱出一個老爹，湊過來看我手上的地址，咕咕噥噥，指手劃腳。義大利語聽不懂，但肢體表情完全懂，絕處逢生，我們欣然拉起行李，跟他走，在羊腸窄巷繞折數匝，終於找到網上預訂的公寓，房東已叉腰等在那裡。

是個小平房，二房一廳狹小灰暗，但廚房敞亮，對著大院子，院裡長著天竺葵貓薄荷，以及我的天啊，一棵檸檬大樹，圓闊如傘，密葉深沉烏綠，開著馥馥白花，垂著累累黃果，地上掉了好幾個。

拿波里有碧海，火山，情歌，海鮮，天下最好吃的披薩；也有小偷，狗屎，搶匪，塗鴉，滿街的垃圾包，以及這個運將。旅遊書、去過的朋友都諄諄叮嚀：小心地鐵有扒手，走路要把包包抓緊，天黑後快回家……，我們如臨大敵，緊張兮兮。

然而，因為這個弄堂，這個院子這棵樹，我們輕鬆柔軟了，拿波里也就不一樣。

每天傍晚回來，和納涼的阿弗列多（就是那個老爹）打招呼，去院裡收晾衣，順便折幾枝龍蒿茴香，撿幾個檸檬回廚房，燒魚，煮麵，燴菜，炒海瓜子。夏日遲遲，趁天光還藍，在院裡擺檯吃飯，飯後啜著檸檬甜酒（limoncello），聽著烏鶇的圓潤晚唱，也聽著左鄰右舍的大嗓門和電視聲，菜香和市井氣，令人安心寧神。

每天喝檸檬茶，鮮摘現切，沖滾水，舀進椴樹蜜，馨香撲面，甘酸醒神。有一樹檸檬，摘不完用不光，泡茶，搾汁，做菜，煎餅，敷臉甚至洗澡，身心芬芳，充滿豪奢感。拿波里的檸檬，和我知道的全然不同，不太酸，水盈多汁，極香，帶茉莉和蜜味，那香氣一沾手上身，糾纏久久不散。

後來發現，南義的檸檬真是好，皮薄個大，油滋香濃，即使北義也難相比。最好的品種叫蘇連多（Sorrento，就是我們唱的「歸來吧蘇連多」），本地土生，種了數百年，拿波里郊外和沿海諸島，多有檸檬園，但只供自用，少有外銷，外人無緣得識，難親香澤。

正像拿波里的好，在狗屎、黑道和垃圾中，也有親切鄰居，好心路人，熱情魚販，誠實司機。但你總要混身其中，深入市井縫隙，濡染過檸檬的芳香，才能領略這城市的紋理。

——原載二〇一三年五月十九日《聯合報》副刊

淡江大學大眾傳播系畢，曾赴紐約視覺藝術聯盟習油畫創作兩年。現專職創作，以小說和散文為主，兼擅攝影，並以繪畫修身。為九〇年代崛起的小說家與散文家。曾獲得《中國時報》、《聯合報》與吳三連文學獎等。

二〇一一年出版台灣島嶼物語三部曲：《豔歌行》、《短歌行》、《傷歌行》。長篇小說《女島紀行》與《豔歌行》已出版英文版，《短歌行》日文版。

另有散文集《寫給你的日記》、《昨日重現》、《情人的城市》、《中途情書》；攝影筆記書《暗室微光》；雜文集《我虧欠我所愛的人甚多》等。

甜蜜亞熱帶

鍾文音

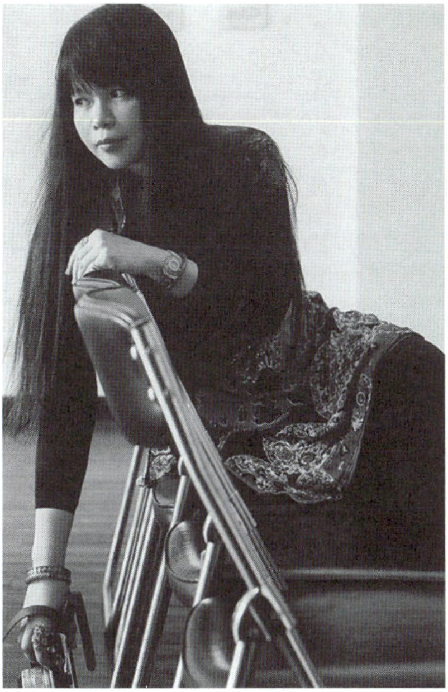

那時我們都還小，所有的萬物都等著被指認，被命名。哪怕所有的事物都擁擠在心裡，仍熱切地把它們一一放進心盒，吸收每個和它們認識的點點滴滴。

每一張臉譜，每一個連結的星圖，星圖後的關係族譜，大街小巷的淵源，花花草草的曖昧，樹種的起源……，直到空氣飄散著費洛蒙，每個孩子都有了懵懂的愛情欲望，像小王子和玫瑰花在寂寞的星球。

這完整的星球就屬植物園。

每個孩子童年的植物園，在樹景叢林裡，玩躲貓貓。少年少女在植物園，初嘗愛情，聆聽樹神與夜鶯的歡愉，群樹足以躲藏不被大人與聯考接受的初戀，只有芬多精瞭解這種初戀極為必要且正常。

嘉義這座從日治就有的植物園，不像一座整齊的園林，倒更像是自由自在的森林，樹高且密，樹多且雜，毫不壓抑地竄高著，擴展的姿態，覆蓋整個天空，將涼風與陰影披覆來者，誰能不愛這樣自由不羈又熱切布施涼風的植物園呢。

童蒙在這裡玩躲貓貓，少年在這裡徜徉愛的初體驗，中年在這裡獻上體力與志工，晚年在這裡健行與漫步……，一座植物園猶如一生的延展。

它是孩童的天然遊樂園，它是標誌初戀的經典地景，它是嘉義人的驕傲，它是晚年最能吸納衰頹身體的美地。

我是植物白癡，多只能稱樹，稱鳥，稱蟲，細名多不辨。唯獨有幾樣是知曉的，就像情人已成生命的螢光記號般清晰。比如，大葉桃花心木亦然，筆直的樹軀高挺，葉形鮮翠，開著黃綠色小花小巧自怡。碩大長卵形的果實，熟後木裂成五瓣，紅褐色翅果旋轉如仙女散花。在嘉義植物園裡見到成排的大葉桃花心木列隊著，枝葉茂密遮蔭，是南國好情人。

嘉義市民談起植物園，就像在談一個美麗體貼浪漫的情人口吻與眼神。植物也移民，從南洋群島、澳洲與南美洲等地引入熱帶與亞熱帶樹種，使得植物園百年來繁衍成一座森林似的美景，桃花心木、肯氏南洋杉、黑板樹、印度紫檀鐵刀木柚木巴西橡膠樹。群樹挺拔林立，自然樸實中充分呈現林場的幽靜氣息，小徑蜿蜒，林蔭蒼鬱，古樸的「林場風清」嘉義八景之一的石碑，訴說本園享有的美譽。

我跟著在地人來到植物園，滿園闊葉林與針葉林交錯的自然之景，恍然以為不在市區，有種置身高海拔之感。

直到在涼亭裡停下歇憩，黑蚊子嘐咬我的腿時，我知道我在亞熱帶，我知道這裡仍是低海拔的園區，一處實實在在的植物園。只因它是老靈魂，一八九五年之後即有的一座南方植物園，過去是日本殖產局橡膠實驗林地，現在是整座小城的肺。

它如此魅惑著我的眼，故被蚊子嘐咬竟也有幸福的存在感。

我這個暗光鳥，如此近距離地觀看另一隻暗光鳥：黑冠麻鷺，牠展開著暗色羽翼，如暗黑界的帝后。大蜘蛛編織著巨網，懸在兩棵大樹之間，優雅的殺手，植物園裡的牠，習得不動聲色的禪學功夫。

而我在初春裡，南方嘉木之城，彷彿也有了坐擁山林的丘壑之心了。

我想當我離開嘉義時，只消在心頭種上一株芭蕉植物，就會遙想起整個南方，整個城市的亞熱帶風情旋即飛掠而來。

名字是富有時代意義的，執政者換了，大街小巷也跟著改朝換代。

垂楊路名字猶在，圳溝旁仍依偎著楊柳低垂。不獨女人怕地心引力，男人更怕垂，嘉義市市長女人當家，男人總怪罪這條無辜之路的名字：垂楊。

垂楊何來政治之罪，當然是人們多心了。

垂楊路是我睽違嘉義市多年後，初次落腳的街，入駐垂楊的嘉義商旅。那是家入口站立一個雕像的新穎旅店，要按入口雕像的某部位，芝麻才會開門。

那回我和家人前來嘉義迎娶新娘，即將成為我二嫂的幸福新娘。我負責攝影，所以不能缺席。家人先落腳嘉義市，好隔日閒暇地前往民雄下聘。

新穎舒適的旅館空間直讓人忘了身在嘉義，那個童年眼中看出去的小城，充滿物質與蠻荒，快樂與哀愁的小城，已然失去辨識的舊痕。

新穎流線條的旅館建築，洗刷過往陳舊斑駁的記憶，橢圓型白瓷浴缸注滿著歡愉的水，起泡泡的裹著疲憊奔波的身軀。仰靠著，熱氣氤氳，熱毛巾覆眼，香氣飄揚，在黑暗中，我心裡問著：「這是嘉義啊，闊別多年我竟在此了。」那時的前日我方從國外回到台北，接著風塵僕僕地來到嘉義，接著竟就在這南方的旅館了。

突然和記憶對撞，但人事地物已然全盤移位改寫。連曾經野玩一起的哥哥都無法承受生命的漫長孤單，他要娶新娘了，我卻莫名有被遺棄式的孤獨感。

晚上一個人步出旅館，走在垂楊路時，賣黑白切與雞肉飯的吃食小販攤上與騎樓蹲坐著喝酒的食客，吆喝喧嘩的南方口音，揚起晚風習習，我聽聞著，知道我處在嘉義，這座童年的後花園。走著走著就到了新光三越，對面是星巴克，進入點了杯卡布奇諾，聞到的香味，我知悉這是我的當代，我的城市生活的一角，這瞬間安撫了我奇異多感的異城心情。

垂楊路，不見垂柳，所有失去的，早已被記憶封存，許多人封存著嘉義的過去，不同年代的過去，有我或沒有我的時光，我都如此地想念著。

——原載二〇一三年五月三日《中國時報》人間副刊

本文收錄於二〇一三年六月出版《甜蜜的亞熱帶：漫遊嘉義光影》（嘉義市政府文化局）

一九五六年生於高雄鳳山。中山女高、淡江大學英文系畢業。曾主編《三三集刊》，並任三三書坊發行人，現專事寫作。曾獲《聯合報》小說獎、時報文學獎，一九九四年以長篇《荒人手記》獲得首屆時報文學百萬小說獎。

著有小說集《喬太守新記》、《傳說》、《最想念的季節》、《炎夏之都》、《世紀末的華麗》、《朱天文電影小說選》，長篇小說《巫言》，散文集《淡江記》、《小畢的故事》，雜文集《三姐妹》、《下午茶話題》、《劇照會說話》，電影劇本《戀戀風塵》、《悲情城市》、《戲夢人生》、《好男好女》、《海上花》、《千禧曼波》、《珈琲時光》、《最好的時光》、《紅氣球》、《聶隱娘》等。

帶貓渡紅海

朱天文

曾經，我們家冰箱上有一個磁鐵釘住的電話號碼，文山清潔隊，只要一通舉報電話，任何人都可要求清潔隊來抓貓，或任何人都可向清潔隊借到籠子自行抓貓，然後清潔隊把貓送到「動物之家」收容所，十二日內無人認領或領養，便處死。（狗亦然，一通電話至環保局，就有捕犬隊來捕狗。）

環保局的全名叫環境保護局，抓貓職屬清潔隊，意思是當作垃圾和廢棄物來處理。

我們會使用這個電話號碼，是因為每天定點定時餵食的街貓竟然未出現，一天，兩天，我們會打去清潔隊問看看。沒有一次，我不是抑制著憂急和悲憤，努力把清潔隊溶解為一個個人而非一個公家單位，訴諸人跟人說話的有禮探詢，並把握洗腦機會說一次算一次的好言相告：「由於我們興昌里已加入市政府的街貓絕育計畫，按理所以是不能抓貓也不能隨便借籠子的喔……」（雖然我很想效法如今電視名嘴和路人甲乙丙皆可罵政府跟家暴罵龜兒子一樣的向清潔隊咆哮，你們怎麼回事啊，一邊拿議會通過的納稅人的錢辛辛苦苦結紮街貓，一邊又要把結紮了的街貓當垃圾抓走清掉，你們是頭殼壞了！）

面對第一線每天具體在執行實務的人，我總試圖爭取他把他變成同盟（臥底、內應），至不濟，保持中立不存惡意也非常好了。身為貓志工，猶如人質的家屬，每隻街貓都是貓質，牠們的完命完活，再再牽動著我們的神經，迫使再怎麼孤僻害羞的人都不得不出面與他人交涉。

那是二〇〇八年十二月中，動物之家收得清潔隊在「帝景」抓到的三隻貓，鑑別後，一隻是絕育貓，一隻是絕育流浪貓，一隻、啊一隻據稱從收容所掙逃了是橘背白腹貓……

（如果讓TNR志工來做，我們會在貓進籠的第一時間用布覆蓋住，我會選擇厚質的深色覆蓋物將之密實遮妥不洩光，讓驚嚇的貓或許以為在洞窟裡而鎮靜下來。我絕不會離牠十步之遙，絕不讓牠因恐懼亂撞籠子而損傷自己。我會像救護車搶奪時間那樣，竭盡可能壓縮一切干擾的客觀因素儘速把牠帶到獸醫那裡安置。所以一個清潔隊的抓貓及運送過程——這是無法想下去的，為求自保，我得像切斷電源的把各種負面事例排除才不會短路自爆。乃至寫這本街貓的書，為了能夠進行下去，我只能採取正面列表的寫法。）

所以，動物之家根據晶片資料立即通知了「台灣認養地圖」，此乃我們興昌里的街貓絕育是歸這個動保協會在統合負責。我真的十分驚呼，植在貓身上的晶片居然發揮了作用！就像火災時逃生門總是打不開而防火巷永遠蓋滿違建消防車進不去，據稱，由於晶片系統分屬幾家不同廠商故而某獸醫院若不屬某系統，就算貓有晶片也掃不出來。

驚呼之餘，協會亦有效聯絡上「南方藝術宮殿」的貓志工國雲，約了同赴動物之家認領，又居然，國雲焦急苦尋的大玳瑁，奇蹟又奇蹟、奇蹟到不行的，完好在其中。

於是領出來的兩隻貓先送去醫院隔離，確定未在動物之家得到極容易得到的傳染病（譬如貓瘟），才可回置原居地。同時，我們緊迫盯人的電話照三餐打，直打到清潔隊撤走還放在「帝景」的捕貓籠。

十天後，我們去王醫生那裡帶回大玳瑁，和另一隻絕育貓已被我們喚做Kiki因為牠跟《魔女宅急便》（Kiki's Delivery Service）裡的小黑貓一模一樣。已結紮但未剪耳尖的Kiki，無法判定是家貓？街貓？王醫生為牠麻醉了在右耳尖剪一點點櫻花瓣似的缺角，此記號表示，牠結紮了，牠是母貓，有人餵食。這樣我們來到「南方藝術宮殿」背棟的擋土牆下，也是國雲每天餵大玳瑁的地方，打開提籠，見二貓箭一樣竄不見時，實在太感激涕零了。因為這意味著，這個初上路不久的街貓TNR運作，儘管坑坑疤疤，卻千真萬確示範了一次成功的連線救回來兩個人質，呃，貓質。

半個月後，TNR連線再度發揮了威力。協會接到清潔隊通報，幾巷幾號姚先生要抓貓借籠子，借兩個籠子咧，清潔隊不借，把我們一說再說終於有效輸入腦中的街貓絕育告知姚先生，說明有志工會跟他聯繫。（曾經，我耳聞文山區清潔隊員標準無誤念出T、N、R時，訝喜得猶如初為父母者聽見新生兒說出媽媽、爸爸。）

我們很快聯繫姚先生，不出所料，幾巷幾號是「帝景」，姚先生是負責社區保全的姚總幹事，便約了拜訪他。K. T.帶來協會印製的生動文宣，我跟天心則特為收拾得整潔端麗以示心智狀態（我們不是激進基本教義的環保動保人士，也不是短路自爆了的癡癲志工或愛心媽媽簡稱愛媽，也有愛爸而且教人驚異的為數不算少）。那是二〇〇九年一月十日，我們得以踏進坐擁山頭如要塞如城堡的「帝景」，得以聚在中庭巨石布置成的桌几坐凳上，與姚總幹事，互相都迅速調整著焦距以正確看清楚原先所以為的對方。

沒錯，姚總幹事表明，那三隻貓是他們抓的，是住戶抱怨停車場很多貓，拉尿拉屎，遂責令住委會處理。

我們互望一眼，心知「很多」貓，大概無非三兩隻（貓有地盤，會自然形成貓口密度合宜的聚落）。其實就像不會看樹的樹盲，把行道樹不論櫟樹槭樹樟樹木棉紫荊大王椰黑板樹白千層油加利一律都看成樹，不會看貓的，也把出現在不同時間不同地點的同一隻貓，誤認為好幾隻貓。

並非天方夜譚，「國花山莊」便有居民向環保局申訴他們有上百隻（顯見不是形容詞而是計數詞的）貓，經我們一番勘察，果不其然，老被看見的無非那大小四隻黃虎斑家族而已。（歷經多年努力，其他縣市不知，堪堪台北市環保局總算可以分辨出了這種業務應當交辦給動檢所，而非清潔隊。然後動檢所——目前已升級為動保處——依循街貓ＴＮＲ網絡立即找到興昌里的貓志工出面處理。）

我們告訴姚總幹事他們抓走的三隻貓的由來，和去處。我們簡直默契太好的要讓他良心不安，雖未事先串通卻異口同聲告知，其中一隻橘白貓在捕捉運送途中因掙撞受傷而至殘廢遂處以安樂死了。（誰知道呢，說不定這才是動物之家也不忍相告的事實。）

年輕夠心軟的姚總幹事，被電到了黯然垂下眼睛，說不曉得被抓走的貓會給安樂死。（不然你以為牠們是在收容所安養天年嗎？）

處死一隻貓，從捕捉到焚化的成本，平均得花四千八百元，而絕育貓，一隻兩千元。活一隻貓，倒比死一隻貓便宜整整一半還有餘！這就是起初說服了公部門試辦街貓絕育的最強力理由（似乎愛護動物、尊重生命的理由還是太迂闊），兩年後亦說服議會通過預算正式推行。是吧！已有前人說過，死一條性命是活生生的死亡，死萬條性命就只是抽象數字。我們當然很樂見姚總幹事受到良心的譴責，唯報以苦笑更持續冷酷的說，所以這明顯不符比例原則是不是，只因為牠們在停車場拉尿或拉屎，我們人族就要處死牠們？

除非心狠手辣喪盡天良，一般來說，人族聽見這些話無不露出或迴避、或羞慚之色，「帝景」的清潔工阿伯則合十念一聲阿彌陀佛。所以，在用籠子抓貓送到收容所之前，人族明明還有很大空間很多事情可以做的不是嗎。

我們便教導姚總幹事，可以在樓梯間通往停車場的入口噴灑香茅油或樟腦油，貓惡其味則不近。也請住戶進出停車場時候隨手關上樓梯間的門，這事若能召集住委會開會議決，把進出樓梯間的門一律關上並且嚴格執行一如其他社區的做法，效果最佳。至於保全警衛，可以在不傷害貓的情況下盡量嚇阻驅離。（天寒地凍，人族真的連一塊地方都不願借牠們取暖？）

姚總幹事人在屋簷下，領人薪水替人辦事，眼前既然有料足以回覆住委會，滿心樂意收下我們的宣材並承諾一定逐戶發送。冬陽下，我瞇花眼甚哀傷，遙望石几上質感和圖照皆優的宣材好謙卑的陳述服務項目（但明明我們是來幫社區解決問題的，卻為什麼變成像在賣直銷）：

1. 健康餵食街貓（餵乾糧且收淨，而非製造髒亂不衛生的剩飯廚餘）。
2. 捕捉。
3. 施行絕育手術。
4. 點除蚤藥（有一個月效果）。
5. 施打狂犬病疫苗。
6. 放回，讓牠們保有地盤，避免外域貓闖進來占領。

一個月後，意料中的，姚總幹事無奈來電通報，住戶勒令他處理貓，再不作為，他要飯碗不保啦。

我們立即支援他，提了長寬形狀怎麼看都像一具棺材的不鏽鋼貓籠上山。

山上三岔路，中間一條長坡路修整得像是要去朝覲。背山坐落的樓棟設定是住戶皆開車，我們步行直上，見停車場入口黑洞洞的把車子收納入腹而我們正朝它走去。

便在那入口處警衛室前，姚總幹事介紹他屬下，一位頗有年紀的高大警衛，一位清潔工阿伯，兩人對我們皆不以為然之色（瀕臨嗤之以鼻）溢於言表。姚總幹事比他們年紀小得多，既代表他們向我們抱怨貓事，也幫我們說好話疏通，然後把我們交給清潔工阿伯。

阿伯領我們出停車場入口，從側邊亭榭小棧經過半加工半原生的茂林到社區後壁，乾涸廢置的游泳池（小人國用的？）邊，阿伯在那裡放鐵籠抓到三隻貓。見狀，我們真的啞然，阿伯啊，這樣您抓的貓都是外面趴趴走的貓，哪會抓到停車場裡的貓？阿伯比畫著大小，說他用的是那種拿來關紅毛猩猩（驚!!）的方形大鐵籠！

唉無論從哪方面來看，都教人心碎。

我們請阿伯帶路進停車場，教他操作棺材形貓籠，留給他布餌用的三罐魚罐頭，和一條大布毯。我竭盡卑躬屈膝諂媚之能事，拜託阿伯有貓入籠的話一定一定、千萬千萬，要用大布毯全部覆蓋住否則貓會亂撞亂撞死掉吼！（阿伯被我看出來是佛教徒，不可殺生，我就拿這個來嚇唬他。）

可是阿伯晚上清理完垃圾和回收物待垃圾車來過就下班了，所以同樣的叮嚀，只好移往警衛室又說一次。我涎著臉把大布毯抖開又示範一番復疊好，洗乾淨的布毯很爭氣的散發出皂香，讓我得以施展壓力的將之託孤般安放於室內沙發上。抱拳作揖，我改換另一味腔口託付給警衛先生（憑嗅覺，我知他是散落島上日漸凋零的外省第二代兄長輩），也勞他將這樣瑣碎不值一顧的芝麻事交代給繼任的晚班同事，只要籠裡有貓，就務必把大布毯拿去蓋好籠子，並且隨時（半夜也無妨）電話通知我們。

下山路上，沉默如鐵。

好一陣，我們才恢復了言語。

我和天心互相提醒，阿伯跟警衛先生，跟姚總幹事，我們是站在一起的護生陣線（我們鍾愛的作家豐子愷，久遠以前就曾揪心的畫過護生系列啊）。我們共同面對的是那些，哦那些——我們簇擠在狹窄警衛室裡的時候，姚總幹事翻開「住戶意見反映簿」指點著，哪裡哪裡牆邊貓尿很臭，幾區幾號停車位的引擎蓋上有貓睡覺把車子刮傷，呵呵反應來反應去，姚總幹事無可如何笑起來，其實就是那一戶在大學當教授的，就是他，上午開車出去時朝警衛室怒罵，要開除他們。意見簿上住戶塗鴉著各種疑難雜症，姚總幹事得一一解決註銷，貓事不過是其中一件，微不足道極小之一件，小到不足以形成任何提案，小到不會有人為了禁止貓入停車場而得那麼不方便的隨手關上樓梯間的門，小到總之，「我不管你們要幹什麼總之不要讓我再看見那些貓就這麼簡單！」

馬上，我們頭腦就清醒了。

是囉占盡地球資源的人族，我們面對的是這個以人為中心的人族世界。

事不關己，大部分人是沒有意見的。而一部分人有意見，只要不礙事，倒都過得去。至於更少一部分人強烈有意見，但強到要揪團滋事，那也還欠一把。大眾一向是沉默的，大眾也一向是冷漠的。也許更接近真相的情況是，「帝景」就那一戶大學教授，他一人的憎惡幾乎令三隻貓致死。當然，除了貓志工，也不會有誰在乎那三隻貓的生死的。加減這一切，我們的對方，也許並不如原先我們好孤憤以為的像城堡像要塞的那麼大，我們得克服的對方，極可能，不過是一名不能忍受貓的大學教授。天災人禍，世事亂如麻，誰理貓喔真見笑。

結果我們只能先這麼做，每天下午四五點鐘，我和天心薛西弗斯二人組便步行上山探班。為了爭取護生陣線其他成員的認同，我們先得實踐苦行，師法那位被天神懲罰的薛西弗斯日復一日把推到山頂又滾下山來的巨石再推上去（其實就是死纏爛打不放手）。有詩云、「白日當天心照之」，我們似乎只能善盡誠意，然後期許這些直接在處理「髒事」（抓貓移除）的下層階級第一線，因為同情，所以倒戈，終而站到我們這一方。人數很少的我方，得共同面對無動於衷的世間紅海，我方無論如何得叫紅海讓出一條路，帶貓渡過。

於是次日，我們在中庭一隅人家看見三隻貓，痞痞的灰玳瑁，害羞的年輕橘，以及一隻黑貓右耳尖有櫻花瓣缺角沒錯，是Kiki。給捉放過的Kiki超會搶食餅乾，看不出有心靈創傷的跡象。牠們自由穿梭於自家院子的鐵柵欄，也自由出入，呃，院子左邊有公寓樓棟的一扇進出門，院子右邊更有一扇大的進出門，兩扇玻璃鋁門時常、經常、慣常，就那樣敞殼著歡迎牠們跑進去，直通通跑下樓梯依然不設防的，就是停車場。往後幾天若我們先去停車場，便見或灰玳瑁，或Kiki，或兩隻成雙結隊在那裡躲寒，看是我們就尾隨上樓知道有餅乾吃。若我們逕到中庭搖響餅乾罐，牠哥倆好，不，姐倆兒，便推推搡搡像國中生下課跑福利社的從門裡樓梯快樂跑上來。

為此，我們叩訪了這一戶眾稱林老闆的人家。

緊張的林老闆，彷彿我們是要債集團。好半天，終於搞清楚我們是幹什麼的之後，臉部肌肉頓時鬆弛下來，但他啥事攏不知。知事的是他家的菲傭阿英，告訴我們他家有四隻貓，全部已結紮（哇我們發掘到ＴＮＲ地下黨了）。阿英說他家大小姐二小姐，七點以後才下班回到家。

所以較晚的時間，我們再度叩訪，大小姐請入客廳，我們看見害羞的年輕橘在裡面臥室探頭探腦。我們趕急給大小姐通風報信，這陣子恐怕要把貓收攏好挨過社區的肅清，也就近監控那兩扇通往地下停車場的門務必關牢。

疲憊的大小姐，盡量微笑看著我們，連禮貌性的應允都給不了。

是啊眼前這家人，二小姐下班還未回，林老闆不管事，語言不靈光的菲傭阿英照顧著林老闆太太，而每天黃昏的復健阿英協助太太困難移往屋外被紗門門檻擱淺住時貓兒好歡鬧的在他們腳下蹭進蹭出的，請問，要怎麼收攏好？然後林老闆太太拄一座四腳拐繞院子一點一點挪動時，貓們便周邊悠著。一樣也是一樓有院子的我們家，太了解這種不關貓的人貓共存方式了，現在突然要把貓關在屋裡不准出，老實說，那叫作沒有可能。

周末，換了一位我們沒見過的警衛值班，矮個兒，嘴巴又薄又小一抿就不見的元老級警衛，照面就說社區裡沒別的貓，都是林老闆家的，最早是外面跑來的，留牠一口飯（一枝草一點露，人族與貓族或其牠生靈的相遇不都是自然如此嗎），母貓生了小貓，又生，後來就帶去結紮，四五代了，以前很多貓，現在只剩兩隻，一隻黑一隻灰，是媽媽貓跟小孩貓還是祖母貓，搞不清了，都是這種灰不灰黑不黑雜里不搭的貓（牠們叫做玳瑁貓）雜到看不見牠們眼睛在哪裡，唉。

元老警衛當班，晚上九點就抓到Kiki，放掉了。我們上山，老遠清潔工阿伯喊說昨晚抓到貓了，放掉了，是林老闆家那隻黑貓，上次給抓去剪了耳朵，還是牠。阿伯得意說，我們給他的罐頭沒效用，他改放煮的新鮮魚就抓到了。

此後隔日，姚總幹事電話，終於抓到貓。大白天我狂奔上山，一路硬是空蕩蕩不遇任何人族都在上班上學，見籠子裡是一隻垂頭喪氣的黑玳瑁。

關於黑玳瑁，很難被認養出去的黑玳瑁，我曾見吳醫生把一隻幼幼貓握在手掌裡一邊除蚤一邊搖頭說怎麼辦噢你這個貨底，以至於「台灣認養地圖」的網頁有一陣子跑馬燈洗腦的老跑著一圈字句「黑玳瑁是好貓，黑玳瑁是好貓……」天心的描述精準又淒涼：「黑夜裡看就是隻黑貓，有光之所在呈現的是炭黑中隱隱的黃或橘，似琥珀似掐金絲工藝，但連愛貓人通常也覺得牠們很醜或被橫生閃電的斑紋給破相了，所以認養率超低……」

我拎了棺材長籠子上去林老闆家，阿英應門，果然是他家的貓，很久不見了，已結紮。當場我電話給上班的大小姐，報喜亦報憂，講定把籠子蓋布放入室內餵點吃的待她下班回來再處理。

這已是第八天，我們見到了林老闆家的一共四隻貓，其中三隻出沒地下停車場，我們估計，不會再有其他貓了。但我們仍每天太陽下山之前來，熟門熟戶不必再獲得警衛先生的准許，我們可以進出社區的停車場樓梯間中庭，穿越狹長山壁的青苔後巷到游泳池林園。林老闆家不知拿黑玳瑁如何好，既然家屋關不住貓，只有讓牠繼續待籠子裡。我們繞到後巷林老闆家廊下看黑玳瑁，安慰牠不得已啊避個風頭，黑玳瑁嘆口氣無奈的吃著我們帶給牠的魚罐頭，我也順手開了水管幫牠把地上尿沖沖。我們瞄見幽暗紗窗背後害羞的年輕橘，一雙宛若哈珊後宮深幃裡的眼睛，好奇打量著這兩個人族窸窸窣窣的在幹什麼呀。我們發現紗窗可以被貓撥開跑出來，便叮囑阿英用一支筷子卡住窗的槽軌讓貓開不了窗。

我們下到地下二樓勘察教授投訴人的車子，像《犯罪現場》（ＣＳＩ）影集裡的鑑識科成員拍照刮痕，沒錯，我們的判斷沒錯，若是說貓在他車子的輪胎上磨爪子那我們一定承認，但車蓋上的刮痕？貓只會在上面留下梅花瓣似的泥腳印吧。不過，我們詫見黑玳瑁給放出籠了，就在旁邊一輛黑車上，黑中之黑保護色，牠動也不動的以水牛式臥法臥著。（想必是，某次教授投訴人看見某隻貓，貓在他車蓋上，他趕走貓，發現蓋上有刮痕十分抓狂了，Ａ加Ｂ等於Ｃ，貓就是禍首。）

幾乎同時，黑玳瑁也認出來我們，起身跳下車，跟我們上了兩層樓階，出地表即牠主人家，見灰玳瑁（母親？女兒？同胎或前後胎的姊妹？）在院中遊蕩，牠倆互相熟悉卻互相漠然。黑玳瑁腳步輕盈跟我們到短牆邊，與我們並坐短牆上，我們講話，牠吃貓零食。

為此我們晚上，更晚上，打了三次電話才接通二小姐（後來阿英說他家是二小姐在管貓，唉我們之前儘找大小姐是找錯人了），電話打到林老闆頗不耐煩說，抓走就抓走去我們管不了啦。二小姐電話是對我們很抱歉，現場點名給我聽，黑貓在家中，黃貓通常不出，其實睡前都會把貓收回家來的……我只有念經般又念一遍，還是把貓關一下，周末了住戶都在家，避一避風頭得好……我念得自己都不大信，只覺真的侵入人家的生活了。

而我們仍盤桓在中庭，等看是不是還有漏網之貓會出現，更盼望不會再有任何貓了，盼望跟等看之時，好漫長，目標模糊了，意志渙散了，賦閒的跟每日的中庭慢跑人（在不大的中庭繞圈慢跑令他看起來像籠輪裡蹬轉個沒完的松鼠）胡聊（當然不忘宣傳ＴＮＲ）。地上老在遊逡的是一隻亮棕臘腸狗卻比較像一隻短吻鱷，中庭慢跑人告訴我們牠叫「發財」。終於有一天，我們遇見了發財媽媽（發財的主人），發財媽媽還養兩隻貓，指給我們看四樓某窗戶有蕾絲人字形垂簾和向日葵（假的）盆景的家就是她家。兩天前，彼窗邊有一隻銀灰色介於波斯貓和美國短毛貓之間的大肥貓凝視著我們，紋風不動到我們討論了半天確定牠並非絨毛玩偶。然後終於這一天，中庭慢跑人好誠懇勸告我們要去競選市議員為流浪貓發聲立法才是根本解決之道，我和天心並未互望一眼，唯心裡都想，差不多了，該是結案的時候了。

我負責寫〈帝景社區貓之出沒的調查報告建議〉，一份給帝景住委會，一份給姚總幹事，一份給林老闆家。而我假設會看這篇報告的人只有一個，即那位憎惡貓並責令保全警衛付諸行動的大學教授。兩頁報告很簡單，講了起因，之後協助的結果，最後建議做法。

報告建議人，我們自稱為台北市動檢所志工，興昌里里民，和「台灣認養地圖協會」會員，協助政府宣導說明流浪貓的現行政策、法令及實施做法，報告了我們於二月八日至二月二十日對帝景貓所做的觀察。我們署上名字並故示隆重的用印（因為完全沒有必要），印之紅通通，挺權威的，我亦確實有這個意思，不是嗎，在威權倒地的當今台灣，教授們至少，還有一點相信權威的。

報告說，由於出沒地下停車場取暖的三隻貓是家貓，捕捉後我們只得交還飼主。因為依動保法，植有晶片的家貓，我們志工、住戶保全或他人，並無權任意捕捉、處置、野放，否則會觸犯現行動物保護法第六條、三十條，無故騷擾、傷害動物，罰鍰一萬五至七萬五……等（如附件所示）。所以家貓引起的幾位住戶的困擾，只得透過住委會內部協調，請飼主對家貓加強保護和管理。那麼保全警衛，可在不傷害動物的原則下，以各種方式嚇阻驅離停車場。

至於後山游泳池一帶尚未結紮的流浪貓，我們將在四月初絕育費用的年度預算通過後，協助捕捉運送。

報告當然又念一次經（在樓梯間通往停車場入口定期噴灑香茅油或樟腦油貓惡其味則不近，隨手關上進出停車場的樓梯門，此事請召集住委會開會議決把停車場樓梯門一律關上並嚴格執行如其他社區的做法……），既無祕術妙招，也沒有方便法門和捷徑，念經唯多加一條，厭懼家貓在車體表面留有腳印者，可覆以帆布。

當時，我真想溢出調查報告對那位大學教授狂言一下，所謂文明，在以前是帶給人類便利，在今天，文明，應該是不便利。或者應該這麼說，我願意為了保護X，而放棄一些Y。X和Y，可以是任何東西。例如，我願意為了保護環境，而垃圾分類（真不方便）垃圾付費。我願意為了節能減碳甚至不要核能發電，而放棄使用冷氣及一切耗電材並且儘可能不開車。我願意為了不讓貓跑進停車場引來人族的糾紛、鬥爭、而竟至於殺戮，那麼包括憎貓者在內起碼都應該，付出一點點的不便利把進出停車場的樓梯門隨手關上，或起碼找塊帆布把車子蓋上。我願意——有一個時候，全城走到哪裡總聽見王菲在唱我願意，那透明飽含淚水的氣音飛上無涯之藍唱著我願意為你、為你、為你放逐天際，我什麼都願意，願意，為你。把你代換成X，成任何我們努力想要護守的珍物，這是我認為的文明。

報告用明淨檔案夾裝禎再套入大信封裡，交給姚總幹事時他驚說：「這麼正式喔！」

我心想，身為貓志工拍檔，我和天心得以互為聯手，經常分進合擊，我們會寫調查報告，會虛張聲勢用印，用裝禎，然而更多那些只能獨力埋頭餵貓已不暇他顧的護貓人呢？他們也許僅僅能免於自己不要心碎罷。

送報告那天，一份拿給林老闆家，阿英說籠子在車庫，覆毯臭髒已扔掉，我暗呼一聲可惜，這麼一塊夠大夠厚足以覆滿棺材籠的蓋布不容易找咧。我們下到停車場，籠子已收攤放在廁間，清潔工阿伯笑嘻嘻說：「愛心人又來了。」

愛心人，此稱謂聽在貓志工耳裡無異敏感詞，甚或髒名詞，若非惡意嘲諷就是調侃挖苦，可現在出自阿伯口中，我像日本人的也日語口吻的一鞠躬說：「阿伯，那以後……就拜託啦。」

下山路上，我們找著烏鴉鴉的聲音和身影，這是那回我急奔上山處理抓到的黑玳瑁之後下山跟天心講手機時，有貓叫住我，見路邊鐵絲網內雜樹林的草窩裡一隻瑩白玉兔，竟是烏鴉鴉！（興昌亞種的黃骰子白毛貓，盛年最優時都像玉兔。）山底到山上，烏鴉鴉的活動範圍這麼大！我們貼近鐵絲網朝下窺望，再次讚嘆，比起人族只能迂迴繞遠笨重的爬上山，貓族，真是一種如飛如隱三維空間的奇妙生物啊。

我們改變了什麼嗎？沒有。我們只是交了一篇調查報告。

對於帝景貓的命運，我們又做了什麼？我想著波赫士寫的〈沙漠〉短短一文，「我在離金字塔三四百米的地方彎下腰，抓起一把沙子，默默的鬆手，讓它撒落在稍遠處，我低聲說：我正在改變撒哈拉沙漠。這件事微不足道，但是那句並不巧妙的話十分確切，我想我積一生的經驗才能說出那句話。那一刻是我在埃及逗留期間最有意義的回憶之一。」

是的，我們曾經帶貓渡紅海。

——原載二〇一三年十一月十九～二十日《聯合報》副刊

桑樹

畢飛宇

一九六四年生於江蘇興化。揚州師範學院中文系畢業，曾任教師，後從事新聞工作。八〇年代中期開始小說創作，曾獲得英仕曼亞洲文學獎、魯迅文學獎、茅盾文學獎、中國作家大紅鷹文學獎、中國小說學會獎等，《推拿》獲選為《中國時報》開卷年度十大好書。

另著有《青衣》、《玉米》、《平原》、《造日子》等書。

人是由猴子變來的，這個說法很容易得到鄉下孩子的認可，道理很簡單，鄉下的孩子像猴子一樣喜歡樹。大人們也喜歡樹，但是，他們有他們的理由，都是功利性的。大的功利是這樣的：「植樹造林，綠化祖國」；小的功利則有些笑人，他們在牆上寫道：「要想富，少生孩子多養豬；要想富，少生孩子多種樹。」——發財是多麼地簡單啊，人沒了，遍地的樹林、滿地的豬。

祖國綠不綠、家庭富不富，這些和我們沒關係。我們就是喜歡爬樹，爬過來爬過去，樹不再是樹，成了我們的玩具了。有一點我要強調一下，我說樹是「我們的玩具」可不是「比喻」，是真的。我們沒有變形金剛，沒有悠悠球，沒有四驅車，不等於我們沒有玩具。我們是自然人，只要我們想玩，所有的一切都可以成為玩具，腳丫子都是。腳丫子最多只能開四個岔，可一棵樹能開多少個岔？數都數不過來的。

爬樹最難克服的還是樹幹那個部分，它們可不是腳丫，不開岔的，這一來樹幹就沒有「把手」了。我們的辦法是「蛙爬」。「蛙爬」這個詞是我發明出來的，簡單地說，像青蛙「蛙泳」那樣往上爬。——先趴在樹上，胳膊抱緊了，兩隻腳對稱地踩在粗糙的樹皮上，用力夾穩，一發力，身軀就串上去了，同時，胳膊往上挪，再抱住。以此類推。說到這裡你就明白了，從表面上看，爬樹考驗的是腿部的勁道，其實不是，它考驗的還是胳膊的力量。如果胳膊的氣力不足，沒能死死地卯住樹幹，你的身軀就滑下來了。這一滑慘了，不是衣服被扯破，就是皮膚被扯破，也可能是衣服、皮膚一起破。當然了，啞巴吃黃連的事也偶有發生，那就是「扯蛋」，男孩子都懂的。

村子裡到處都是樹，但我們也不會不講究，逮著什麼就爬什麼，不會那樣的。正如商場裡的玩具可以標出不同的價格一樣，我們眼裡的樹也是明碼標價的。最好的，最貴的，只能是桑樹。

我們是這麼定價的：

第一，桑樹不像槐樹、楊樹那麼高，它矮小，枝杈也茂密，這一來爬到桑樹上去就相對容易、相對安全了，即使掉下來也不會怎麼樣。但這一條不是最為關鍵的，楝樹也不高大，我們幾乎不爬它。楝樹的木質有一個特性，脆。脆裡頭有潛在的危險，在它斷枝的時候，哢嚓一聲屁股就著地了，一點緩衝的機會都沒有。這就有了第二。第二，桑樹的木質很特別，它柔，它韌，有充足的彈性。即使桑樹的枝椏斷枝了，那也是藕斷絲連的，最後能撕下好大好長的一塊樹皮，——摔不著的。在這裡我願意普及一個小小的常識，做扁擔的木料大都是桑樹，主要的原因就是桑樹的彈性好。彈性可以最大限度地減輕重力對肩膀的衝擊。——彈性的美妙就在這裡，當我們爬上桑樹，站在樹枝上，或坐在樹枝上，或躺在樹枝上，只要輕輕一個發力，我們的身體就得到了自動性，晃悠起來了，顛簸起來了。那是美不勝收的。蕩漾不只是美感，也是快感。

通常，我們三五一群，像巨大而笨拙的飛鳥棲息到桑樹上來了。鳥要「擇木而居」，我們也「擇木而居」。我們選擇了彈性、韌性和蕩漾。我實在記不得我們在桑樹上度過多少美妙的時光，那樣的時刻大多在傍晚，也可以說，黃昏。很寂寞，很無聊，很空洞。這個空洞可能是心情，但更可能是胃。我們的食物是低蛋白的，一頓午餐絕不可能支撐到晚飯。在飢餓的時候，我非常渴望自己是一隻鳥，這不是該死的「文學想像」，是切實的、普通的願望。我希望我的腋下能長出羽毛來，以輕盈和飛翔的姿態邊走邊吃。當然了，餓了也沒有關係，我們有桑樹，桑樹的樹枝在晃悠。桑樹的彈性給我們送來快樂，這快樂似是而非，不停地重複。

重複，我想我終於說到問題的關鍵了。我們的晃悠在重複，日子也在重複。重複真是寂寞，那些傍晚的寂寞，那些黃昏的寂寞。我都怕了黃昏了，它每天都有哇，一天一個，哪一個都不是省油的燈。

我兒子五、六歲的時候，我已經是一個年近四十的中年人了。有一天的傍晚，我和我的兒子在社區的院子裡散步，夕陽是酡紅色的，極其綿軟，很大，漂亮得很。驕傲地、也可以說寥落地斜在樓頂上。利用這個機會，我給兒子講到了李商隱。現成的嘛，「夕陽無限好」嘛。我萬萬沒有想到的是，小傢伙的眼裡閃起了淚光，他說他「最不喜歡」這個時候，每天一到了這個時候他就「沒有力氣」。做為一個小說家，我是驕傲的，我的兒子擁有非凡的感受能力，也許還有非凡的審美能力。但是，做為一個父親，我突然就想起了那些「遙遠的下午」。在鄉村的一棵桑樹上，突然多了一個搖搖晃晃的孩子，然後，又多了一個搖搖晃晃的孩子。我沒有給孩子講述他爸爸的往事，我不希望我的孩子染上傷感的氣息，——那是折磨人的。從那一天開始，我每天都要在黃昏時分帶著我的孩子踢足球，我得轉移他的注意力，我要讓他在巨大的體能消耗當中快快樂樂地趕走那些該死的憂傷。差不多是一年之後了，在同樣的時刻，同樣的地方，我問我的兒子：「到了黃昏你還沒有力氣麼？」兒子滿頭是汗，老氣橫秋地說：「那是小時候。」這個小東西，從小就喜歡把一年之前的時光叫做「小時候」。蘇東坡說：「人皆養子望聰明，我被聰明誤一生，惟願孩兒愚且魯，無災無難到公卿。」我不是蘇東坡，我的兒子也不會去做什麼「公卿」。可無論如何，做父親的心是一樣的。

我要說，鄉村有鄉村的政治，孩子們也是這樣。我們時常要開會。所謂開會，其實就是為做壞事做組織上的、思想上的準備。到哪裡偷桃，到哪裡摸瓜，這些都需要我們做組織上的安排和分工。我們的會場很別致，就是一棵桑樹。這就是桑樹「高價」的第三個原因了。——世界上還有哪一種玩具可以成為會場的呢？只有桑樹。一到莊嚴的時刻，我們就會依次爬到桑樹上去，各自找到自己的枝頭，一邊顛，一邊晃，一邊說。那些膽小的傢伙，那些速度緩慢的傢伙，他們哪裡有能力爬到桑樹上來？他們當然就沒有資格做會議的代表。我們在桑樹上開過許許多多的會議，但是，沒有一次會議出現過安全問題。我們在樹上的時間太長了，我們擁有了本能，樹枝的彈性是怎樣的，多大的彈性可以匹配我們的體重，我們有數得很，從來都不會出錯。你見過摔死的猴子沒有？沒有。開會早已經把我們開成經驗豐富的猴子了。——總有那麼一天，老猴子會盤坐在地上，對著牠的孩子們說：孩子，記住了，猴子是由鄉下的孩子們變來的。

既然說到桑樹，有一件事情就不該被遺忘，那就是桑樹果子。每年到了季節，桑樹總是要結果子的。開始是綠色，很硬，然後變成了紅色，還是很硬。等紅色變成了紫色，那些果子就可以當作高級水果來對待了，它們一下子柔軟了，全是汁液。——還等什麼呢？爬上去唄。一同前來的還有喜鵲和灰喜鵲，牠們同樣是桑樹果子的發燒友。可牠們也不想想，牠們怎麼能是我們的對手？牠們怕紅色，我們就用紅領巾裹住我們的腦袋，坐在樹枝上，慢慢地吃，一直到飽。牠們只能在半空中捶胸頓足，每一腳都是踩空的。牠們氣急敗壞了，我們就喜氣洋洋了。

到了大學一年級我才知道，桑樹果子是很別致的一樣東西，可以「入詩」。它的學名優雅動人，叫桑葚。「于嗟女兮，無食桑葚。士之耽兮，猶可說也。女之耽兮，不可說也。」不要搖頭晃腦了吧，《詩經》的意思是說：美女啊，不要吃桑樹果子，吃多了會上男孩子的當嘀。男孩子上當了可以解脫，女孩子一上當你就玩完了。這是怎麼說的，桑樹怎麼會長出迷魂藥來？無論《詩經》多好，它的這個說法我都不能同意。在我看來，在桑葚面前，女孩子不僅要吃，還得多吃。解饞是次要的，關鍵是能把口紅的錢省下來。吃桑葚多魔幻哪，嘴唇烏紫烏紫的，像穿越而來的玄幻女妖。另類，嫵媚。男孩子上她們的當才是真的。

所以啊，我要說第四了，桑樹也是好吃的玩具。

——原載二〇一三年七月二十一日《聯合報》副刊

本文收錄於二〇一三年八月出版《造日子》（九歌）

六月蟬唱

杜虹

本名謝桂禎，生於屏東，長於屏東，求學過程與工作生活皆在屏東。屏東科技大學熱帶農業暨國際合作系博士，目前任職於墾丁國家公園管理處保育研究課。是研究植物與蝴蝶生態的科學人，也是生活於大自然中的自然文學寫作者。作品曾獲《中央日報》文學獎、梁實秋文學獎，並以《比南方更南》一書獲第五屆新聞局小太陽獎最佳文字創作獎。

著有散文集《有風走過》、《秋天的墾丁》、《相遇在風的海角》。

黃昏沿一座樹林散步，林間傳出的蟬聲鋪天蓋地般敲擊著每一吋空氣，細辨蟬音歌手的身分，其中以騷蟬和薄翅蟬為多。這些不同種族的歌手有志一同，為召喚配偶激情競唱。

蟬的一生，需經歷卵、幼蟲與成蟲階段，潛伏於土壤之中的幼蟲期極長，出土羽化後的成蟲生命卻極短（以台灣有生活史紀錄的草蟬為例，幼蟲期一～三年，成蟲期卻只五～十四天），於是在出土後的短暫繁華裡，雄蟬為吸引雌蟬竭力謳歌，即使可能引來天敵也在所不惜，因為在此生命階段，生殖是唯一的想望。

守著林內林外的距離，蟬鳴雖噪，我還能以「傾聽生命」的角度，聆賞那澎湃如潮的沸情，若入林中，情境就大不同了。

六月叢林，蟬唱頓成天地間唯一的樂章。一旦深入叢林，蟬聲便緊繫耳畔，在蟬音織成的天羅地網中，我的聽覺不久就遲鈍了，一隻騷蟬若在一公尺外鳴唱，我便連自己的言語都聽不分明了，若被一片蟬聲環繞，很快便會感到大腦膨脹，只願逃離。蟬腹部的鼓膜發音器與共鳴室是神奇的自然造物，凝視一隻不停振動腹部全神酣唱的蟬，我總懷疑那令人幾欲瘋狂的傳腦魔音，是發自眼前一隻不大的昆蟲！這昆蟲腹部製造的音浪，如洪水般撞擊我的耳膜，忍無可忍之時，拾段枯枝將之驅離，但牠移開咫尺，又再度癡情高歌……

於此蟬唱時節，我和研究夥伴鑽入叢林之前總要檢視身上皮膚是否遮護妥當，因為騷蟬遇闖入者總不吝齊灑「蟬雨」相迎。「蟬雨」自然是蟬的排泄物，為退敵而落，雖然蟬一生只食植物汁液，「蟬雨」應屬潔淨，但在情緒上，總覺還是避開些好。

歲月匆匆，四季流轉，每見叢林中蟬蛻如雨後春筍般出現，心中總特別有感於時令的變換。

然而這令人無以躲避的叢林騷動並不久長，五月底才見騷蟬終齡幼蟲紛紛出土羽化，蟬蛻掛滿森林底層，六月中旬已見蟬屍紛綴林間。如此短暫的薄翼生涯，無怪乎須以如此激烈的齊唱有效達成繁殖天命。也許因為理解吧，即使蟬音穿腦，年復一年叢林深處看牠大起大落，也能狼狽以笑相對。

古代唐人愛詠蟬，以看似餐風飲露般的蟬為高潔象徵。虞世南詠蟬：「居高聲自遠，非是藉秋風。」寄託了詩人的品格希求；李商隱詠蟬：「本以高難飽，徒勞恨費聲。」吐露了詩人腹中牢騷；駱賓王詠蟬：「露重飛難進，風多響易沉。」反應了詩人落難獄中的景況。那蟬還是蟬，出土後為短暫沸情竭力而歌，蟬音卻引詩人各自解讀。

守著林內林外的距離，我散步聽蟬，悠然揣摩蟬音中的詩境與禪意。待明日入林進行野調，那便蟬還是蟬，我卻不是此刻的我了。所幸能理解蟬的一生，因蟬唱暫失大半聽覺之時還能帶著笑意。而這人生許多惱人事，若能理解其中曲折，也多如六月蟬音，可以了然笑對吧。

——原載二〇一三年六月三十日《中國時報》人間副刊

大海大海

郝譽翔

台灣大學中文博士，國立台北教育大學語文與創作學系教授。曾獲金鼎獎，《中國時報》開卷年度好書獎、時報文學獎、《中央日報》文學獎、台北文學獎、華航旅行文學獎、新聞局優良電影劇本獎等。

著有小說《幽冥物語》、《那年夏天，最寧靜的海》、《初戀安妮》、《逆旅》、《洗》；散文《回來以後》，《溫泉洗去我們的憂傷》、《一瞬之夢：我的中國紀行》、《衣櫃裡的秘密旅行》；電影劇本《松鼠自殺事件》；學術論著《大虛構時代——當代台灣文學論》、《情慾世紀末——當代台灣女性小說論》。

我坐在船舷邊，背著氣瓶，彎腰把蛙鞋穿好，然後戴上面鏡，手套，檢查調節器上氣瓶的殘餘量，指針正指著兩百，恰恰好，但小心別被它騙了，我還得輕按兩下二級頭，看看指針有沒有在瞬間往下調，當確認氣量無誤之後，我把二級頭放入嘴中，咬住。

透過面鏡，我看到坐在對面的潛水夥伴們，也是一副肅穆的模樣，沒有人再開口說話，全都繃緊了神經，就等導潛手一揮，大家全都往後仰，翻身沉落海水裡。

回想起來，那一剎那總似乎是潛水最刺激的一刻，海水嘩啦濺開，打得我背疼，然後又嘩地將我全身包裹起來，而幽暗無邊的大海，每一次的溫度和光線都不一樣，我也總得要花幾分鐘才能適應它，然後全身真正地放鬆平靜下來。這時，我只能聽到自己濁重的呼吸聲，規律地一聲接著一聲，急了就不好，我總告訴自己，深呼吸，深呼吸，節奏越慢越好，要平和的就像是一隻無聲無息的魚。

後來每當遇到激動的時刻，不管在海裡，或是陸地，我總想像自己置身在深藍大海，閉上眼睛告訴自己，呼吸要放慢，越慢越好。沒有什麼好緊張或是著急。想像呼吸直到我的指尖，腳底，在我的體內循環。所以潛水到後來，簡直是在練呼吸了，而且不容許有絲毫的差錯，在海底，一秒的錯誤，就是致命的死亡。

所以我也不知道自己為何迷戀潛水，迷戀這一次又一次的翻身入海，潛入一個本不該屬於人類的世界。但我卻幾乎從來不寫它，不是覺得不值得寫，而是那經驗超乎了文字所能表達，我覺得詞窮，啞口無言。

其實也不是真的沒有什麼可說。

每個潛水地都各自有不同的風光，就像是陸地的山一樣，每一座都不一樣，而海底竟也是如此。帛琉的峭壁潛水是很聞名的了，我貼在峭壁邊緣，順流而去，底下是深不見底的海，抬頭卻也不見海平面的波光，就像是沿著一道巨大的懸崖飛行，迎面就是鯊魚、海龜、色彩斑斕的蘇美魚。

沙巴的西巴丹是海龜的天堂，那些海龜竟也不畏懼人，甚至很享受你趴在牠的龜殼上，為牠搔癢。菲律賓杜馬蓋地有數不清的美麗海葵和小丑魚，碼頭下的人工礁柱，形成了詭譎幽深的海底森林。

巴布亞新幾內亞海底的魚蟹，不知為何都生得特別巨大蒼老而憂傷，身上傷痕累累的，簡直像是從新石器時代一路走了過來，還活著，沒死，將來也還要這麼地老天荒地活了下去，在這個號稱世界上最原始的海域之中。

這些卻都不是真正的重點。那失落了話語無聲的瘖啞沉默，那彷彿墜落冥界的生死難辨，是海最迷人的一面。但恕我無法將它一一說出，當我向深海前去，被周遭所展示的深邃所驚駭得目瞪口呆之際，只能喃喃咒語似地反覆念著：大海，大海，因為它早已超越了人類經驗和話語的疆界。

——原載二〇一三年十二月《聯合文學》雜誌第三五〇期

輯六

評論

湯姆恐怖歷險記

紀大偉

一九七二年生於台中縣大甲鎮。國立台灣大學外文系學士，台灣大學外文研究所碩士，美國加州大學洛杉磯分校（UCLA）比較文學博士。現為政治大學台灣文學研究所助理教授，開設同志理論、性別研究等課程。作品曾獲《聯合報》文學獎中篇小說首獎與極短篇首獎等等。

著有小說集《感官世界》、《膜》，評論集《晚安巴比倫：網路世代的性慾、異議與政治閱讀》；編有《酷兒啟示錄：臺灣QUEER論述讀本》、《酷兒狂歡節：臺灣QUEER文學讀本》；譯有域外小說多種。

麥克魯漢說，「媒體就是訊息。」我這輩子第一次看到小謨，是在電視上。二十一年前，一九九二年寒假，晚間新聞快報「台大視聽社盜墓事件」（請Google），接著就看到小謨受訪的特寫畫面。他在螢幕上顯得高大、羞怯、拙於言辭。涉及事件的台大學生中，別人都是大學部的，只有小謨是研究生，也就是最老的學長。自然各界會以為是學長帶頭盜墓，後來才知道他是小跟班。我在台大見過很多怪人，看了新聞後心中只「喔」了一下，並無道德批判，也沒想到有一天會認識小謨本人。

盜墓事件，剛好暴露了幾點小謨二十年來始終如一的特色。

一、他永遠保持赤子之心，總是興致勃勃地跟從事「另類藝術」（這是個廣義的詞，含音樂、劇場、攝影等等）的大學生打成一片，而且他樂於跟年輕人求知。他一直很熱中從學弟妹身上學東西，音樂影像打扮等等。他喜歡「Gizmo」（小玩意），手裡捏著玩具，嘴角叼著早就咬爛的吸管。在我二十歲的時候，小謨就是個愛跟大學生混的「小學長」（小小的學長；小小的，意為個子小、可愛、好玩）；待我三十歲在美國留學時，他仍然是愛跟大學生混的小哥哥；待我四十歲在大學教書時，他還是不變。他總是可以融入「另類」大學生的陣營中而不顯突兀。

二、他一看到有人挑戰傳統道德風俗，就會認同，甚至加入——他熱中叛逆主流社會價值。但他很不會算計挑戰道德的風險、代價、成本。參加盜墓事件只是一個極端的例子。另一例，他愛「自然主義」的自拍，貼上網後被警察釣魚，還上了《蘋果日報》。他熱愛「不入流」的恐怖電影，自然也出於這點個性。他享受反骨精神，我是樂觀其成，但我憂慮他往往對風險、代價、成本抱持天真無知的態度。說得現實一點，他從來不曾試圖將他在各國的「湯姆歷險記」（小謨英文名字是湯姆）加以包裝成商品，帶去職場、演講台或書市換錢。他一直很窮。他的生活充滿興趣，但他不大會將興趣化為商品。他不世故，也不懂精打細算。他非常「不社會化」，或「反社會化」。他大概在去年才開始生平第一次由他本人親自報稅。他以為可以活在一個與資本主義無爭的世界；近來跟他混的大學生卻都有批判資本主義的意識了，他才開始了解資本主義ＡＢＣ。與其說他是《湯姆歷險記》中精明的湯姆，不如說他是那個野放的野孩子：哈克貝利・芬。

三、他是個羞怯、躲鏡頭、怕大人的小孩。雖然二十年來他總是跟一屆又一屆的大學生鬼混喝酒、吱吱喳喳交換八卦，但是他不大敢跟陌生人說話，看到大人就要避開。他常露出一臉「啊被老師抓到了、老師不要打我」的表情。他跟我講話的時候常常口吃、結巴；我想小謨對我很敬畏。John Waters是他最崇拜的電影導演之一，親眼看到Waters是他的大願；Waters在洛杉磯某大唱片行辦簽名會時，小謨自然興奮不已，打扮一身火辣，去排隊等簽名。但奇怪的是，當Waters正在幫他簽名的時候，我請他們兩人面向相機鏡頭合照，但小謨偏偏不肯配合，他寧可翻臉也不要跟偶像合照。

一九九三年初春，台大盜墓事件一年後，我才第一次看到小謨本人，在台大校園內校福利社的一樓華南銀行櫃檯，現在原址可能大變。他在櫃檯前填寫一張提款單或存款單，我偷看到姓名那欄寫了「但唐謨」三字。我有點錯愕：這個人在電視螢幕中看起來很巨大，本人怎麼很瘦小。他穿了一件紫色尼龍外套，外套尺寸太大，所以他看起來就更加迷你。後來發現衣物尺寸太大是小謨畢生的難題。在銀行初遇他也很反諷，因為跟銀行打交道也是大人的事，他很不會。當時我沒跟他打招呼。因為他當時很有名而我什麼咖都不是。

一九九三年春天，台大外文系製作「大三戲劇公演」，找不到人可演男主角。擔任導演的同學找了一個在校內外小劇場界頗有演出經驗的學長來演，這人就是但唐謨。這次我才真正跟他說過話；算一算，至今是整整二十年前的事。我當時很納悶（我這個人的價值觀很主流），為什麼這個人不去做點賺錢的正經差事，而要耗時耗力跟大學生無償演戲？（後來我納悶一次又一次，就習慣了：小謨就是不愛去做一般賺錢的工作，而寧可無償跟大學生打成一片。這就是他愛玩不愛錢的價值觀。）但我對這個新朋友並無惡感，反而對他非常好奇：他的年紀大我一大截（但看不出來），而我當時的朋友都跟我自己年紀差不多。我從來沒有認識過這麼老的朋友耶。我想，我可以從這個大哥哥身上學到很多東西（後來證明我錯了一半：小謨是有很多奇怪藝文知識可以教人，但他這個拒絕長大的男孩對於「社會化」的認識輸給很多大學生）。

在排戲期間，他看起來很潦倒，穿很髒的白T恤出現。原來他當時養了一條狗，叫「麥西倫」，聽說跟金馬影展的《尋找麥西倫》這部外國電影有緣。麥西倫生了重病，有時嘔吐在小謨身上，他心力交瘁。那時候我幾乎沒認識養狗的人，對於狗這種動物完全不熟，所以看到小謨這種待狗的態度就很感訝異。後來才發現「養狗」是小謨一輩子的功課，他總是養著狗，狗永遠是撿來的棄犬。他在各國路上看到各種狗，都會上前打招呼或逗弄。反正跟他走在路上，他看到以下事物就一定會停下來，讓別人等很久：小狗，甜點店，賣各種Gizmo的店，「救世軍」舊衣店，有色人種的店。他為這些事物而活。他跟小狗打成一片（我上頭才說，他也跟大學生打成一片。所以——嘛）。他常因為狗而流淚，他做夢常夢到狗。很多人說小謨很善良，但我想說得更準確一點：因為愛狗，小謨從裡到外都像小狗。

在排戲的那段日子，小謨因為狗的衰亡而悲傷。但他也有歡笑：跟朋友喝咖啡的時候。那時候「卡布奇諾」這種義式咖啡剛開始在台北流行。但他不愛喝咖啡，而看中配咖啡的蛋糕。有時候他會在老字號的某些咖啡店點可樂喝，很不識相，因為他常忘了咖啡店的主角是誰。他有甜點癮，如果桌上沒有蛋糕可吃，他就乾吃砂糖——拆開糖包，整個倒入嘴裡，然後再來一包糖。

那時候他去洗衣店送洗衣物，老闆娘看他一臉學生樣，便在送洗單上寫，「客戶——小學生」。他非常得意，跟人自稱「小學生」。

一九九九年，我到美國加州大學洛杉磯分校（UCLA）攻讀博士。UCLA距離好萊塢（以及位於好萊塢中心地帶的奧斯卡頒獎場地）只要三十分鐘以內的車程，而UCLA正門口也就是主流、非主流電影院的匯集處。許多美國電影的首映典禮就是在UCLA門口舉行。小謨因而常飛洛杉磯：這應該是他最愛的美國城市，不但因為電影活動、電影院、錄影帶出租店多，也因為天天是晴天，而且因為有色人種族群社區多：黑人區、墨西哥人區、越南人區等等。對小謨來說，在洛杉磯，理想的下午應該是這樣的：穿吊嘎啊騎單車橫跨洛杉磯市區，一路上任憑南加州的大太陽烤熱身體，穿梭在錄影帶店、有色人種社區的香料店蛋糕店烤雞店、Trader Joe's（「周賈」，美國著名的有機飲食超市連鎖店），然後回家遛狗、拷貝錄影帶。是的，他在洛杉磯最愛用的交通工具是單車（這點勇氣是洛杉磯當地民眾都要側目的），他從台灣空運了三條土狗到洛杉磯養，他有收集癖所以他看到好的錄影帶就要拷貝一份以上（當時VHS是主流，DVD還是少數）。在我住處，兩台對拷的錄影機永遠溫熱。他每每離美回台的時候，行李箱裝滿ＶＨＳ帶子。

後來我搬到美東，小謨就改到曼哈頓騎單車。像《甜蜜蜜》中的黎明那樣子。憑著單車，他把洛杉磯和紐約摸得很熟。他專去台灣人不大去的另類社區，波多黎各區、「99分」店等等。雖然他在台灣見大人就躲，但他在美國各地卻可以跟黑人和拉丁美洲人打成一片、稱兄道弟。如果是別的台灣人，在十年前，早就把這些見聞寫成書送去書市換現金了，但小謨無意這樣做。

視聽媒體變動劇烈，沒想到沒多久ＶＨＳ就出局了，ＤＶＤ稱霸。以前是在量販店抱一打又一打的ＶＨＳ空白帶回家，這下變成去搜空白ＤＶＤ的「布丁桶」。我住處有兩台桌上型電腦，永遠在忙著燒ＤＶＤ。這整個有一種家庭手工業的感覺，好像在家裡自印假鈔，假嗨。後來「ＮＥＴＦＬＩＸ」在美國興起，也就是用郵寄租還ＤＶＤ的服務，只要付月費就可以吃到飽（你一寄回看過的ＤＶＤ，對方就寄新的ＤＶＤ來）。我們大多付了最高的月費，一口氣可租七片ＤＶＤ，一收到ＤＶＤ就馬上燒拷，馬上寄還，等新的一批七片再寄來。小謨在社會化各方面都不會打算，但對於NETFLIX卻精得很（他常說他自己「精得很」；不、要、相、信、他）：他會算準要找哪一條街的郵筒還片，在下午幾點前，才能夠在一個月內租到最大量的ＤＶＤ。現在「ＮＥＴＦＬＩＸ」已經將服務從郵寄ＤＶＤ改為網路傳送影片，我想熟知Gizmo的小謨必然也有一堆法寶應戰吧。

這麼多年來，他收集了難以統計的ＶＨＳ和ＤＶＤ，要怎樣享用呢？要怎樣消化呢？多年來我有個心願：希望他能夠將他的電影知識和資源轉化為一家之言，寫成專書出版。能不能靠出書賺回多少錢倒在其次，重點在著述可以為他自己對於影像的愛做出交代。他看電影很投入，常看電影看到淚流滿面、啜泣出聲。我很傳統，相信三不朽：立德、立功、立言；但小謨對三不朽看得很淡，也可能有點畏懼。這些事太「大人」了。他眼裡只有狗和甜點。好吧，二十年來，他常嚷著要拍Video、要導戲，他想要抓住某些「感覺」，竟然也讓他完成了有感覺的Video和戲，他是有執行力的人。但我總覺得寫書還是比較可靠。

二十年前，我曾經仰慕小謨學長，求索他寫的影評。但我很早就看破了，我還不如自己寫比較快呢，你不寫我來寫就好了——果然也寫了很多雜文直到今日。二十年前他說要寫小說，當然並沒有寫出來——結果我把靈感全部拿去寫在《感官世界》和《膜》裡。二十年後，他終於硬下心腸出了第一本書，算是湯姆或哈克貝利•芬的「遲到的首航」。期待他在首航之後，還有一本接一本的航班出現。

出了書再來遛狗吃甜點，不是比較爽嗎，小學生？

——原載二〇一三年三月二十五～二十六日《中國時報》人間副刊

本文收錄於二〇一三年四月但唐謨著《約會不看恐怖電影不酷》（逗點文創）

夏日讀冊札記

傅月庵

本名林皎宏，一九六〇年生，台灣台北人，台灣大學歷史研究所肄業，曾任出版社編輯、主編、總編輯。現任職茉莉二手書店書物總監。台灣著名「書人」，長年浸潤書海，於版本源流變遷，多有所見。常時撰寫書話文章，於兩岸三地報刊雜誌發表。

著有《生涯一蠹魚》、《蠹魚頭的舊書店地圖》、《天上大風》、《我書》、《書人行腳》，並與應鳳凰合著《冊頁流轉：台灣文學書入門一〇八》等。

之一

「人不能俗，也不可不隨俗」，忘了誰說過的這句話，大概即是近日閱讀寫照。雖也常閱讀暢銷流行新書，真正能讓心頭一動的，卻一無例外，都是些「連新書時都不曾登過榜」的舊書。說是舊，其實也沒很舊，無非幾年內的事了，只是台灣出版量實在太大，後浪疊出，一推再推，即舊矣。

最近又讀遠藤周作《狐狸庵食道樂》。年紀多到某個階段的好處是，過目便忘。就算才讀過沒多久，拿起來重讀，依然津津有味，彷彿不曾開卷一般。更妙的是，前此以黃筆標示的一二重點，此次再讀，竟會有「這有什麼好？畫幹嘛？」的疑問；看到某些段落，則又有「這麼有趣的東西，竟然沒標示，上次到底讀什麼東西啊？」於是，舊如新，又喜孜孜地讀了起來。

「每日飲酒。傍晚一邊喝酒，想到人生的索然無味，遂一個人擺起了……臭臉；酒後一個人用餐，用完餐一個人回到書房，仍還是索然無味，又擺起了臭臉。」這是今早讀遠藤此書，最讓我會心的一段話。中年微妙，俱於其中，只可意會，不可言傳。這書，歐吉桑的嘮叨風流，直追池波正太郎《食桌情景》啦。大好！

之二

「松江韓氏以藏書著，有『讀有用書齋』；大埔溫廷敬亦富藏書，有『讀無用書齋』」，鄭逸梅《藝林散葉》所筆記。讀書有用無用？讀有用書抑無用書好？此關乎世緣遭逢，身世記憶，難有定論，更無從預見。也有只談讀書心情，而不論其他。魯迅「有病不求藥，無聊才讀書」句，遂常被摘出，似已成為一種豁達瀟灑風格的象徵。

只是魯迅此句，出自一九三一年所寫〈贈鄔其山〉：「廿年居上海，每日見中華。有病不求藥，無聊才讀書。一闊臉就變，所砍頭漸多。忽而又下野，南無阿彌陀。」鄔其山即內山完造，魯迅日人好友，書店老闆。至於「所砍頭漸多」的傢伙，則是指政爭一失敗就嚷嚷「出國讀書」的軍閥、政客們。全詩諷刺意味多於其他。「有病不求藥，無聊才讀書」句與台靜農先生「輪囷膽氣唯宜酒，寂寞心情好讀書」、俞曲園集金剛經句「書有未觀皆可讀，事經已過不須提」或前人「少年說劍氣橫斗，長夜讀書聲滿天」不同屬，實在不能說是正面的句子哩。

之三

「媚俗」是罵人的話，對「俗」卻不公平，原因是「俗無罪」，只要「真」，「俗」自有一種活潑的清明氣象。讀過胡蘭成《今生今世》，翻過馮夢龍《山歌》者，應該都能同意。要不，也不會有所謂「到民間去」的說法了。

真正糟糕的，多半是「時」，也就是「流行」。舉例而言，「藍白拖」穿在花襯衫袒敞，白內衣外露，八字走路，操幹譙不絕於口的歐吉桑腳下，那是俗，卻俗得有趣，自有一種風流。等到大學生、白領階級也都來「台」一下，就差了；到了黨主席、祕書長、候選人紛紛趿拉上街，那是「惡俗」啦。

「俗」這孩子，本質不壞，都是被「時」給帶壞了。真俗之人，自有其趣，顏清標、白冰冰之流是也；「時」多半很惡劣，因為「假」，因為「有所求」，因為「別有居心」，陳水扁、馬英九以降，台灣政客乃至「跳天鵝湖的校長」類皆屬之——被罵「媚俗」，不用太難過；被說「媚時」了，那還是趕快打包回家，閉門多讀書吧！

之四

何謂風雅？很多人愛問想學。此事難說，多可意會，不易言傳。譬如古早人，明明是一枝撓背的竹爪，偏要取名「不求人」，這就有些風雅的意思了。今早翻讀徐白《傾尊叢談》，方才明白，「不求人」不是孤例，類似的還有：

「修腳匠的那張矮凳子叫『對君坐』，算命瞎子手中敲的小銅鑼叫『報君知』，磨剪刀的手上甩得『刮他刮他』怪響的那一串銅片叫『驚閨』，熟肉攤上的豬耳朵叫『俏冤家』。挖耳朵的道具，本名『消息子』，江南人卻叫它『小有趣』。」

市井俗物，經此一轉，風雅汩湧。「尋常一樣窗前月，才有梅花便不同」，不同的關鍵，大概就是這一轉的有無了。

之五

日前回三重老家，帶回一本《陳洪綬集》。陳洪綬（一五九九——一六五二）即陳章侯、陳老蓮，明末畫家，我最喜歡的一位。有人說他「力量氣局，超拔磊落，在仇、唐之上，蓋明三百年無此筆墨。」仇是仇英，唐是唐寅（伯虎）。評價之高，於此可見。這集子收的是他的詩文，不多，卻很可看出他的風格。

當夜有雨，隨手翻看，恰見他有兩首七絕，題名〈夜雨〉，其一為「小樓夜雨讀書聲，志在新朝得令名；可嘆故朝何事誤，小樓夜雨眾書生。」其二為「莫笑前朝諸老成，盜泉未飲肆譏評；當年幸落孫山外，今夜無慚聽雨聲。」老蓮是遺民，明亡後又活了八年，雖混跡浮屠，卻活得頹廢，縱酒狎妓如故。一談起身世離亂，就哭個不停。二首詩裡，很有一些憤慨。這種憤慨，放在今日也可，轉成冷眼耳。

之六

一家書店（出版社）可以開多久？閒暇也翻翻禪書，日本人對此整理得特好，碰到就收起來。碰來碰去，老碰到京都一家專門製作線裝書的「貝葉書院」。前些時候，偶然入手一冊明治廿七年該店所印製的《增補首書禪林句集》。明治廿七年即光緒二十年，也就是爆發日清甲午戰爭的一八九四年，算一算，已是一百一十六年前的事了。可書都還很完整，穿線一無脫落，可見製作之細膩扎實。因為好奇，上網查了一下，發現這家「書院」居然還在原址營業（電話從三位數增為七位數）。更讓人驚訝的是，一六八一年德川幕府五代將軍綱吉在位時，該店就已在印書賣書，當時名叫「一切經印房」，明治維新後，方改為今名，專營禪書經典。印書三百二十九年，夠久了吧?!要說文化積累，這就是了。別以為百年老店就了不起，算來也只是小學生，要走的路還很長哩。

因了京都「貝葉書院」，想起蘇州「掃葉山房」。愛買線裝書的人，早晚會碰到的一家老印書坊。它的歷史更早，明朝萬曆年間，大概一五七三年就開始印書賣書了。這家書坊，從蘇州閶門走向上海、漢口、松江，走過清朝二百六十八年，走過民初軍閥混戰，走過北伐剿匪抗戰，最後連國共內戰也撐了過去。卻在一九五五年因「虧空嚴重」而倒閉。我不太相信這說法，推測多半還是一九五〇年代「公私合營」惹的禍。就像「開明書店」，一下子就沒了，只剩下個「台灣開明書店」。掃葉山房若也有個台灣分店，搞不好今天我們就不用那麼欣羨貝葉書院了。

——原載二〇一三年七月九日《中國時報》人間副刊

本名鄭進耀，任職媒體。

著有《越貧窮越快樂》、《男朋友・女朋友》（與楊雅喆合著）、《我們從未不認識》（與林宥嘉合著）。

我們這麼激烈讓自己從驚心動魄的青春期裡活下來

萬金油

我們這麼激烈讓自己從驚心動魄的青春期裡活下來

所有的青少年小說命題，都躲不過孤單、不被了解這樣的範圍。甚至全球暢銷的《哈利波特》也不例外，它以奇幻場面包裹了青少年成長時的彷徨、不安，七冊小說活生生就是家暴受虐兒的鬼故事，主角額頭上的閃電應是被虐留下的疤痕，所以哈利波特才會時不時閃電疤會隱隱作痛，這根本是一項隱喻。

不過，我們生存的世界沒有魔法，沒有九又二分之一的月台，只有無止境的拖與磨。我離青春期已經很遠很遠了，遠到幾乎忘了是怎麼活過來了。

J是機車行那位常幫我換機油的小學徒，個子很矮小，樣貌清秀，平常不說話，一開口卻是江湖味。收留他的機車行老闆是一位遠房親戚，在這家機車行之前，他的落腳處是少年觀護所。

車子壞成這樣還能修嗎？「啊沒是欲安怎？」怎麼換個零件要這麼貴？「啊沒是欲安怎？」阿弟仔你怎會來做黑手？「啊沒是欲安怎？」這是J的百搭口頭禪。後來，熟了一點，問他怎麼會進觀護所？這回，多了幾個字：「就……被捉啦，啊沒是欲安怎？」

現在修機車，之前其實是偷機車。J的父親酗酒早死，母親改嫁，他跟著阿媽住，老人家管不動他，他下了課就跟朋友混。校外幾個有勢力的小角頭，幫這些小朋友租了一層公寓，十多個人就住在裡面，他們稱這裡是「會堂」。會堂是他們的家，大哥提供吃穿，他們只要在陣頭、喪禮上露露臉就行。

大哥甚至還買了機車給J代步，J不小心撞爛了車頭，大哥要他拿八萬出來賠，他沒錢，就「以工代償」，偷機車抵債，一路偷成習慣，就進了觀護所。在觀護所的日子很清閒，不必出陣頭，不必偷機車，他唯一做的就是等家人來看他。阿媽年紀大，沒辦法來看他，他打算出了觀護所跟媽媽一起過生活，只是媽媽從來沒看過他一回。

他在觀護所打了一次電話給母親，媽媽告訴他：「我現在有家庭，有小孩，你好好照顧自己，我不方便去看你。」說完，她就忙著掛電話。那一刻，J知道：「我過得這麼慘我媽都不願來看我一眼，她不要我了，我沒有家了，沒人可以靠了。」他說，他想明白了，自己就是太軟弱，出外想靠朋友，朋友做壞事也跟著做，現在又想靠媽媽，媽媽也沒了，他只能靠自己了，做人就是不能軟弱，「啊沒是欲安怎？」

青春的苦難可以練就出對抗的勇氣，但並不是所有人都能像J這般幸運。《我的好友奇克》有一段是這樣說的：「如果你沒有綽號，這可能有兩個原因。要嘛，你是超級無趣的人……不然就是你沒有朋友……第三個原因可能是，你人既無趣又沒有朋友。」我在高中同班一學期的某位同學，便是這樣一個隱形沒有存在感的人。

我甚至想不起來他確切的名字，只記得他極瘦，瘦得像一張白紙，他的髮極短，短到近乎光頭，高二那年突然轉到班上。他不多話，每次下課都在洗手台上洗手，洗到上課鐘響才結束。分組活動，我和他永遠是最後被挑選的「餘數」。雖然同屬「餘數」陣營，我卻從來沒跟他說過話，大概是覺得，兩個班上的餘數太過相濡以沫就顯得太悲淒了。

餘數同學英文成績很好，卻從沒聽過他開口說過幾句話，老師們也很有默契，從來不點他發表意見。他有個塑膠鉛筆盒，每回換教室上課，他必小心翼翼，雙手捧著課本，課本上正中央放著這個鉛筆盒，像迎牌位般的慎重，緩緩走向教室。

學期快結束的那個夏天，班上有個受歡迎的男生要移民南美，同學們熱熱鬧鬧辦了歡送會，歡送會結束時，老師告訴我們，那個捧著鉛筆盒、愛洗手的餘數同學休學了。對於餘數同學，大家沒有討論，沒有感傷，總之，就沒了。

世上有各種階級形式，餘數同學的缺席讓我第一次明白什麼是階級，沒什麼是比無聊沒朋友還慘的事了。後來，才輾轉得知，餘數同學有精神上的問題，斷斷續續休學又復學，休學那年大概是又發病了，至於後來如何，為何發病，班上無人知道。

總之，那年我成了班上唯一的餘數了。青少年的歲月是日後人生的某種縮影，方方面面我現在的日子仍帶著餘數的氣味，只是我已不再在乎自己又無聊又沒朋友的事。唯有，在這些成長小說裡描寫體育課的場面，如何被同學們忽略，如何被他人取笑的細節，才召喚了昔日的記憶。也因為從那樣子的歲月走來，才約略懂得，何以《麥田捕手》的主角幹嘛一直在乎中央公園的鴨子去哪，這種微不足道的小事。

在各種成長小說裡，我常常看到J和餘數同學的形影，一個是暴烈不安，一個是孤絕不被瞭解。成長過程都是驚心動魄，我們這麼激烈讓自己活下來，回頭卻發現，最後都不過是活成世間一抹微不足道的影子而已，然後丟下一句：「啊沒是欲安怎？」

——原載二〇一三年六月十八日《博客來OKAPI》

（http://okapi.books.com.tw/index.php/p3/p3_detail/sn/2184）

戰爭中的動物園

何曼莊

台北人，畢業於哥倫比亞大學國際事務學院，現居北京。作家、紀實攝影師、廣告文案、英譯者。歷時兩年、跨越十四個歐亞城市的創作計畫「動物園記：當今世上所有瀕危的物種和思想」，獲得二〇一三年國家文化藝術基金會文學類獎助，〈戰爭中的動物園〉為其中一篇。

著有小說《即將失去的一切》、《給烏鴉的歌》，電影《艋舺》和《L. O. V. E.》，以及《編號223》、《我們從未不認識》。

我媽媽曾經告訴我一件往事：一九五九年八七水災當晚，她又睏又驚慌地在樹上躲了一夜，後來又去了地勢較高的親戚家避難，直到水退，帶著恐懼不已的心情往回家的路上走，一行人來到了浩劫後的家門口，可能是害怕看到家園被摧殘的模樣，站在門外遲遲不敢進去。

這個時候，聽到一個聲音，從門裡面傳出來。

是狗叫，他們養的狗沒有被水沖走，而且已經先回到家了。

「聽見狗叫的時候，才完全鬆了一口氣。」

對於遭受死亡威脅的人們，活生生的動物具有強大的鎮定安撫作用。

艾米爾・庫斯托力卡導演（Emir Kusturica）的《地下社會（Underground, 1995）》在我心中是永遠的神級作品第一名。電影開頭十分鐘，就緊湊出現了三個巴爾幹半島式的魔幻實例：第一、鼓號樂隊與上膛的左輪手槍同時出現在酒吧裡；第二、一場心不在焉的嫖妓被窗外的砲彈中斷；第三、萬惡法西斯大軍轟炸市區動物園，萬物無家可歸。

巴爾幹半島哪一天沒有爆炸和槍聲？但導演卻選了家鄉塞爾維亞首府——貝爾格萊德的市區動物園，那個善良的管理員Ivan跛了一隻腳，有點口吃，衷心熱愛所有動物，在他例行的晨間餵食途中，眼睜睜地看著德軍飛機投下炸彈，炸毀了這小小的動物園，柵欄傾倒、動物們死亡、掙扎、或是負傷竄逃。Ivan牽著倖存的一匹小馬、抱著失去媽媽的黑猩猩Soni，在到處冒著火焰的大街上哭著逃跑，這時黑道分子「黑仔」叔叔正好經過，他威風地行走，彷彿四處斷垣殘壁毫不影響他走在「反法西斯的康莊大道」上的氣勢，他是那麼風流倜儻、西裝筆挺、抽著上好的雪茄，手腕上還掛著一隻有著黃色眼睛的黑貓。

黑仔把雪茄從嘴上拿下，安慰哭個不停的Ivan說：「別哭，我會再幫你建一個動物園。來，拿這些錢去給那孩子（黑猩猩）買些牛奶，別哭了，別讓德國人笑話。」

接下來的畫面，我永遠銘記在心，黑仔做了一個讓我崇拜不已的動作：他把黑貓從後頸軟皮處拎了起來，擦擦右腳的皮鞋，再擦左腳的（幾分鐘之前，一隻走出動物園的大象才拿走了黑仔一雙鞋子，所以他對於腳上這一雙鞋子不是一般的重視），貓被當成擦鞋巾，氣得發怒狂叫，不過鞋擦完了，黑仔放下貓，貓就像什麼事也沒發生地一樣，貓步離去。

戰爭無非不是你先炸我，他再炸你，事實上，當時炸了塞爾維亞動物園的德國人，自己的柏林動物園也真的被同盟國空軍給炸過。

第一顆炸彈擊中柏林動物園的時候，是一九四一年。動物園旁的動物園炮塔（Zoo Flak Tower）裡，除了高射炮、機關槍、八十五張病床、還有一間空調房藏著十四間博物館的藝術品，在柏林陷落時，動物園塔駐軍一直抵抗到最後一刻。這段期間，共有七百六十四台英國戰機飛到柏林上空丟炸彈，市區百分之九十建築全毀，一萬多人死亡、一五〇萬人無家可歸。當炮火終於停熄，園內已是焦土一片，三千七百一十五隻動物中，只有九十一隻活了下來，包括兩頭獅子、兩隻鬣狗、一頭亞洲象、一頭犀牛、十隻狒狒、一隻黑猩猩、一隻東方白鶴和一隻鯨頭鸛。

二戰後的柏林分裂為二，西柏林空懸於東德領土中央，成為「民主孤島」，一九七〇年代的西柏林，孕育出各種影響全世界青少年的次文化，David Bowie在這段期間完成重量級的「柏林三部曲」，這個孤島既自由又虛無，既安逸又頹廢。即使在這樣孤絕的環境下，從西德各地支持西柏林重建的空運卻從未間斷，有七百一十七個足球場大的蒂爾加藤公園在這段期間又長回了綠意，柏林動物園也靠著聚集小額捐助在原址重建。

兩次大戰，兩次原址重建，柏林動物園教給我的事情，就是有些東西，是戰爭無法摧毀的。人、戰爭以及動物之間的關係，原本就是永無止境的倫理辯論。

日片《大象花子》基於史實改編，同樣一場二戰接近尾聲時，在地球的另一端，日本自知即將戰敗，國土可能遭到美軍轟炸，認為一旦動物園被炸，出閘的猛獸將對安全造成重大威脅，於是軍方下令做出預防措施，要求上野恩賜動物園的飼養員，在八月三十一日前「處決」猛獸，並且，為了節省子彈，要採取毒殺的方式。

大象雖然不會吃人，但牠的巨大力量，足以造成重大傷害，也就讓牠變得跟獅子老虎一樣必須得死。大象太聰明，放有毒藥的食物絕對不吃，傷心欲絕的飼育員吉岡（反町隆史飾演）只有停止供應糧草，含淚坐等三隻大象餓死，象的死亡既緩慢又疼痛，甚至在市民為「壯烈犧牲」的動物舉行追悼儀式之後，還有兩隻大象——花子和唐吉——殘留著最後一口氣，要讓那麼龐大的身體耗弱致死，對人和對象而言，都是史上最漫長的折磨，上野的飼育員無不痛心疾問：

「我們當飼育員就是因為喜歡動物，而今卻要我們殺動物，這是為什麼？」

兩年之後，日本戰敗，動物園並未遭受轟炸，而動物園裡已經沒有大象了。有一個小學生寫信到報社，信封裡裝了十塊錢，說他妹妹沒有看過大象，請用這十塊去買大象吧。

不久之後，日本政府從泰國得到了一隻幼象，園方又將她命名為花子，再度交給內心已經蒙上淒慘陰影的飼養員吉岡照顧。在鮮少娛樂的戰後時代，新一代花子帶給無數大人小孩心靈上的慰藉，但一名闖入象欄的醉漢遭她踩死之後，她與人類之間的友好與信任就蕩然無存了，人們怕她，她也怕人，無論吉岡怎麼努力彌補，也都每況愈下，到底為什麼，我們回不去了呢？與其說花子對人已經不再信任，不如說，吉岡對人類也已經失望透頂了。

花子讓我想起另外一隻大象，全台灣最知名的老兵——林旺爺爺。每年幫林旺爺爺慶生的小朋友可能不知道，林旺年輕的時候可是一隻溫馴堅忍的好兵，國民黨軍隊在中印邊界的山區，發現一群日本兵留下來的象，林旺就在其中，牠們用自己的腳從中南半島走回四川，沿途沒飯吃了，就賣藝賺糧草養活自己，除了拖著自己沉重的身軀走過半個中國大陸，牠們還要載運各種貨物和武器，直到搭船登陸台灣，牠才退役住進動物園，與年輕的外籍配偶馬蘭配對，過牠的退除役官兵生活。

一九六九年，林旺五十歲，長了大腸瘤，當時的醫藥技術無法為龐大的象體做全身麻醉，獸醫和工作人員將牠五花大綁，在人象都極端艱辛的無麻醉狀況下，切除了腫瘤。從此林旺性情大變，看到誰都暴怒，其中牠最最討厭的，就是飼育員和獸醫，那些讓牠極度痛苦的人之所以那樣做，是為了救牠的命，但縱使象的智商再高，也不可能理解這麼複雜的道理。

保住性命卻從此性格狂暴的林旺，晚年過得並不安穩。一九八六年那次動物園大搬家時，幾十個人花了一整天才把牠騙進籠裡，到了木柵新家的時候，牠老人家又將一座電話亭誤認為馬蘭而摔了一跤，養了好久的傷。木柵的新家是一個「哈根貝克」式的動物園，跟圓山不同，新式動物園用壕溝取代鐵籠，讓景觀更接近自然環境，觀賞視野也更好。木柵新家雖然空間寬闊、空氣清新，但林旺心情卻沒有變好，牠關節炎痛得厲害，老是在發怒，不是傷到自己，就是傷到馬蘭，還曾經把馬蘭踢下壕溝，但是，當馬蘭在二〇〇〇年先牠而去的時候，失去老伴的牠，從此卻更消沉了。林旺活到八十六歲過世，是當今文獻記載壽命最長的一隻大象，牠的一生多災多難，命卻比誰都硬，牠見證了戰爭，承受了戰爭的後果，卻從來不曾明白真正的原因。

這不是一個控訴人類殘害動物的寓言，畢竟在所有的戰爭之中，絕大多數的受害者，還是人類，林旺的故事只是一個較為引人入勝的版本，因為說也奇怪，一個住在萬華的人類老兵，得了大腸癌又無麻醉開刀之後經常痛揍年輕外籍配偶的故事，根本沒有人會在意。

還是回到《地下社會》吧。那個在二次大戰被德軍飛機炸毀的塞爾維亞動物園，是一個以鐵籠為建築主體的老派動物園，砲彈炸毀了動物的家，卻也同時解除了他們的牢籠，欄杆被炸開之後，有一個畫面是這樣的：一隻受傷的老虎，旁邊趴著一隻不但正在流血而且非常衰的白鵝，受傷的老虎變得愈發兇惡地對白鵝吼叫著，白鵝不斷用牠那毫無殺傷力的鵝嘴狠啄老虎，然後老虎大嘴一張，就把白鵝給吃了。

庫斯托力卡果真不是一般的導演，他只花了五秒就講完這個物種世界最原始的本質、我們經常忽略的事實，那就是這個世界不是二分為「人類」和「動物」兩個物種的，同時受難的老虎和白鵝同樣身為動物，但並不會因此互相扶持，當炸彈毀滅了動物園的圍牆和柵欄，那些人為的、文明的秩序也被摧毀，弱肉強食的法則在戰爭中只會更加赤裸地被實現，殘酷只是常態，而每一種動物，都會肚子餓。

有人說，人類是唯一會自相殘殺的物種，在我看來，這個說法也很傲慢，誰沒見過狗咬狗呢？母螳螂不是咬掉了公螳螂的頭嗎？螃蟹還會吃掉自己的腿呢！在生存空間極度壓縮的時候，生存是本能，做法卻有千百萬種。

有幸活在無戰事的平安福地，我們也可以不用想得這麼激烈，就像《Life of Pi》的中年Pi對著那個從未經歷過苦海漂流、從未與飢餓猛獸面面相覷，只是非常、非常好奇的作家所說的：

「重要的是，你想要相信哪一個版本？」

——原載二〇一三年五月十八日《博客來OKAPI》

（http://okapi.books.com.tw/index.php/p3/p3_detail/sn/2110）

本文收錄於二〇一四年六月出版《大動物園》（讀癮）

八十自述

林文月

台灣彰化北斗人，誕生於上海日本租界，啟蒙教育為日文，至小學六年級返歸台灣，始接受中文教育。自大學時期即從事中、日文學翻譯工作。曾任日本京都大學人文科學研究所研修員、美國西雅圖華盛頓大學、史丹佛大學、加州柏克萊大學、捷克查理斯大學客座教授。一九五九年至一九九三年在台灣大學中文系任教，退休後獲聘為台大中文系名譽教授。曾獲中國時報文學獎（散文類）、連獲國家文藝獎散文獎及翻譯獎兩種獎項、行政院文化獎。

重要作品有《謝靈運及其詩》、《澄輝集》、《山水與古典》，《京都一年》、《讀中文系的人》、《遙遠》、《交談》、《青山青史》等，並曾譯註日本古典鉅著《源氏物語》、《枕草子》等六種。

一九八六年我曾寫過一篇短文〈我的三種文筆〉，回憶自己原本喜愛繪畫，而後卻選擇了握筆為文的生活。其後，又寫過另一文〈我的讀書生活〉，自稱：「以教書為職業，寫作及翻譯為嗜好的人」，類似的話語也多次在各種場合提到過，有時是自動道出，有時則是受訪時被動道出。到了現在，我的習慣和生活方式大概不可能會改變了，所以想藉此機會談一談，這樣的生活方式裡我自己覺得比較值得紀念的一些事情。

我是一九三三年出生於上海市日本租界的台灣人。父親的籍貫是彰化縣北斗鎮，母親是台南市人。但因為中日甲午戰爭清廷敗績，一紙馬關條約改變了台灣全民的身分成為日本籍。父親在日本人設立於上海的東亞同文書院畢業後，便於三井物產株式會社工作，我們雖然是台灣人，卻隸屬日本公民。其實，當時所有的台灣人都是處於同樣情況，但是居住在台灣的人，左鄰右舍大概都是台灣人，而我們的鄰居多為日本人。生活在日租界，連上海本地人都不怎麼見得到（除非勞動階層，或做買賣的小民）。我們家的孩子到入學年齡，很自然的被編入日本小學讀書。當時上海日租界裡為日人子弟所設置的小學共有九所之多（第九國民學校係專收韓裔日人子弟）。我所讀的第八國民學校，全校只有我和我的妹妹是台灣籍，其餘皆是純粹的日本人。

我在這樣的環境出生成長，日常使用的語言是日本語，和家裡的本地女傭講的則是上海話，我們甚至也不怎麼會說台語；父母不想我們知道的事情，往往會選擇台灣話對談，我們也就走開了。至於學校教的文字，是從日文的「假名」開始，先背五十一字的「片假名」、「平假名」；不過，日本人也使用漢字，所以在學習的過程中，我也學到一些中國文字，只是讀出來的是日本式的發音。我在上海日租界讀小學到五年級的那一年（一九四六）太平洋戰爭結束，日本打敗投降了。台灣回歸中國，於是台灣人重新成為中國人民。這件事對全體台灣人民而言，是極大的變化，也需要不同尋常的適應能力；至於我們生活在上海日租界的台灣人，則旦夕之間由戰敗國民變為戰勝國民，更是處在頗為尷尬的地位。左鄰右舍的日本居民倉皇搬回日本，平時受日本人欺壓的上海市民，遂趁機掠奪他們遺留的財物。而我們處身其間，聞所未聞的呼嘯，見所未見過的亂象，亂民指著我們叫喚：「東洋鬼仔的走狗！」。居住於日本租界的台灣人，雖然名義上已改隸為中國國籍了；但我們的立場並不安穩，父親決定攜家返回台灣，我們只能離開上海了。

回台灣的時間，對於我個人而言並不太適宜；當時台灣剛剛光復，學制方面仍沿用著日本式的春季升學制度；我在上海讀到五年級，平白失去了五年級的下學期，直升六年級。當時台北市的許多學校都辦完畢業典禮，而沒有六年級班；我每天得從東門的家步行到萬華的老松國小讀書，因為那是我們住家最近的仍設有六年級的小學。我總算是回到了左鄰右舍和我一樣都是台灣人的家鄉了。但我不太懂台灣話，政府為了推行國語，禁止在學校使用日語。老師用台語講解國語，同學們用台語交談；他們講的日語帶著濃濃的閩南語腔調，令我難於聽辨。我在我的「家鄉」感覺到好似「異鄉人」一般的寂寞與無助。我們確實是處於非常困難的學習境況之中。五年級之前讀日文，從六年級才開始重新學習改讀中文。但這樣的背景，卻使我們日後自然地具備了中、日兩種的語文能力。直到今天，如果遇著早期的同學，習慣上我們常常會說一些日語，書信也往往會使用日文。我自己的台語進步了一些，所幸日語倒是並沒有退步。

無論是讀日本書時代，或讀中國書之後，我的興趣都是在文科，我特別喜愛作文。在上海讀小學時，我的作文常常和日本同學的佳作，被張貼在校門口的大看板上，覺得十分光榮。回台灣讀中學時，也往往被選派出去參加校際的比賽而得獎；或許是年少時期受這些鼓勵的關係，便也對文學產生了喜愛。考大學時，我錄取了藝術系和中文系，後來選讀了中文系，以至於今日。

年輕的我並不清楚讀中文系是怎麼一回事，以為必然會多讀中國古今書籍；而且會接受密集的寫作訓練。然後，事實並非如此。當時的局勢與今日大異，整個社會籠罩著詭譎而緊張的氣氛，而在思想和文字上的忌諱則甚多。大學中文系所開的文學課程，百分之百都是古典的，沒有開設現代文學的課程。原來，在大學裡，文學是研究的對象；大學不是訓練寫作的地方。進入中文系後，我們只在一年級的「國文」課班上，一學期寫過四篇作文；「歷代文選」課也只寫過若干歷史、文化等等多方面，探究文學的環境。從在台大中文系到中文研究所的七年讀書經驗中，我習得如何探討、思考、分析文學的課題，以及如何將其結果整理出來，書寫成為條理分明、言之有物的學術論文。

當然讀大學本部，也需要提出「學士論文」才能畢業的。我們在大三就得找好論文的題目，和指導教授。中文系課程的內容大約包含文學、文字學、聲韻學、訓詁學等四部分，學生便在自己的興趣範圍內，去請某一位教授擔任論文的指導教授。題目由學生自己選定，或由老師與學生商定，而在大三的暑假過後，畢業班的學生就得一面上課，一面各自寫作畢業論文了。鄭騫先生出版過一本論文集《從詩到曲》。他的學問就如同此書名，在台大中文系任教多年，他所開的課程，涵蓋了從詩、到詞、到曲，包括選集的課，和專家的課。他在大學部講授文學課程，無論是必修課或選修課，我全部上過課，而且認真做筆記。我請求鄭先生做論文指導教授，他欣然答應了。至於論文題目《曹氏父子及其詩》，是老師替我選擇的。他說：「這三人的詩篇，我比較沒機會在課堂上講，可以讓你多做發揮。」

論文怎麼構思？論文怎麼撰寫？我們在大四之前的日子裡，雖然也寫「讀書報告」類的文章，有些課程，並且取報告以代替大考。但畢業論文的寫作，究竟更為鄭重其事，也花費較多的時間和精神。我先細讀三家的詩和其他文體，參照三人的傳記及相關的史料。把心得逐一記下，摘錄於卡片上，再分門別類，條列於文字裡。那個時代的資訊搜尋，或許是今日大學生無法想像的。不說電腦、手機了，就是影印機都還沒有出現。老師要發給學生書本以外的補充資料講義，就得自己在蠟紙上書寫，再用手工一張一張的印出來，有多少學生就在那張板子上來回的油印。至於我們想查資料也沒有快速方便的方法，須得自己到圖書館翻書查尋，備用紙張，一字一字抄寫出來。至於論文的撰寫，也是在稿紙上用鋼筆寫出（當時原子筆尚未發明）。論文一份，呈指導教授存放學校，如果想要自己保留，就得另外再抄一份。我的《曹氏父子及其詩》，正本呈校存放的是自己寫的；至於保留的副本，是正本寫完後自己抄寫三分之一，其餘部分由妹妹和男朋友各抄寫三分之一，三份合訂為一本。論文之提出有時間限制，否則無法畢業。雖然三人的筆跡各異，卻是別無他法。那是我想出的唯一快速的辦法。送呈學校的論文正本，據說由於庫存空間有限，每隔若干年便集中銷毀一次，大概已不存在；三人合抄的副本，我一直保留著，二〇〇一年學校為我舉辦手稿系列展，我把那本學士論文也提出，展覽之後，與其他文稿一起捐出，如今是存放在台大總圖書館的典藏室內了。

在我讀書的時代，文學院內的中文系和外文系，風格並不十分相同。中文系的師長以學術性論文的撰寫為重；外文系則對於文學創作多所鼓勵。舉一個實際事例：約在我讀研究所時期，

《文學雜誌》創立，當時創辦人夏濟安先生和葉慶炳先生，是外文系及中文系的年輕學者，所以得到兩系師長撰文支持，如台靜農先生、鄭因百先生、黎烈文先生、勞幹先生，都曾撰文支持。當時我已升入研究所，和同班同學王貴苓，與葉先生共用中文系第四研究室。他常常鼓勵我們投稿，我們二人便試著抽出「畢業論文」的一部分，重組改寫成為獨立的文章，發表於《文學雜誌》。夏先生課餘，於文學創作多所提倡，外文系學生間一時出現了許多文壇新秀，如王文興、白先勇、陳若曦、葉維廉、杜國清……在小說、新詩、翻譯、各方面都有具體而傑出的表現；同時，他們又在很年輕的時候創辦了《現代文學》。在《文學雜誌》停刊以後，成為台灣文學作品及論著賴以繼續發表的重要園地。《現代文學》與《文學雜誌》雖然都由台大外文系的師生所主辦，相對於其他的文學刊物而言，是兼收古今主題，而且是創作與論文並呈的較嚴肅而學術氣氛稍重的出版物。其後的《中外文學》與《純文學》在性質上也有相當類似之處。幸運的是，這些雜誌的陸續誕生，正好是在我讀研究所到初為教員時期，正處於對學術論著有濃厚興趣之際，遂於校內的院、系學術刊物之外，它們便成為我發表文章的主要對象。從《文學雜誌》到《現代文學》、到《中外文學》、到《純文學》，我在這四種雜誌都刊載過論文。

身為職業婦女，中年是最忙碌的時期。結婚和養育兒女、家事與工作成為生活中不容不兼顧，而又不容易兼顧的雙面；至於身為教員，在學術領域裡，則又有升等競爭壓力存在。從讀研究所，直到退休之前，我在文學院右翼二樓中文系辦公室的第四研究室有一席之地。許多年來，我只有白天在那裡備課、休息或會見學生；甚少於夜間留守在第四研究室閱讀書寫。事實上，類似的現象也發生在其他女同事身上。晚間那一排研究室若有燈光亮著，必然是男同事在辦公室內閱讀或書寫。閱讀、研究或書寫，可以在家中做；但是家務、照顧兒女，卻是無法在研究室裡做的。沒有人規定如此，但身為母親的教師，大概都會如此的吧。我自己對於家庭和事業，便是在如此心態下度過來的；一直到一九六九年的春季，中文系接到國科會來函通知，希望推薦一名教員赴日研究一年。條件為：（1）四十歲以下；（2）副教授以上；（3）通曉日語文者。系主任屈翼鵬先生要我考慮。他說：「仔細看了教員錄，系裡只有你一人合乎這個條件；如果你不去，斷了這個管道，很可惜！」事情太突然，沒有多少時間讓我猶豫，我幾乎是為「大局設想」而簽下了合約。那年我三十六歲、副教授、有一兒一女，各為八歲及五歲。

一九六九年秋季，我赴京都，在左京區北白川通租下一間面臨銀閣寺疏水的日式木屋二樓的房間，開始了生平第一次的異鄉獨居生活。我擬定的論文題目是〈唐代文化對日本平安文壇的影響〉。從住處到京都大學人文科學研究所（簡稱「人文」），步行約只需十餘分鐘。「人文」是著名的漢學研究中心，以藏書豐富及各國漢學界人物來往頻仍著稱。那座古老樸實的西式二層樓建築物，樓下是學者們的研究室和會議討論室，二樓為書庫及閱覽室。除了周末，我每天到「人文」的二樓，去查閱與論文相關的書籍資料，並且順便流覽當時在台灣無法接觸到的一些「禁書」。離家的思念與寂寞逐漸有了寄託，時間也就好過多了。此外，在我赴日之前，《純文學》出版社的社長林海音女士曾經囑咐我，每月為雜誌寫一篇文章，內容與形式不拘。我在京都的生活與在台灣時沒什麼大改變，大致仍與書籍為伍，只是不必教書，而單身獨居的日子也清閒多了；何況周末「人文」的圖書館休館，我便將自己在京都的見聞用文字記錄下來。

在京都居住近一年的時間，除了原定為國科會的合約而撰寫的論文之外，我每月又給《純文學》寄一篇散文。當時沒有電腦，也沒有傳真機；我用台灣帶去的稿紙寫成三、數千字的文稿，於每月的月中航空郵寄出版社，始終未拖期過。自進入中文系之後，久已不寫散文了。時隔十餘載，重提筆寫起創作的文章來，初時竟有些生疏的感覺。或許是受到論文書寫的習慣使然，凡事講究依據憑證。平日整天在圖書館裡，查書追究，十分方便，於是無論寫山水景物、風俗節慶、或人物故實等等，都引經據典，並且將文字出處標明，附錄於文後。在京都一年，除了完成論文〈唐代文化對日本平安文壇的影響〉之外，這些遊覽觀察的散文共得十篇，加上回台灣後補寫的幾篇，一九七一年由純文學出版社結集出版了《京都一年》。這本書成為我的第一本散文集，散文創作自然也就成為我日後論文之外提筆撰文的另一個空間。對我個人而言，由於答應了林海音女士，每月寫一篇文章，那一年時間，每迎周末，便認真出遊，尋找題材，詳細觀察記述，無意間，使我對於這個曾經是日本中世紀以來政治和文化的古都，有了從實際生活面進一步去實際接觸。這本遊記出版的年代，台灣人民的出遊機會尚未普及，此書對於初臨其地的人倒是有一些實際的助益。

《京都一年》的出版，在我的生命中，也形成相當大的變化。由於當初鄭重選題，認真寫作，不僅讓我更深刻的把握到京都的文化裡層，而且又成為日後於教學研究之外，從事散文書寫的習慣。使我重新提起久違了的文學創作之筆。《京都一年》雖是遊記散文，寫作的方法猶是深受論文影響。《讀中文系的人》在一九七八年刊印，內容分三部分：（1）散文創作；（2）文學論著；（3）比較文學論文。在性質上，仍屬於從學術論文過渡到文藝創作的領域。

我回首自省，真正把創作類文章和學術類論文區別開來，大概是到了寫作《遙遠》

（一九八一）所收各篇文章的時期。雖然生活仍不脫教書、研究和出國訪問等等學術活動的範圍，但在寫作的技巧上，我已經有意識的區別論文與創作兩個領域的筆法。換言之，論文書寫講究理性，凡事必有所根據，不尚華文麗辭；但文學創作則不避藝術經營。我一方面把這個感悟在不同文章裡表現出來，同時也寫成一篇〈散文的經營〉，於一九八六年出版《午後書房》時，做為序文刊出。

在學院的環境裡生活，教書和研究，是最重要的目標與責任，但是由於養成使用散文創作的筆，以抒發某時某地感懷的習慣，無意之間生活忙碌，卻豐饒了起來。同時，這樣子的生活，也讓我反而體會到研究與寫作的相輔相成之樂。舉一例言之：約在一九八七年代末期，有一位美國西雅圖華盛頓大學的博士班學生來台大旁聽我六朝文學的課，她正要寫有關潘岳、陸機的畢業論文，故而課後又時時來我家書房，討論和她的論文相關的問題。我自己也就藉此機會構想〈陸機的擬古詩〉題目；並且在這位學生返歸美國後完成了論文。以前，王瑤《擬古與作偽》，及姜亮夫《晉陸平原先生機年譜》二書，都認為陸機〈擬古詩〉是作者年少學詩之習作（詳見《中古文學論叢》p.123-p.158所收〈陸機的擬古詩〉）。我把陸機（擬古詩）現存之作，與東漢的「古詩」逐一比對研究後，發現王、姜二氏之說，未必屬實，所以提出反駁。文中有兩個要點：（1）陸機〈擬古〉之作，未必在二十九歲入洛以前；（2）「擬古」非為摹擬古詩之習作，而是選擇古詩之上品，以為與古人挑戰、並超越自我之目的所寫。陸機以後，六朝詩人如陶淵明、謝靈運、鮑照、江淹等名家，也多有「擬」、「代」諸篇，取前人之內容或語氣，以為寄託寫意，或綜論批判，出於單純習作之目的者甚少，反而往往是各家的寫作技巧成熟之後，嘗試與前人一較長短的傾向更為濃厚。

詩的「擬古」例子很多，然而文章的「擬古」則少見。是否能取「古人」的散文作品，擬之以為今之散文作品呢？處於今日的我們，比西晉的太康時代晚了一千六百多年，可以摹擬取法的「古人」和「古文」更多；何況，今日我們所能取法的「古文」，又何止於中國之古文？可以摹擬、遊戲、競爭的對象，未嘗不可包括所認識的外國語文作品（以我個人而言，包括英文與日文）。從一九八七年到一九九三年，我斷續寫成了十四篇「擬古」構思系列的散文，包含摹擬中文、日文及英文的文章。在這五、六年的期間裡，我另有普通的（非擬古的）散文作品，只有在內容或形式適合擬古的情況下，我才寫白話的「擬古」散文，共得十四篇。鍾嶸《詩品》古詩條下寫著：「其體源出於國風，陸機所擬十四首。」是我賴以結集出版的依據。在編印之際，我故意把所擬的文章附錄文後，以供讀者參考。那十四篇所摹擬的，有的是原作的內容風貌、有的是取其形式技巧；那也是我研究陸機〈擬古詩〉所得到的結論：擬古，其實是憑藉古詩文以抒發自己心意的創作態度，是一種嚴肅的遊戲。對我而言，則更是將研究與創作組合起來的一種嘗試。我把那十四篇或摹擬形式、或摹擬內含的散文，每篇之後繫以所擬之對象，都為一集出版，書名就稱為《擬古》。這些文章的寫作從一九七八年到一九九一年，斷續寫出。只有在各方面條件適合、自自然然的情況下方始為之。《擬古》，主要是以寫作動機（或技巧）為考慮而成集的一本書。其後以內容為主軸的另有《飲食札記》（一九九九）、《人物速寫》（二〇〇四）及《寫我的書》（二〇〇六）等等。散文的書寫，是我個人在教學、研究的空檔中進行的行為。把握筆的時間，有時投入在抒發感情思想的另一範疇，頗能夠令我自得其樂。

其實，一九六九年到一九七〇年在京都的生活，給了我很大的影響和經驗。我當時所擬的論文題目，為著符合國科會的條件，定為〈唐代文化對平安文壇的影響〉。原因固然與我的語文能力及研究根柢有關聯，然後討論的方式和方向，卻從此一步跟入了比較文學的領域。在京大人文科學研究所的圖書館，我閱讀了許多日本平安時代的古典文學作品，也參考了一些日本學者的論著。隔離了三十餘年的時間，年少時代習得的日本語文，竟會自自然然回到腦海裡。那是我自己也料想不到的。日本的文化原本低落，七世紀時，聖德太子崇信佛教，派遣「遣隋使團」赴中國朝貢、兼學佛取經，後因有見於中國文化的高深，而另派遣專事學習中國文化的「遣隋留學生」，其目的在吸收中國的文化，包括文學、藝術、音樂、醫學等等，廣及生活全面，而提升了他們的文化。歷史上稱此現象為「大化革新」。隋朝雖只有短暫的三十多年（五八一——六一八），但中古時期日本向中國學取文化的行為，卻一直經唐代而未停止。「遣隋使團」遂改稱「遣唐使團」。中古時期由於這個漢化的事實，提升了日本的文化水準。以文學而言，平安時代女性作者紫式部所寫的《源氏物語》一書，是平安文學中最重要的作品，也是日本文學史上最重要的作品之一（如今透過翻譯，也成為世界文學史上最重要的作品之一）。而且書中往往可見深受中國文學與文化的影響。我知道這些外圍的事情，但《源氏物語》其書本身，卻一直沒有機會完整的讀過。所以利用客居京都的一年，躺在寄宿的日式屋內，讀完了谷崎潤一郎的日本現代語譯本。

一九七二年日本在京都舉行國際筆會。我應邀參加，提出日文書成的論文〈桐壺と長恨歌〉。《源氏物語》雖以日文書成，但明顯地可以看到在內容或文字方面深受中國文學的影響。

當時的貴族和文人，尤其喜愛白居易的詩，其中，以寫唐玄宗與楊貴妃的生死愛情詩〈長恨歌〉，尤其特受歡迎。此紫式部在《源氏物語》的首帖〈桐壺〉，將白居易筆下唐玄宗與楊貴妃的故事移植入文中。開完會回台灣後，我把那篇論文自譯成中文，在創刊未久的《中外文學》發表；同時為讀者閱讀之便，將〈桐壺〉近萬字的原文也譯為中文，附錄於論文之後。未料，文章刊出後，論文的反應如何，並不詳細，但是那篇附錄的譯文卻大受讀者歡迎。那時台灣還沒有《源氏物語》的中文譯本，大概是讀者們被那種異國情調之中，又帶著熟悉感覺的特殊氛圍所吸引的吧。為此，中外文學出版社的社長、外文系主任胡耀恆教授特別到我的研究室，轉告讀者們熱烈投書，要求我把《源氏物語》全書繼續譯下去。但這篇〈桐壺〉只是一個開始，其後還有五十三帖長長的「尾巴」，全書百餘萬言呢！在胡主任一再勸說下，我無法拒絕，只能以「試試看」、「隨時可能中斷」為前提，暫時答應了。〈源氏物語與桐壺〉是刊登於《中外文學》第一卷第十一期（一九七三年四月）。換言之，其譯文始見於一九七三年。在教書、研究、持家之餘，如何在當時已經夠忙碌的生活中，再加上這大部頭鉅著的譯事？我其實並沒有太大的信心。不過，既然答應了，便只得用心做去。我譯第一帖〈桐壺〉的時候，暫時依據的底本，是台大總圖書館內，日據時代遺留下來的平凡社一九四〇年版吉澤義則譯注本《源氏物語》。其後，我自己購買了小學館一九七〇年版「日本古典文學全集」中的《源氏物語》。那是由當世「源學權威」阿倍秋生、秋山虔及今井源衛三位學者共同負責編著。原文居中、上有注、下有現代日語譯，為最詳實可信的版本。其實，以小學館本為中心，我又另外準備了與謝野晶子（角川文庫一九七二年）、谷崎潤一郎（中央公論社 一九六九）、円地文子（新潮社 一九七二年）等三種不同的版本；除了日文的版本外，我又備有兩種英文譯本的*The Tale of Genji*，其一為英國Arther Waley所譯（London George Allen & Unwin LTD. Press 1925），另一為美國Edward G. Sdidensticker所譯（Alfred A. Knoph，INC New York 1976）。每譯一句話，我都同時參考這些不同人、不同語言、不同譯文，從各個角度去探討、對照原文的意思，盡量在內容和表現方式上都去貼近原文。讀大學和研究所時代，我曾經為東方出版社翻譯過一些少年讀物，但那些文字都是日本現代語文，雖然也有一些困難，但心理的壓力不大。《源氏物語》則是千年以前的古典鉅作，語文、文化背景都有別於今日。現在的日本人，除了少數「國學專家」之外，多數人都沒有真正去閱讀，就是由於古今文化、語言有差別，讀起來非常困難之故。

答應胡教授之後，除了教書和家務以外，生活的重點便是做這個工作。我的書桌，基本上是由譯事的組合構成：以稿紙為中心，遠近攤放著各種版本的《源氏物語》。這個組合是不能改換的，因為只要稍稍有空，我便坐下來面對這樣的書桌，能寫幾個字就寫幾個字，能寫幾行就寫幾行，像一個攀登高山的人，我不敢向上望，只能看眼前當時的情況，一步一步用心爬。所幸，那時我正當四十歲上下的壯年，無甚病痛，家人也十分支持。遇著假期就多做些；遇著雜誌安排專輯，則可以休刊一期譯文，多儲備些文字，減輕壓力。如此，春夏秋冬更替，從一九七三年四月，到一九七八年十二月，全書譯完。五年半內，沒有脫過一期稿。在《中外文學》連載期間，累積到一定分量就印成單行本，共得五冊。每出版一冊之際，我都書寫與平安時代文化相關的導讀性文字，以助益中文譯本之讀者。我的母語雖然是日本語文，但只學到小學五年級就中斷，翻譯《源氏物語》，對我而言，是相當勉強的，但自忖努力並且堅持，邊學邊做而完成。那時候，大陸與台灣尚未有往來，音訊隔絕，我是在譯本已經全部出版後始得悉，豐子愷先生早在六十年代初期已默默從事此書的中譯，但在「文革」那樣的環境中，寫平安貴族優遊生活的小說，大概不可能出版上市的吧。因為「消息不靈」，才促成我敢於提筆；不過，如果有前輩的業績在身旁，可供隨時參考翻閱，大概不會不去依賴的吧。於今思之，反倒是慶幸矇昧摸索前行，至少建立了屬於我自己的譯風。

去年冬天，我受邀訪問北京大學時，在演講之後，聽眾中有人說：「讀了兩種中譯本，覺得比較習慣豐譯。」其實，得到豐先生的譯本（北京人民出版社，二〇〇八）後，我也比較過二書。豐先生的譯文採取「話說從前」等等，中國傳統小說的習慣語氣。至於，在原著散文的敘述內，時時交織而出現的七百九十五首日本古典詩「和歌」，豐先生則以中國的古詩「五言絕句」或半首「七言絕句」的形式翻譯出來。這兩點都與我的譯法不同。我認為文學的翻譯和一般文學（例如說明書）的翻譯應該不同。一般實用文字翻譯的目的，是在幫助不懂原文的人了解其內容，所以越清楚越好，但文學的翻譯，不僅要告訴讀者文字的內容，而且要盡量貼近作者的語氣筆法，避免過多譯者自己的語氣筆法才好。換句話說，譯者所要負責的，不只是原著作者：「說什麼？」，而且：「怎麼說？」。譯者的位置，應該是在原著作者，和譯文讀者之間。他工作的目的，是替不能閱讀原著的讀者，把文字轉換成為可以讓他們閱讀的另一種文字而已；譯者不應該把作者的「話」，按自己的方式「說」出來。文學作品翻譯之目的，是在介紹不同國家的不同文學藝術，甲、乙、丙、丁，各有所不同，不應該把不同國的文字都變成自己所熟悉的面貌。讓日本平安時代的紫式部依她的方式說《源氏物語》；別讓她變成中國清朝的曹雪芹說《紅樓夢》

那樣子。我認為譯者應該要達成這樣的目的，所以他在讀懂那原著的內容之外，還需要具備敏銳的感受力，體會作者文章的特色。正如同一個演奏者，不能把蕭邦彈成貝多芬，或者把柴可夫斯基演奏成莫札特。我認為在翻譯的領域內，太強調譯者的「自我」，而把作者的「風格」蓋住，是不適宜的。句型較長，是日文的特色，而華麗委婉纏綿的是《源氏物語》的特色。我覺得不管是翻譯成哪一國的文字，都要保存這樣的味道才對。

《源氏物語》出版後，我得到台大校長推薦，出國訪問三個月，在許多地方、許多場合中，我往往被誤認為日文系的學者；一個教中國文學系的教員，翻譯日本的古典文學，似乎是有些不可思議的。因此，每次我都得從自己的出生談起，以解釋在中文系教書而翻譯了《源氏物語》的道理；其實，在台灣也發生過類似的事情。我的信件常常會寄到外文系去（當時台大日文系尚未獨立設置，而附屬於外文系裡）。是不是由一個中文系的人翻譯舉世公認為深奧困難的《源氏物語》，真的是奇怪的事情嗎？同樣的問題聽多了之後，連自己都覺得奇怪，懷疑起來。我想到，或許我再翻譯另一本同樣是古典，同樣深奧困難的，而且更重要的是還沒有譯為中文的書，就可以做為無言的說明，也可以證明給自己看了。清少納言的《枕草子》，是與紫式部的《源氏物語》合稱為「雙璧」的重要平安文學作品。而在日本中古的文學史上，這兩位曾仕皇族後宮的女性，處於同一個時代，彼此之間意識到對方的才識，但又互相視為「畏敵」。於是，我決定取《枕草子》為下一個譯注的對象。在那次訪問旅行途中，經過英、美國和日本，我開始收集與這本書相關的日文和英文的各種新舊版本，以及參考書。

《枕草子》和《源氏物語》，屬於日本平安時期的重要女性著述，但作者其人，和寫作風格則迥異。同樣是多才多識的女性，而且都在皇后身邊供職，清少納言的個性比較率性剛強，而《枕草子》的文筆，也比較簡勁、敏銳、犀利，有別於《源氏物語》的委婉華麗。準備再度投入另一部日本平安時期重要文學作品的我，流覽全書之際，意識到了這一點。所以警惕自己應該避免先前譯《源氏物語》時候的筆調才好。不過，這只是理論上，或理智上的考慮而已。高中時期，我讀過一個作者的文章；或者也可以說好像那些譯著就是傅雷自己的文章。因為每個人的文章，總是不知不覺的會帶有他個人的特性，要完全除去這種自己的特性是不太容易的。總之，先讀那原著，辨別出其滋味，而後努力依那種滋味轉變成為譯文就是。《枕草子》的筆調趣味係摹仿唐代李義山的「雜纂」，很少長篇大論，大部分都是直截了當的短文；與《源氏物語》纏綿委婉的語氣迥異，故只要按照原文逐譯下去，便自然會呈現出其文的風格來。《枕草子》也在《中外文學》雜誌連載。由於原著較《源氏物語》短許多，所以分二十二期，不到兩年，而全文與注解全部刊畢。一九八九年，依照《源氏物語》的出版方式，加上一些導讀性文字後，由台大中外文學月刊社印製成單行本。

譯注平安文學《源氏物語》與《枕草子》之後，這種利用課餘時間從事日本古典文學翻譯，似乎已成為我的一種習慣，而外界也往往會隔一段時間就問我：「下面要翻譯那一本書呢？」記得一九七二年在京都參加日本筆會舉辦的國際大會時，京都大學退休教授吉川幸次郎先生曾經對我說：「我們日本人研究漢學，也把中國的重要文學作品，自古到今，幾乎全部都翻譯成日文了。相對的，中國人卻對我們的文學作品不加以重視；尤其對日本古典文學，更是相當冷漠。這是不公平的啊！」吉川教授的話，是事實。台灣的翻譯界對日本的近、現代文學作品倒是有些表現；至於對古典文學的反應，確實是相當冷漠的。這個現象，可能一方面與讀者不多有關係。至於讀者不多的原因可能是古文的閱讀不容易，而且，日本古代的生活習慣、思想行為也與現今有別。然而，千年前的古文翻譯起來困難度極大，恐怕才是令人望而卻步的最大原因吧。我想，日本的文化、文學向來受中國的影響甚深，所以由讀中文系的人執譯筆做這個工作也不妨吧？遂給自己一個再接再厲的理由，繼續翻譯的工作。

一九九三年，我自台灣大學退休，有三本書出版：《擬古》（洪範書店）、《作品》（九歌出版社）及《和帛式部日記》（純文學出版社）。前二書是散文集，第三本為翻譯。《作品》是散文創作、《擬古》是研究與創作結合的文體；而《和泉式部日記》，是日本古典文學中，「日記體」文學的譯注，作者和泉式部，與紫式部、清少納言都是平安文壇的著名女性作者。此三人在文學史上合稱為平安「鼎足」。我用出版《擬古》、《作品》及《和泉式部日記》這三本書，告別了教書生涯。

退休以後，我在美國丹福大學（一九九三）、加州大學柏克萊分校（一九九三、一九九四）各教了一、二學期，才真正步下教壇。完全退休以後，我仍以讀書寫作做為生活的重心。論文的書寫較少了，不過，偶爾配合有些場合的研討會，寫一些自己所感興趣的文章。日本古典文學之翻譯，在《和泉式部日記》之後，又先後完成了二書：《伊勢物語》（洪範書局一九九七）及《十三夜》（洪範書局，二〇〇四）。《伊勢物語》是比《源氏物語》更早的文學作品，作者在原業平為平安時代男性貴族。紫式部在《源氏物語》內曾引用過《伊勢物語》之文。可見其書更在《源氏物語》之前。《十三夜》的作者樋口一葉，是一百多年前的女性作者，雖然她以肺病早逝，得年僅二十四，日本人稱為「現代紫式部」。二〇〇四年日本中央銀行以樋口一葉的肖像印製五千元新鈔票，以紀念其百歲冥誕，可見她的重要性。

從《和泉式部日記》之後，《伊勢物語》、《十三夜》三本譯書，除了文字的注解之外，我又自己繪製簡單的人物、建築、器物等等的插圖，以補助注解的文字所無法達成的說明效果。從事這些與譯文相關的插圖繪事，令我體會到年少時候塗塗抹抹的樂趣，同時似乎又從那種勾勒的動作之間，更深刻地認識到自己譯出的文字了。我想，這些插圖也必然會對讀者們產生助益。所以在出版單行本時，將其置入相關文字的空間範圍內。從一九七三年到二〇〇四年之間，我譯完了《源氏物語》、《枕草子》、《和泉式部日記》、《伊勢物語》等，四本千餘年前日本平安時代的著作，及一本百年前明治時代的《十三夜》短篇小說集。自覺得每次選擇翻譯的對象時，都不是輕易可以平身探得。而是要抬起腳跟；甚至於端出椅子踩在上面，很努力才取得的。我只是小學五年以前接受過日語文教育，後來由於喜愛文學，而讀了中文系，又由於種種因緣際會，而促成這樣的結果。以上這幾本譯書，都投入很長的時間，無形中，我和那些書，那些作者，都建立起了超越現實時空的認識與感情，因此每回譯完，都有一種只有我自己才感覺得到的依依之情。有時候，不寫出那種感覺，便彷彿無以休止。〈終點〉（收入《讀中文系的人》，一九九〇）是記述我譯完《源氏物語》那一夜的心境、〈你的心情〉（收入《作品》，一九九〇）是給《枕草子》作者清少納言的一封信、而〈H〉（收入《人物速寫》，二〇〇四）則是譯完樋口一葉的十篇短篇小說《十三夜》之後，不吐不快，又不適合在譯文或注解裡抒發的意見。這三篇文章，都是從翻譯而入，出而為散文的例子。其實，散文集《擬古》是由研究〈陸機的擬古詩〉而想起的試驗性創作。如果沒有寫過那篇論文，也許我就永遠不會寫那一系列的「擬古散文」吧。至於其中所收〈江灣路憶往〉，是我讀蕭紅的《呼蘭河傳》受感動，試著摹擬她那種用地理方向記述童年故事的筆法；把主角換成我，寫我在上海江灣路的童年。我曾寫過不止一篇有關童年的散文。一般說來，記述時都會以事情發生的先後次序安排為常態；用地理空間去記事，則比較少見。例如由東往西、由南向北；依空間位置的順序書寫所發生的事情，未必在時間上會具有連貫性，而往往會呈現跳躍性的。但另一方面，這樣的書寫法式，卻顯現出年少時我在江灣路所走經過、發生過事情的地圖。我用這樣的文筆記述從出生到十二歲告別上海所發生過的事情。無形中，那文字內的地理方位，就會特別清楚了。出版《擬古》單行本時，我依例把所摹擬的蕭紅《呼蘭河傳》節錄於〈江灣路憶往〉文後。事隔十年的一九九八年，中央大學有一位博士班學生許秦蓁，為了寫學位論文《戰後台北的上海記憶與上海經驗》（大安出版社，二〇〇五），拿著那篇〈江灣路憶往〉，一步步走過我的文章裡提及的江灣路各處所、各店舖（包括北四川路的「內山書店」）等等標的。指出我小學一年級時，曾躲避大雨的那爿日本商所經營「內山書店」，也是三十年代另一位台灣人士劉吶鷗經常出入購買書籍的地方。其後，得與秦蓁相識，而獲贈論文。閱讀時，令我心驚不已。我寫〈江灣路憶往〉時，兩岸間的來往尚未普遍，我文中所提，都是記憶中的一些故事、人物和場景。當初也沒有查證任何書籍或地圖。我的記憶力並不好，事過境遷，那些事情只是順著在稿紙上滑動的筆尖自自然然不斷湧現出來，而且是不克自制地湧現出來。我根本也沒有想到日後會有那麼認真的讀者拿著文章去「按圖索驥」。而且更令我意外的，是她的論文中所寫的，足跡和我先後重疊過的台南縣柳營人「劉燦波」（一九〇五——

一九四〇）的筆名是「劉吶鷗」（或者應該說「劉吶鷗」的本名是「劉燦波」）。在我懵懂的童年，曾經聽過父母親有時會用台語交談，提及「劉燦波」那位台灣同鄉朋友的名字。譬如那一天（一九四〇年六月二十八日），劉燦波在上海被刺殺的那個下午。我聽見提早下班回家的父親，對母親用台語匆匆而緊張神祕地說些什麼。我只記得其中提到「劉燦波」。其實，我那時並不知道「劉燦波」三字怎麼寫法；而且，是在讀到秦蓁的論文之後推想，才知悉劉吶鷗的原名是「劉燦波」。劉燦波是我父親的朋友。父親長於劉氏十餘歲，和他是居住上海日租界的同鄉朋友；他們二人並且還曾經共同投資過房地產。父親是商界人士，故以台語直呼其本名，從來不稱他的筆名。兄弟姊妹中，只有我在文學界，因此在延遲了許多年後，才明白「劉吶鷗」和父親的關係。可惜劉氏已不在了，父親也已經不在了。二〇一一年，中央大學加開「璀燦波光——劉吶鷗國際研討會議」，我應邀參與，做專題演講，講題為「我所不認識的劉吶鷗」。那篇論文除了解析劉吶鷗其人的文學藝術之外，也記錄了當時在上海日租界居住的台灣人處境；我是帶著感傷心情書成的。

我曾經寫過這樣的幾行字：

我用文字記下生活，
事過境遷，日子過去了；文字留下來，
文字不但記下我的生活，也豐富了我的生活。

在使用文字書寫論文、散文和翻譯之間，我享受到各種文體書寫的愉悅和滿足感；並且也體會到三種文體交互影響的美妙！

本文收錄於二〇一三年九月五日《林文月先生學術成就與薪傳國際學術研討會會議論文集》

（台灣大學中文系）

出生於濁水溪畔，參加過學運，當過報社編輯，目前於溪州鄉公所擔任秘書。

著有《蒙面叢林——探訪墨西哥查巴達民族解放軍》、《江湖在哪裡？——台灣農業觀察》、《危崖有花》等。

凱道上的人民開講：

關於「雪仔」的故事

吳音寧

雪仔的丈夫已逝，兒子出外，她獨自在村庄路角經營一間小柑仔店。雖然生意如同村庄人口年復一年零星，但顧店就是「走不開腳」，多年來她幾乎全天候被綁住。甚少踏足店門外，遑論參與公共事務，平常在店內和認識大半輩子的村庄婦人東家長西家短，店外哪敢像男人般對時事議論評斷？尤其「丈夫沒了，多少被人看輕。」她忍受而不無感慨的表示。

不過，去年五月某夜像道風，輕輕撩撥她謹守的怕事的習性。那時反中科搶水運動，戰局正緊繃。溪州鄉民因反對農業用水被取走而在水圳旁搭起守護的棚子，以肉身阻擋怪手進逼。五月下旬國際農民組織「農民之路」的韓國夥伴海淑（Haesook）與印尼夥伴亞庫（Yakab）在台灣農村陣線的朋友們陪同下來到棚內。亞庫手持擴音器表達聲援農民的立場，接著說起玻利維亞……印尼話透過翻譯變成中文必須再轉成台語才能成為訊息進入農民的腦海，關於玻利維亞，農民都不知道那是哪裡？不過接收到了，世界的某處，出了一位反對水權私有化而且打贏水仗的總統呢。棚內響起熱烈的掌聲，繼而眾人舉高右手握拳高呼「農民萬歲」、Viva Viva！

生命中第一次嘗試喊出的Viva Viva，呼喊得棚內的農民各個都笑開懷了！笑，讓人振奮。那是飽含淚水焦慮疲憊的護水抗爭中，短暫的甜美時光。就為了那無法預期的歡欣與鼓舞，再多的辛苦彷彿也都值得。入夜後，農民之路的夥伴移動到村庄廟口「開講」，海淑用英語簡報糧食主權的重要、化肥農藥的傷害、小農耕作的價值與意義……透過「漫長曲折」的翻譯，不知道農人們是否接收到什麼，不過看來都專心的耐性的聆聽，連在廟口旁開店的雪仔都去聽呢。

那夜過後，抗爭持續，水圳旁的棚內，白板上每天用簽字筆新寫上靜坐天數，又多一天又多一天又多一天……

有一天，雪仔在柑仔店門口跟我說起，五月那夜之後，她騎摩托車去衛生所看病，因為取藥時間還沒到，便到溪州街上逛逛。路過一小吃攤，見一桌大約四、五個人圍坐，正在談論水事。其中一個男人大聲而不屑的說到：「反什麼搶水？給人家抽一些是會死喔？」繼而貶抑起護水運動，說不外乎是政治盤算，說不定是利益「喬」不攏等等。

雪仔在旁聽了，據她自己描述，一時之間，也不知道怎麼了，「好像有一個力量叫我講，我平常時哪有可能這樣，我哪有可能和人講啥，整桌都是查埔人，我一個查某人……」

「親像乎人附身，還是吃到『好膽藥仔』？我就和伊講啊！我講我沒黨沒派，也沒參與，但是……田沒水甘有法度種？濁水溪的水若乎人抽抽去，也不可能有地下水……」

「我想起那晚，我有聽那些外國人在講，咱濁水溪的濁度是世界有名的……」（咦，有嗎？我怎麼不記得？），「連外國人都講話啊，我就和伊戰啊……」

「越講越順，還補一句：『你沒喝水，甘會放尿？』」

「是喔。」我聽得大笑了，雪仔也是笑得既嬌羞又自豪，既不敢置信卻又很高興當時自己那麼做了一般。

笑，給人力量。

然後，今年農民之路的成員已再次來到台灣，而且是八個國家（菲律賓、印尼、日本、韓國、東帝汶、馬來西亞、泰國、越南，另有柬埔寨因簽證問題臨時不能來）的農民代表，齊聚來台舉行「東亞與東南亞區域年會」，於是台灣農村陣線順勢籌劃二月三號立春時節，廣邀台灣農民及關心農業的人們一起到總統府前的凱道，和農民之路的夥伴們共同參與「糧食主權人民論壇」。

凱道上的「開講」能講出什麼？激盪出什麼？

如同農陣的發言人蔡培慧表示「這樣的形式，對我們，甚至對許多習慣走街頭的人，都有點陌生。坦白講，這真是初步的嘗試……」但是社會運動不就是要突破既定的慣行的模式，運動本身豈怕嘗試，該懼怕的反倒是因循拘泥守舊吧？

像是沒人預料得到農民之路到村庄開講會讓雪仔難得的開罵，誰能完全規劃凱道上的開講會造成什麼影響與作用？

不如您來感受與發現吧！

——原載二〇一三年二月一日《獨立評論@天下》

（http://opinion.cw.com.tw/blog/profile/74/article/108）

美麗世（負片）

吳明益

現任東華大學華文文學系教授。曾四度獲《中國時報》開卷年度十大好書、《亞洲週刊》年度十大中文小說、台北國際書展小說大獎，金石堂年度最有影響力的書、博客來華文創作年度之最，《聯合報》小說大獎等等。

著有散文集《浮光》、《迷蝶誌》、《蝶道》、《家離水邊那麼近》、短篇小說集《本日公休》、《虎爺》、《天橋上的魔術師》，長篇小說《睡眠的航線》、《複眼人》，論文「以書寫解放自然系列」三冊。另編有《台灣自然寫作選》，並與吳晟合編《溼地・石化・島嶼想像》。

偶爾會有學生在進我研究室時，問起那張照片的來歷。

我得把時間撥轉到跟他們相同年紀的時光，那時候我是那麼地著迷於偽裝孤獨與自由的漫步旅行，並且著迷於「看見」這件事。我會搭著平快車到遠方就只是坐在月台上數小時，只是看著不同人上下火車；或者從一個小站沿著鐵軌旁的小路走到另一個小站。又或者在城市、小鎮裡，專走迷宮般、不知道通往何處的小徑，試著盡可能完全避開大路，彷彿那裡有老虎。彼時陪伴我的就只是一台相機。

當時我的相簿裡頭有不少照片，裡頭的風景是我一直沒有機會再去的地方，比方說彌陀。即使台灣這麼小的一座島嶼，也存在著像彌陀這樣一個看起來在情感上渺小的、似乎不會被世界懷念的地方，小鎮的時鐘已經停了，也沒有人替它再上緊發條。

事實上我對彌陀的印象已經幾乎完全消逝了，只剩下那幾張照片。那是個天色明亮的午後，我閒晃走到一間正在搬演布袋戲的小廟前面（是什麼廟也忘了），戲的「外台」實在寒酸，就是一台發財車，側面放了一面布景，演出的師傅只有兩個人，武場則是以放錄音帶代替。布袋戲的布景上頭寫著「陳金龍木偶劇團」，並且有「彌陀」二字，顯示出它的在地身分。

小發財車前的觀眾只有三個小學生大小的孩子，兩男一女。小女生跟其中那個胖胖的小男孩完全沒在看布袋戲，他們對我和我手上的相機比較好奇，發現我以後就靠過來跟我說話，不再看戲了。唯一仍面對戲台的小男生則故意忽視我，背著手，站在路邊的花台上。我把相機借給胖男孩跟小女孩，他們把頭湊到觀景窗上，露出驚奇的表情，問我能不能給他們「按一下」。

必然聽到我們對話的小男孩，仍然背著手，偶爾把頭偏過來，用眼角餘光偷看我們。而當我把相機對準他時，他就故意轉過頭去，賭氣似地繼續忽略友伴和我的相機。我拍了小女孩和胖男孩和布袋戲車的照片，也拍了假裝看戲的小男孩的背影，並且給小女孩和胖男孩各按了一次快門：他們都選擇拍別過頭去的同伴。

我並不清楚這幾張照片對我的意義，也不曉得對它們的情感標識從何而來，直到有一次，幾位來我研究室談話的學生，看到那張照片，聊起她們是多麼喜歡布袋戲。只是此時電視上流行的，已是被稱為「霹靂布袋戲」的「大仙尪仔」，聲光效果遠超過「金光戲」時代了，而布袋戲的表演也多半脫離了野台，或許可以稱為電影化的布袋戲時代吧。我曾勉強看了幾集，始終沒有辦法進入那樣的世界裡。曾經是布袋戲迷的我，被「新的布袋戲」拒絕了。

也許拒絕進入的是我。我偶爾會試著回想，那天「陳金龍木偶劇團」，演的是什麼戲碼？是正本戲、古冊戲、還是劍俠戲？卻連一點點細節都想不起來。那已經變成一把被釣起來的鬼頭刀，偶爾還會生猛地跳個幾下，迷人的色彩卻已然褪去。

直到有一天，我突然對這麼多年來都沒有產生過好奇的「陳金龍木偶劇團」產生了好奇，於是使用了過往的學術訓練模式，開始蒐尋布袋戲的資料，看是否能找到「陳金龍木偶劇團」。終於讓我在一本《八十八年傳統藝術研討會論文集》裡，發現了一篇石光生教授寫的，題為〈高雄地區掌中戲團生態演變初探〉的文章。裡頭的附錄登載了，成立在一九五〇年，原名「金洲園」的陳金龍劇團。團長陳金龍還有一個弟弟叫陳金雄，他的劇團則稱為「如真園」。

石教授同時比對了一九六〇年的官方紀錄，發現當時高雄縣登錄的三十個掌中戲團，僅有七團仍持續演出，多數老戲團皆已歇業、改行、更名，或遷移了。因此在一九九〇年代還看到陳金龍布袋戲演出的我，很可能是這個劇團最後一代的野台觀眾。更讓我覺得興奮的是，陳金龍的師承是洪文選。洪文選對台灣多數的掌中戲迷來說就不陌生了，他是台灣掌中戲的一代宗師，「五洲文化園」的創始人。陳金龍在掌中戲最盛的時代組團，他還曾經演出過「內台戲」（即是舞台設在電影院、電視攝影棚裡的演出）。「五洲」曾經是撫慰了無數台灣底層觀眾的，那麼重要的戲團，但現在記得的人卻不多了。

據「如真園」的團主陳金雄表示，他自己早期都演古戲（即傳統的故事），樂團最多時曾達九人。古戲後來慢慢被戲偶會翻滾、故事緊湊的劍俠戲所取代，樂團也變成使用唱片來伴奏。到最後劍俠戲也開始不受歡迎了，師傅幾乎都改搬演「金光戲」，劇團只剩一些酬神野台的演出機會。

突然間，我明白了這張在那個無所事事時光按下快門的照片對我的意義。那一年還年輕的我和那三個孩子，看了一場洪文選最優秀的傳人之一的陳金龍師傅，幾近沉入暮色的掌中戲。儘管那戲的口白、技巧、故事，無一留存在記憶裡，但那張照片不只是一個畫面，而是一個伏筆，它為了多年後呼喚我在尋找陳金龍布袋戲團過程中，幸運尋回記憶失物的溫暖而存在，我為人生有這麼一段插曲，而且留下這麼一張線索，感到一種難以言喻的滿足。

我一直相信每一張照片都有它存在的目的，就像循著自然原則演化至今的每一種生命，無論是藍綠藻、露脊鯨或迎春花都有屬於自己的生態區位與尊嚴，只是我們一時看不出來，或毫不在乎而已。然而所有生命都有存在的意義，卻不是所有地層裡的煤炭都能成為鑽石，一張會被記得的照片得有除了物理上的存在以外，更深邃的什麼。

從腦科學家的眼光來看，攝影師在街道、森林裡注意新的事物、新的現象，也許跟人類生存的需求有隱性的關聯。人類做為一種沒有利爪、體能並不出色的動物，最強悍、靈活、充滿想像力的武器就是「大腦」。養過貓的人必定知道幼貓如何在童年時期鍛鍊牠們的狩獵武器——爪子，如何在空無一物的房間裡，彷彿在想像某個神祕敵人存在似地重複著撲抓、攫咬的動作。而人類的童年時光幾乎都花在鍛鍊大腦上。

人類活在一個無樹平原、開放林地，隨時可能遇到獵物或獵食者的環境裡，接受天擇、性擇各種情境的考驗。演化學者科思麥蒂絲（Leda Cosmides）[1]說為了對應這種競爭的環境，大腦得處理各種有意識無意識的心智活動，因此形成了各種處理「模組」：狩獵、採集食物糧食、追求配偶、與親屬合作、避開獵食者等等。其他生物的大腦當然也有類似的運作，只是在面對現代社會，人腦須形成的對應模組更加多元、也更離奇。人類社交時的合作、欺騙的關係是其他生物難以想像的複雜，生活內容也充滿變化。人腦約有一千億個神經元，每一個神經元平均約聯結另一千個神經元，因此人腦有一百兆個神經突觸聯結，這些輸入的資訊，統合而成我們的意識。我們大腦的神經元聯結的靈敏度與皮質層的活躍，得靠不斷刺激來面對各種新情境，並且產生對應

1 莉達・科思麥蒂絲（一九五七——）為美國「演化心理學」（evolutionary psychology）的先鋒學者。所謂演化心理學即是以演化論來探討人類感知、記憶、語言等等行為模式，因為演化心理學家認為人類多數的行為，都是為了解決演化過程中所面臨的問題而出現的。

這些情境的反應模組。

想像我們進入一個新城市，就好像我們的祖先踏入一座新的森林。充滿了各種指示路牌的街道，就彷彿殘留各種生物氣味、視覺訊息的林道。這種面對新環境的不安與興奮感，相信許多從事街頭攝影和生態攝影的人都曾經感受到。我們或許可以這麼想，對拿著相機的裸猿來說，森林是某一類攝影者的街頭，而街頭則是另一類攝影者的林道。

街頭攝影不只是拍人事物，也在拍環境。人活在淫濛細雨、太陽、風、霧、閃電、樹的影子的邊緣和黑夜之中；活在馬路標識、商店、盛著拿鐵的馬克杯和閃爍霓虹燈光線之間。有時候用相機進入充滿垃圾、髒亂老舊、猥瑣的建築裡頭，會發現彷彿情人在玻璃上呵氣留言的精緻氣息；走過路燈、空橋、修剪整齊的行道樹下，你會聞到墓石的質地。我常在城市中一走十個小時，甚至整個黑夜，有時候我會想，自己迷戀漫步的理由可能就是這種誘發大腦好奇心的毒癮，漫步成了我活著的見證與理由。

何況在漫步時我的腦中並非一片空白，它有時喚起童年抬便當聞到的氣味：那是班上五十個孩子便當混在一起的氣味，夏季的風正吹上我的前臂，一篇小說從意識底層如浮島般升起，腦中先後響起齊柏林飛船（Led Zeppelin）的〈天堂之梯〉（Stairway to Heaven）和蕭邦（Chopin）的〈夜曲〉（Nocturne），經過轉角時，青春時期的一個吻則和此刻目睹的一個吻疊影在一起。如果仔細回想，就知道一張在街頭獲得的照片不會只是按快門的一瞬，它是一段插敘不斷的敘事，是意識流、蒙太奇。記憶專家會告訴你，一張照片喚起的是「情節記憶」（episodic memory）[2]，這可能是人類獨有的，涉及自我覺知與複雜經驗的記憶形式。

我最早對「漫步」（Sauntering）這個字產生印象是梭羅（Henry David Thoreau）的文章，他提到自己一生中只遇過一兩個真正懂得「漫步藝術」的人。他並試著追索了Sauntering的語源學，提到最早是中世紀時一些鄉間的遊手好閒之人，假借去聖地朝聖之名在村中求施捨。孩子們嘲弄這些人，在他們出現時就會高呼「來了一個朝聖者」（Sainte-Terrer），這個字便漸漸變成Saunterer。時移既往，漫步者成了真正的朝聖者。另一種說法是，漫步來自「sans terre」，意思是「沒有家園」之人。漫步者沒有家園，或者說，漫步者把四處都當作家園。

2 一般認為記憶儲存兩種基礎的資訊：程序型與陳述型。程序型的資訊就像是騎腳踏車、溜冰、綁頭髮等等，讓人保持感知、運動與認知技巧，並且能無意識表現出來的記憶形式。陳述型則是由事實與對世界的信念所組成，比方說台灣是個炎熱的地方、夜來香開花很香等等。多倫多大學的神經科學家圖威（Endel Tulving, 1927-）認為陳述型記憶可以再分為兩種：一是語意型，二是情節型。語意記憶不一定和來源或得知的時間地點有關，也不涉及自我的主觀指涉，但可能涉及主觀事實。比方說，我是台灣人，七乘七等於四十九。情節記憶則複雜得多，可以讓人用心智在現代、過去、未來這些主觀時間穿梭旅行，涉及自己、自我覺知、主觀時間這三種概念的交會。參見Tulving E（2005）.〈Episodic memory and autonoesis: Uniquely human?〉，Terrace, H.S., and Mercalfe, J.（eds.），《The Missing Link in Cognition》（pp.3-56）. New York: Oxford University Press.

我在年輕時把梭羅的漫步規範視為圭臬，他說漫步者一天得漫步四個小時，並且擁有悠閒、自由和獨立。我一直堅持這樣的信念直到教書後，這三者紛紛離我而去，我只剩下漫步了，我只剩下年輕時漫步所拍的照片了。

儘管時間已經過去許久，有的時候當我看到某張照片時，拍照時的緊張與激動情緒仍然高漲滿溢。比方說，在澎湖我將鏡頭對著傳統硓𥑮石屋時，發現鏡頭裡的小女孩正好回頭看著相機，而另一端在窗口的小貓也正好回頭。兩個美麗生命尖銳而帶著指向情感的眼神看著我，軟化我。另一回我在岡山的廢棄舊站拍照，發現前一天還完整的，放在車站裡讓不知道多少旅客整理儀容的一面鏡子被打破了。我在鏡子前面想起童年時，打破家裡一面讓客人穿鞋所照的鏡子的往事，這時一個穿著軍便服的學生從橫越鐵路的天橋上走過來。我舉起相機等待他經過窗戶，等待他的影子打亂原本空間的秩序，變成一張照片。

它們還保持著當時刺激我大腦皮層的活力，拍照時的情節記憶和這些年來我重複觀看時所喚起的新的情節記憶，如同海浪拍打著我，啟發我。

事實上，街頭攝影（snapshot）這個詞本有猛然的、突如其來的、攫咬的意味。那是攫咬住時間的一瞬。這一瞬既出自無意識也出自意識，一瞬前還存在著心理學家所稱的「深戲」（deep play）時光。我們並不是在虛無中「等待」決定性的瞬間，我們是在深戲中等待。在活躍的神經元、前額葉的自我對話中等待，等待一張照片在漫步時的伏擊。

美國物理學家與科普作者波寇維茲（Sidney Perkowitz），曾在談到光的特質與眼睛接收時和心智共同作用的關係時，寫下這麼一段話：「在變幻無定的視覺環境中保持高度靈活，正是眼睛與心智組合的特色，讓這兩者具備一種驚人的能力，得以將光所帶來的資訊洪流框限於模式之中。請拿起一張普通的紙來看：在室外，不管是正午略帶黃色的強光，或是日落時分微弱偏紅的夕照，紙看起來都是白色；進了室內，在比日光還弱一百倍、可能偏藍或偏紅的燈光照明下，紙還是白的。但要是在清晨或黃昏把這張紙拍成照片，卻會顯現出玫瑰般的色澤及其他種種的差異；你的視覺處理過程會把這些差異加以同化，照相機卻不會。照相機精準呈現鏡頭所攝入的景象，大腦與眼睛則像是一部有色彩校正、自動對焦功能的照相機，而且還會自己尋找目標。」[3]這說出了所有攝影者在面對這個美麗世時共同的困擾：我們拍出來的照片和想像不同。但也因為如此，一個能夠把大腦和眼睛所看到的世界充分表現出來的攝影者是多麼珍貴。

對唯物論者而言，這個美麗世是個客觀的存在；對唯心論者而言恰好相反。但他們都只對了一半，唯有波寇維茲這樣的科學家清楚地知道，人類依藉感官認識世界，再以演化出的腦袋所接受的文化，創造了只存在於心底的「美麗世」。

3 辛尼・波寇維茲出生於紐約布魯克林，是一個同時具有藝術與科學知識的科學家、教授，撰寫過大量科學論文。一九九〇年代開始他成為一個科普作者，這段話出自他的科普著作《光的故事》（*Empire of Light*）。他另寫有《Hollywood Science》及《Slow Light: Invisibility, Teleportation, and Other Mysteries of Light》等知名科普作品。

雷利・史考特（Ridley Scott）改編自菲利普・迪克（Philip K. Dick）[4]小說《機器人能否夢見電子羊？》（*Do Androids Dream of Electric Sheep ?*）的經典電影《銀翼殺手》（*Blade Runner*），曾經是我的造夢者。電影故事描寫一個人類派遣人工智慧機器人從事危險太空任務的時代，這些人造人如此逼真，與真人並無二致，讓人無法分辨。他們被植入記憶，唯一缺乏的是情緒反應和移情作用。為了避免他們叛變或程式出錯，壽命的設定因此僅有短短四年。

在一次人造人血腥叛變後，一批第六代人造人來到地球被列為非法存在。特殊警察單位「銀翼殺手」，則被命令追捕這些逃到地球上的人造人並將其「除役」（retirement）。一名半退休的銀翼殺手瑞克・戴克（Rick Deckard）接下這項任務，他因為人造人愈來愈接近真人，而為自己的任務感到迷惘。因為替人造人除役時，愈來愈像殺死真人了。

這部電影最吸引我的是，人造人原本只是「非常接近人」，但隨著被植入的記憶持續沉積新記憶後，那上頭漸漸長出自我意識和情感的植被。於是，在電影裡的人造人看起來充滿感情，而人類反而顯得冷酷無情，並且住在嚴重汙染、頹敗如廢墟的城市裡。

由荷蘭籍演員魯格・豪爾（Rutger Hauer）飾演的人造人羅伊擁有見證地球與火星之美的記憶，他逃亡的原因，有一部分就是深怕被「除役」後便喪失那些存在他心靈之中的美麗世。他在臨終時講了一段如詩的經典對白：「我見過你們這些人無法置信之事——太空戰艦在獵戶星座的肩旁熊熊燃燒。我注視萬丈光芒在天國之門的黑暗裡閃耀。所有的那些瞬間，都將在時間之中消逝，一如雨中之淚……」，這既是一段情節記憶的陳述，也是當時由科幻小說家、電影藝術工作者共同創作的一幀宇宙圖像。《銀翼殺手》上映時間是一九八二年，即使我們抬頭看得到距離地球四百三十光年的獵戶座，也難以想像有一天太空船經過它，但這群創作者卻彷彿真的已然得見。

有一段時間我偶爾會害怕自己所拍攝的照片「毫無意義」，它們就像在闃寂深山開放的根節蘭，紛紛開落，從來沒有影響世界什麼。另一方面，我也怕它們「很有意義」，但有一天被發現時卻已褪色消失。就像所有拍照者的矛盾心情，我們深知自己只有幾十年壽命，卻使用了防潮箱、宣稱百年仍不褪色的相紙，把正片放在可以儲存更長時間的無酸套裡。我們希望照片比肉身活得更久，難道是為了預言什麼？或告訴未來的人們曾經發生過什麼嗎？

只是偶爾有那麼一張沒有被照顧的照片，它褪色了、銀粉掉落了、被黴菌腐蝕得不成樣子了，我們卻仍不忍丟棄它。傳統銀鹽照片損壞的歷程和記憶的褪去並沒有太大的不同，長期記憶儲存在腦中的各處，因此你不會突如其來完全忘記某件事，而是隨著時光流逝，逐漸喪失精準、失去強度、清晰度和細節，就像那照片是顯影在玻璃版上，而我們朝上頭呵了一口氣，再呵一口氣，再呵……。但我們仍想盡力保存這些殘骸，彷彿深信殘骸中仍有一切。

它會讓我們想起日本攝影家森山大道（Daido Moriyama）說過這樣的話：「我認為不管身在

4 菲利普・迪克（一九二八——一九八二）是美國最傑出的科幻小說家之一。他的作品以科幻的手法表現了美國政治與社會議題，部分作品則涉及毒品與神學，質疑這個世界的「真實性」，許多思考都超越了他所生活時代的識見。

哪個時代，都會讓人不知道如何是好。但是我知道身為一名攝影師該做的事，就是每天拍照。而且也只有這件事。在這方面我非常單純。雖然世界不會因為我的攝影而有所改變，但是如果我不持續拍照的話，我會連我自己都看不到了。」[5]我真的害怕的事，或許就是在生活裡連自己都看不到了。

自從二〇〇三年我到東華大學任教以來，研究室門口一直貼的就是小女孩和胖男孩面對著我，小貨車上的戲台還鬧鬧熱熱地搬演著布袋戲的那張照片。而今照片裡的時空已過去將近二十年了，它貼在我的研究室門口也已經十年，由於沒有任何保護措施，它已被時間侵蝕到模糊難辨。不少學生敲門進來時，會先看到它，偶爾也有人向我詢問照片的種種。於是我的故事便從「我年輕時很喜歡偽裝孤獨的旅行」開始，談到照片裡的兩個孩子，另一張照片裡的另一個孩子，「陳金龍木偶劇團」當時演出的一刻，以及那戲棚上畫的，我再也沒有回去的小鎮——「彌陀」。我其實還避開了一些。避開了我童年時和哥哥用手帕綁在食指和中指上，在窗口前對著商場的走廊演布袋戲的時光；避開了我們曾經花幾萬塊跟一個店員（她家竟然就是布袋戲班）買了好幾仙尪仔的事，它們成了我大學畢業製作拍廣告的模特兒。

我還記得那是我一生中最感迷惘的一年（得開始面對工作與否的人生），因此多年之後仍真切地感覺到那張照片給了我一種情感標識，就好像在寂寞的南極冰原上插上了一面旗幟。

直到現在，我都還不曉得人生即將從後頭追趕而來的會是什麼樣的未來，但每回打開這些照片，我看到過去在眼前展開，淹沒我、主宰我、搖撼我，質疑我為何放棄獨立、悠閒、自由。這或許可以回頭解釋當時我為何而拍，此刻為何而留這些可能沒人在乎的照片的理由。那個存活在過去、此刻、未來，真實存在或我心虛構的美麗世，我為之神往，也為之憂傷。

——原載二〇一三年十二月二十九～三十日《自由時報》副刊

本文收錄於二〇一四年一月出版《浮光》（新經典文化）

5 森山大道（一九三八——）是日本知名攝影家，他的作品特色是粗糙、脫焦、高反差、粗顆粒的影像效果，以及在街頭上與影像的遭遇。這段話出自由廖慧淑翻譯的《犬の記憶》。

一〇二年年度散文紀事

杜秀卿

一月

・一月六日，作家錦連過世，享年八十五歲。錦連本名陳金連，一九二八年生。作品有新詩、散文等，已出版《錦連全集》共十三冊。

・一月九日，二〇一三台北國際書展大獎公布得獎名單，非小說類有王健壯散文《我叫他，爺爺》獲獎。

・一月十三日，作家瘦雲王牌過世，享年八十四歲。瘦雲王牌本名王志濂，一九二九年生，創作有雜文、論述等。

・一月十九日，第四屆桃城文學獎舉行頒獎典禮，散文類：首獎呂政達〈漫長的藍調〉，第二名顧德莎〈桃城迴旋曲〉，第三名林育靖〈雙祖別〉。

・一月二十六日，第十五屆菊島文學獎舉行頒獎典禮，散文類得獎名單如下，社會組：首獎從缺，優等張雅芳，佳作黃心怡、林翠萍、高淑芳；高中組：首獎歐宸源，優等呂姵妤、呂姿燕，佳作楊佳穎、吳芳儀；國中組：首獎劉雨潔、陳書慧，優等陳柏宇，佳作趙敏懿。

二月

・二月十九日，台灣文學館出版、江寶釵主編的《黃得時全集》舉行新書發表會，全集共兩卷十一冊，收錄黃得時中、日文創作與論述。

三月

・三月九日，九歌出版社舉行「一〇一年度選新書發表會暨贈獎典禮」，年度文選分別由隱地、甘耀明、許建崑主編散文、小說與童話，「年度散文獎」首次出現兩位得主，由王鼎鈞〈世界貿易中心看人〉及陳義芝〈戰地斷鴻〉獲獎。

・三月十七日，《鍾鐵民全集》舉行新書發表會，全套八冊，分小說卷四冊、散文卷三冊、資料卷一冊，收錄鍾鐵民一九六一年至二〇一一年間的創作。

・三月二十四日，第六屆阿公店溪文學獎公布得獎名單，大專組散文：第一名涂憶君，第二名袁家蓁，第三名張可玟；高中組散文：第一名黃寶仕，第二名謝佾芸，第三名盧昭福；國中組散文：第一名劉亮瑩，第二名王俐尹，第三名蔡汶庭；國小組散文：第一名郭冠廷，第二名劉曉文，第三名蔡恩柔。

四月

・四月四日，作家張放過世，享年八十二歲。張放，一九三二年生，著有散文、小說、評論、傳記等共八十餘冊。

・四月八日，第三十七屆金鼎獎公布得獎名單，圖書類最佳文學圖書：胡晴舫《第三人》、鄭鴻生《尋找大範男孩》、郭強生《惑鄉之人》、羅智成《透明鳥》。

・四月十三日，第十五屆台北文學獎舉行頒獎典禮，散文組：首獎張怡微〈漂浪與抒情〉，評審獎呂政達〈過冬〉，優等獎林力敏〈房獸之城〉、蔣亞妮〈To Dear Lily〉；年金類入圍：顧德莎〈驟雨之島〉，楊君寧〈奧森巴赫之眼〉，張英珉〈湖〉，吳比娜〈在留白城市散步〉。

五月

・五月四日，第五十四屆文藝獎章舉行贈獎典禮，林文義獲散文文藝獎章。

・五月二十四、二十五日，由成功大學人文社會科學中心、台灣文學館主辦，於台灣文學館舉行「媒介現代：冷戰中的台港文藝」學術研討會。

・五月二十五日，第四屆余光中散文獎舉行頒獎典禮，高中組：首獎徐振輔，貳獎林延俊、夏維澤，参獎江淳修、林育瑩、林纓，肆獎方荳、林家緯、翁禎翊，伍獎王羿婷、吳霞、林亭、范富舜、耿上翎、張乃方、陳沛甯、彭德馨、黃仕旻、鄭又瑄、鍾燿丞；國中組首獎林育萱，貳獎林昀潔、陳鈺淇，参獎李亞芹、林庭楨、廖珉翊。

・五月二十五、二十六日，由靜宜大學台灣文學系主辦，台灣文學館、靜宜大學日本文學系合辦，於該校任垣樓舉行「大眾文學與文化國際學術研討會」。

六月

・六月十日，二〇一三客語文學創作獎公布得獎名單，散文組：第一名徐銀珍，第二名黃秋枝，第三名黃雪珠，佳作王興寶。

・六月十一日，第十六屆夢花文學獎公布得獎名單，散文：優選黃正幸、何志明，佳作張珍華、梁純綉、鄧思平、曾谷涵；母語文學：優選江寶琴，佳作王興寶、徐子涵、徐銀珍、陳利成、洪傳宗、李長青、林恩惠；國中組青春夢花：優選戴恩修、牛淳安、張巧昀、林容宇、徐桂婷、王家賢、吳沛芬、邱鈺憓、徐依圓、蕭敦輔、黃泓峻、劉雅莉、蔡孟妤、鍾宜真、蕭伊芸；高中組青春夢花：優選羅羽萱、邱煜智、江昀、巫靜婷、蔡介文。

・六月十九日，作家郭良蕙過世，享年八十七歲。郭良蕙，一九二六年生，復旦大學外文系畢業，專攻小說創作，亦寫散文。

・六月二十二日，第三十一屆全球華文學生文學獎舉行頒獎典禮，散文高中組：第一名陳英立，第二名曾雅郁，第三名郭又瑄，佳作許薰文、蔡易澄、許凱翔、呂晏慈、羅巧怡、陳昱秀、羅皓文、連文亞、許禾榆、林纓，國中組：第一名陳祈雅，第二名陳虹均，第三名涂旻筠，佳作李加翎、柯止善、黃寶漫、張慈媛、薛雅文。

・六月二十四日，第十七屆國家文藝獎公布獲獎名單，文學獎得主為作家宋澤萊。

・六月二十五日，第十五屆磺溪文學獎公布得獎名單，特別貢獻獎由李昂獲得，散文類：首獎林力敏〈蚵夢〉，優選林香聿〈半杯茶〉、呂逸倩〈一路上有你〉、劉錦得〈金斗甕〉、呂婉君〈來電顯示〉、劉文賢〈下交流道〉、王瑞彬〈溫度〉。

七月

・七月三日，第十屆浯島文學獎公布得獎名單，散文組：第一名陳文偉〈刀緣〉，第二名陳金水〈浯江老店兩坪半〉，第三名吳如明〈油菜花的春天〉，佳作王學敏、李炎宗、吳俊霖。

・美國時間七月二十二日，作家紀弦過世，享年一〇一歲。紀弦本名路逾，一九一三年生，著有詩集、散文、評論及《紀弦回憶錄》等。

・七月三十、三十一日，中興大學台灣文學與跨國文化研究所、哈佛大學東亞語言及文明系主辦「第十二屆國際青年學者漢學會議」，以「華語語系文學與影像」為主題。

・七月三十一日，第三屆台南文學獎公布得獎名單，華語散文：首獎謝韻茹〈圓環物語〉，優等洪博學〈綠色公路練習曲〉，佳作林金萱、郭桂玲、連泰宗；客語散文：首獎鄭雅怡〈化療病房〉，優等張捷明〈瘦伯公个無肉三牲〉，佳作鄧榮坤、黃秋枝、賴維凱。

八月

・散文名家陳列距離二十多年出版新書《躊躇之歌》，著墨三十多年的人生經歷，同時推出新版《地上歲月》、《永遠的山》、《人間印象》。

九月

・九月三日，作家王璞過世，享年八十六歲。王璞本名王傳璞，一九二八年生，自一九九七年開始投入「作家錄影傳記」和「中華民國藝文活動紀錄片」的拍攝工作，記錄國內外百位作家的錄影傳記以及三百多場藝文活動紀錄片。王璞起初寫詩，後寫散文與小說，同時翻譯文學作品。

・九月五、六日，台灣大學中國文學系主辦「林文月先生學術成就與薪傳國際學術研討會」，以散文名家林文月畢生從事的研究、創作、翻譯事業為討論主題。

・九月七日，二〇一三打狗鳳邑文學獎舉行頒獎典禮，散文類：首獎林娟娟〈鴨寮〉，評審獎沈宗霖〈伏魔錄〉、陳秀玲〈藍色車頭的發財仔車〉，優選倪惠娟、蘇園雅、游善鈞。

・九月十一日，作家薛林過世，享年九十一歲。薛林本名龔建軍，一九二三年生，創作以詩及兒童文學為主，兼及論述、散文和小說。

・九月十三日，第十五屆南投縣玉山文學獎公布得獎名單，柴扉獲文學貢獻獎，散文組：第一名費啟宇〈味道，在我的身體裡美麗〉，第二名黃玲玲〈害怕〉，第三名王韻琛〈阿媽的農村廚房人生〉，佳作林淑珍、鄧進昌，新人獎嚴敏菁、曾世宗。

・九月十六日，第三十五屆《聯合報》文學獎公布得獎名單，散文獎：大獎葉國居〈螳螂問道〉，評審獎梁靖芬〈漏網〉、宋麗麗〈豬頭家宴〉。

・九月二十三日，教育部文藝創作獎舉行頒獎典禮，教師組散文類：特優吳寶嘉〈觀看〉，優選陳淑君〈弄魚仔〉、呂政達〈修羅河岸〉，佳作張曉惠、賴俊雄、楊惠椀；學生組散文類：特優沈宗霖〈少年阿魯巴〉，優選蔡佩均〈傾斜〉、張惠琳〈子宮〉，佳作林若寧、陸怡臻、李時雍。

・九月二十九日，二〇一三馬祖文學獎公布得獎名單，散文類：首獎王威智〈如果在小島，一雙腿〉，優選尹雯慧〈迴游〉，佳作林君慧、鄭素娥；故事書寫類：優選沈柏均、秦就、歐陽柏燕、李詩云。

十月

・十月一日，二〇一三花蓮文學獎公布得獎名單，散文類菁英組：首獎朱浩一、許湋，佳作廖宣惠、黃世綱、林佾靜；新人組：優等鄭卉妤、簡子涵、鄔艾可、閻乙樺。書寫原住民類菁英組：首獎魏振恩、趙浩宏，佳作楊惠美、宋蕭波、蔡永強；新人組從缺。書寫花蓮石雕類：優選宋蕭波、林郁茗、張藝、徐金財、黃慧文、沈信呈、胡安美、謝文賢、李智揮、黃文俊。

・十月二日，第三十六屆時報文學獎公布得獎名單，散文組：首獎林巧棠〈錯位〉，評審獎高自芬〈夜航〉、黃克全〈迷溪記〉；小品文組：優選李彥瑩、鄭楣潔、鄧力豪、林力敏、蘇梓欽、邱淑娟、董秉哲、李凱珺、賴舒亞、沈眠，書簡組：優選黃美曦、蘇園雅、趙文豪、段以苓、梨衡、蔡琳森、李安婷、鄭若珣、林巧棠、鄭宜芬。

・十月九日，台灣文學館舉辦「永是有情人——琦君捐贈展」，展出散文名家琦君歷來著作、藏書、信札及照片，以及首次公開展出的隨身物品等。

・十月十一日，作家蕭白過世，享年八十九歲。蕭白本名周仲勳，一九二五年生，創作以散文及小說為主，尤以散文別具一格，表現手法與意境的營造突出，不但富有詩的意象美，且深富哲理。

・十月十一日，第四屆桐花文學獎公布得獎名單，一般類散文組：首獎王書緋，優等獎陳文偉，佳作葉國居、黃宏春、蔡宏營、蔣卿、慕大鯨；一般類小品文組：首獎鳳兮，優等獎蘇欲赫，佳作陳沛宜、宋兆京、伍季、陳文偉、陳錦雲；客語類小品文組：首獎梁純綉，優等獎邱雲忠，佳作張捷明、葉國居、林昀樺、彭金蘭、林彰揚。

・十月十二、十三日，成功大學中文系主辦「全球化下的南方書寫：文化場域與書寫實踐」國際學術研討會，以「全球化下的南方書寫」為主題。

・十月十四日，桃園縣第十八屆文藝創作獎公布得獎名單，散文類大專成人組：首獎江伊薇

〈捷徑〉，貳獎蔡欣佑〈心障〉，參獎陳倚芬〈吾城〉，優選陳栢青、陳碩甫、游善鈞；高中組：首獎從缺，貳獎康倩瑜〈共傘〉，參獎黃彥綾〈理想城市〉，佳作郭妙行、張浚瑀；國中組：首獎從缺，貳獎余恩平〈理想城市〉，參獎袁楷柔〈我人生中的其中一天〉，佳作徐欣怡、萬師丞、汪采葳。

・十月十七日，第四屆台灣原住民族文學獎公布得獎名單，散文組：第一名鄧惠文〈手鍊斷了〉，第二名劉武香梅〈忘了那天是中華民國的那一年〉，第三名林佳瑩〈殺雞〉，佳作邱夢蘋、黃聰明、謝來光。

・十月二十一日，第十二屆文薈獎——全國身心障礙者文藝獎舉行頒獎典禮，文學類大專社會組：第一名月一刀，第二名鄭國珍、劉雲英，第三名吳雅蓉，佳作太陽花、蔡重正、方乃青、莊文模；學生組：優等游高晏、林奕佐、陳柏翰、小鑽石、陳藍廷瑋、曾峻偉。

・十月二十六、二十七日，台灣文學館、國家圖書館主辦，北京中國現代文學館合辦「新鄉・故土／眺望・回眸——二〇一三兩岸青年文學會議」，除發表論文，並邀請張輝誠，徐國能、王聰威、李維菁等十九位作家進行對話。

・十月三十日，第三屆全球華文文學星雲獎公布得獎名單，貢獻獎獲獎人為黃春明，人間佛教散文類得獎者為尹雯慧、汪龍雯、林逢平、段以苓、嘎瑪丹增、陳卿珍、張耀仁、解昆樺、鄧幸光、廖宣惠。

十一月

・十一月一日，第二十六屆梁實秋文學獎公布得獎名單，散文創作類：優等獎陳韋任〈霍夫曼〉，評審獎林佑軒〈就位〉、劉家綸〈物理課〉、日迟〈陳若凡〉。

・十一月二日，一〇二年高雄青年文學獎公布得獎名單，散文類青熟齡組：首獎陳金聖，優選獎朱天、楊子霈，佳作獎陸冠臻、陳君慈、劉育伶、顏正裕、蕭晴方、王思惟、李念潔、蘇月英；小青新組：首獎麥文馨，優選獎羅冠鵬、黃愉甯，佳作獎楊世琳、蔡孟融、楊懿芳、吳柏瑞、陳乃鳳、葉霑、陳依婕、丁德維。

・十一月十日，二〇一三港都文學獎公布得獎名單，散文類：首獎從缺，佳作林念慈〈遠方〉。

・十一月十六日，第九屆林榮三文學獎舉行頒獎典禮，散文獎：首獎李秉朔〈寂寞不死〉，二獎包子逸〈一席之地：圖書館浮世繪與其他〉，三獎翁禎翊〈指叉球〉，佳作邱比特、湖南蟲、廖梅璇；小品文獎：林力敏、林芳騰、林育德、沈宗霖、周桂音、許俐葳、陳少翔、張雅涵、郭品宏、黃暐婷。

・十一月二十日，第十二屆大武山文學獎公布得獎名單，散文類：第一名張密孃，第二名黃尹微，第三名翁禎霞，佳作王柔蘋、吳玉；小品文高中組：評審獎邱欣晨、吳宜潔，優選葉昱陽、張琴依、陳冠蓉，佳作林旻易、許柚鎵、羅尹秀、葉育昕、周吟珊、林芸懋、林家喬、林雋晏、潘郁涵、陳屏慈；小品文國中組：評審獎林瑀揚、林庭楨，優選陳亭瑜、洪婉珍、徐昱琳，佳作王姿涵、徐誠鴻、周芳朱、陳冠晴、李亭誼、郭尚恩、黃思嘉、徐子翔、林宜蓁、陳亭叡；小品文國小組：評審獎陳敏瑜、藍安潔，優選吳宗翰、鄭羽芳、陳靜寶，佳作許哲維、鍾昕妤、林佑宣、李敏誌、陳映潔、盧靜惠、胡書嫚、楊絜晳、王牧洋、簡悅安。

・十一月二十三、二十四日，東海大學中文系主辦「世紀末華文文學國際學術研討會」，以文學發展至世紀末的特殊景觀與貢獻、現代文學的多元面貌為主題，並討論張讓、陳玉慧、賴香吟、駱以軍、零雨五位作家作品。

十二月

・十二月七日，第三屆新北市文學獎舉行頒獎典禮，散文組：第一名詹俊傑，第二名王怡心，第三名劉芷妤，佳作范玉廷、黃漢偉、鄭麗卿；小品文成人組：第一名徐郁智，第二名鄧安妮，第三名夏意淳，佳作蔡芷芸、陳得勝、林力敏、徐振輔；小品文青春組：第一名陳亭伊，第二名盧品瑜，第三名許禾榆，佳作嚴心柔、陳語彤、陳沛甯、蘇圓媛、陳霖霖。

・十二月十日，第三屆兩岸交流紀實文學獎舉行頒獎典禮，文學獎：首獎劉珮如，優選黃奕瀠、何安華，佳作吳嘉玲、柳雨青、傅家慶、徐家偉、楊懷澤，入選蔡季妙、丁澤宇、傅蓓安、朱胤慈、萬永婷。

・十二月十五日，第八屆懷恩文學獎舉行頒獎典禮，社會組：首獎陳泓任，二獎張軒哲，三獎胡靖，優勝張耀仁、周江明、鄧慧恩、呂奇霖、黃志聰；學生組：首獎曾立恆，二獎李秉樞，三獎呂長紘，優勝陳沛甯、陳佳妤、陳碩甫、林纓、林葳晨；兩代寫作組：首獎翁簡絹口述與翁建道，二獎賴月女與賴瑩蓉，三獎林蔡霜菊與林志誠，優勝許來生與許勝雲執筆、羅阿玉與羅智強、郭華揚與郭昱沂、曹御南與張嘉瑜、林章松與林益如。

・十二月十八、十九日，中國現代文學學會、東華大學華文文學系、台灣文學館主辦「眾聲喧『華』：華語文學的想像共同體國際學術研討會」，以晚清到當代為時間跨度，針對華語文學理論、華語文學的跨界互動等議題提出論文。

・十二月二十四日，金石堂公布二〇一三「年度風雲人物」，散文名家簡媜獲選，簡媜三月出版的《誰在銀閃閃的地方，等你》掀起一股熱潮，使得老年書寫受到更廣泛的注目。

・十二月二十八日，二〇一三開卷好書獎公布年度好書，中文創作類與散文相關獲獎圖書：李娟《羊道》，陳列《躊躇之歌》，木心講述、陳丹青筆錄《木心1989-1994文學回憶錄》。

九歌文庫 1151

九歌102年散文選

Collected essays 2013

主編　柯裕棻
執行編輯　陳逸華
創辦人　蔡文甫
發行人　蔡澤玉
出版發行　九歌出版社有限公司
臺北市105八德路3段12巷57弄40號
電話／02-25776564・傳真／02-25789205
郵政劃撥／0112295-1
九歌文學網　www.chiuko.com.tw
印刷　晨捷印製股份有限公司
法律顧問　龍躍天律師・蕭雄淋律師・董安丹律師
初版　2014（民國103）年03月
定價　380元

書號　F1151
ISBN　978-957-444-931-6
（缺頁、破損或裝訂錯誤，請寄回本公司更換）
本書榮獲臺北市政府文化局贊助

國家圖書館出版品預行編目資料

九歌102年散文選 / 柯裕棻主編. – 初版. --
臺北市：九歌, 民103.03

面； 公分. -- (九歌文庫 ; 1151)

ISBN 978-957-444-931-6(平裝)

855 103000359